Poissy. — Typ. S. Lejay et Cie.

UN
DÉPUTÉ DE PARIS

PAR

E.-C. GRENVILLE MURRAY

A force de marcher, l'homme erre, l'esprit doute,
Tous laissent quelque chose aux buissons de la route,
Les troupeaux leur toison et l'homme sa vertu.

VICTOR HUGO.

I

ÉDITION

SPÉCIALEMENT AUTORISÉE PAR L'AUTEUR

PARIS

CALMANN LÉVY, ÉDITEUR
ANCIENNE MAISON MICHEL LÉVY FRÈRES
RUE AUBER, 3, ET BOULEVARD DES ITALIENS, 15
A LA LIBRAIRIE NOUVELLE

—

1876

EN VENTE CHEZ DENTU, ÉDITEUR

RÉPERTOIRE DU THÉÂTRE MODERNE

Adieu Paniers, comédie, 1 acte........ 1	La Maison Rouge, coméd.-vaud., 1 acte. 1
Nos alliées, comédie, 3 actes............ 2	La Malle de Lise, sc. de la vie de garçon. 1
L'Alphabet de l'Amour, comédie 4 actes 1	M'aime Maclou, folie mêlée de chants... 1
Les Amours d'Été, fol. v., 1 acte........ » 30	Un Mari qui lance sa Femme, com. 3 a. 1
L'Amour qui dort, comédie, 1 acte..... 1	Le Mariage de Vadé, com. 3 a., en vers 1
L'Auteur de la pièce, comédie, 1 acte.... 1	Les Médecins, pièce en 5 actes.......... 1
Un Avocat du beau Sexe, comédie. 1 acte 1	Le Médecin volant, farce précédée de Mo-
L'Avocat des Dames, comédie, 1 acte.. 1	lière à Pézenas, prologue. 1 acte...... 1
Un bal d'Alsaciennes, mascarade, 1 acte. 1	Les Médiums de Gonesse, folie, 1 acte... 1
Les Balayeuses, comédie 1 acte........ 1	Même Maison, vaudeville, 1 acte....... 1
La Bergère de la rue Monthabor, c. 4 a. 2	Les Mémoires d'une Femme de chambre,
Les bienfaits de Champavert, c. 1 acte... 1	vaudeville, 2 actes................. 1
Le Bigame sans le savoir, v., 1 acte..... 1	Les Mémoires de Réséda, souv. contemp. 1
Le Bouchon de Carafe, v., 1 acte....... 1	Le Minotaure, comédie, 1 acte......... 1
La Cagnotte, c.-v., 5 actes.............. 2	Misanthropie et Repentir, drame, 5 actes. 1
Les Calicots, vaudeville, 3 actes......... » 50	Moi, comédie, 3 actes.................. 1
Les Campagnes de Boisfleury, v., 1 acte. 1	Mon joie fait peur, parodie de famille, 1a. 1
Célimare le Bien-Aimé, comédie, 3 actes. 2	Un Monsieur qui a perdu son mot, c.-v., 1a. 1
La Chanson de la Marguerite, v., 2 actes 1	Monsieur Boude, sc. de la vie conjug., 1 a. 1
La Charbeuse d'Esprit, op.-com. 2 a... 1	Monsieur de la Ramée, sc. de la vie bourg. 1
Cinq-cents francs de récompense, v., 1 a. 1	Les Mousquetaires du Carnaval, C.-v., 3 a. 1
Cinq par jour, folie-vaudeville, 1 acte... 1	Une Niche de l'Amour, com.-vaud., 1 a. 1
La Comode de Victorine, c.-v., 1 acte.... 1	Les Orphéonistes en Voyage, p., 3 a. 12 t. 1
La Comtesse Mimi, comédie, 5 actes.... 2	L'Orphéon de Foüilly-les-Oies, f. m., 4 a. 1
Les Contributions Indirectes, c.-v., 1 a. 1	Les Onclus au Champagne, f. aquat. 1 a. 1
Corneille à la butte St-Roch, c., 1 a. en v. 1	Les Pauvres Bernels, p. en 5 a. et 6 tabl. 1
La Cornette Jaune, vaudeville, 1 acte... 1	Le Paradis trouvé, coméd., 1 a., en vers 1
La Dame au petit chien, com.-vaud., 1 a. 1	Palaud, vaudeville, 1 acte............. 1
La Dame du Lac, coméd.-vaud., 1 acte.. 1	Permettez, Madame! comédie, 1 acte... 1
Dans mes meubles, vaudeville, 1 acte... 1	Les Perruques, par.-rev., 2 a. et 3 tabl. 1
La Dernière grisette, vaudeville, 1 acte. 1	Nos Petites faiblesses, comédie, 2 actes.. 1
Le Dernier couplet, comédie, 1 acte..... 1	Le Petit de la rue du Ponceau, com. 2 a. 1
Deux Permissions de dix heures, op., 1 a. 1	Les Petits oiseaux, comédie, 3 actes.... 1
Le Doyen de Saint-Pairick, drame, 5 a... 2	Le Pifferaro, comédie-vaudeville, 1 acte. 1
Eh! Allez donc, Turlurette, revue 3 actes. 1 50	Le Pilotin du Grand Trois-Ponts, op.-c. 1 a. 1
En Ballon, rev. en 3 actes et 14 tableaux. » 50	Les Plantes parasites ou la Vie en Famille,
La Fanfare de St-Cloud, opérette 1 acte. 1	comédie, 3 actes................... 1
La Femme coupable, drame, 5 actes..... 2	Une Pluie de Bouquets, vaudeville, 1 acte. 1
Une Femme dégelée, vaudeville, 1 acte... 1	Le Premier pas, comédie, 1 acte........ 1
Une Femme qui bat son ménage, c.-v., 1 a. 1	Premier prix de Piano, coméd.-vaud., 1 a. 1
Les Femmes sérieuses, com.-vaud., 3 a... 2	Les Projets de ma Tante, coméd., 1 acte 1
Une Femme, un Melon et un Horloger, v.1a. 1 »	Le Propriétaire à la porte, vaudev., 1 1. 1
La Fiancée du Roi de Garbe, op.-c., 3 a.. 1	Prudence est Sûreté, proverbe, 1 acte.... 1
La Fiancée aux millions, c., 3 a., en vers 1 50	Que c'est comme un Bouquet de Fleurs,
Les Ficelles de Montempoivre, v. 3 a..... 2 »	revue, 3 actes et 12 tableaux........ 2 50
La Fille bien gardée, com.-vaud., 1 acte. 1	Les Relais, comédie, 4 actes........... 2
La Fille de Molière, coméd., 1 a., en vers. 1	Le Rêve, opéra-comique 1 acte......... 1
Les Filles mal gardées, comédie, 3 actes. 1	La Revue au Cinquième étage, à-prop., 3 1. 1
Le Fils aux deux Mères, drame 5 actes. » 50	Le Roi des Mines, opéra, 3 actes et 4 tabl. 1
Les Finesses de Bouchavanne, com., 1 a... 1	Les Scrupules de Jolivet, vaud., 1 acte. 1
La Fleur du Val-Suzon, com., 1 acte..... 1	Le Secret du Grand-Albert, com., 2 actes 1
Les Gommes d'Oscar, folie-vaud., 1 acte. 1	Une Semaine à Londres, Voyage d'agré-
L'Héritier du Mari, c. mêlée de coupl., 1 a. 1	ment et de luxe, folie-vaud., 3 a., 12 t. 1 50
Un Habit par la fenêtre, vaudeville, 1 a. 1	La Servante maîtresse, op.-com., 2 actes 1
Un Homme de Bronze, com.-vaud., 1 a. 1	Le Sommeil de l'Innocence, c.-vaud., 1 a. 1
L'Homme de Rien, comédie, 4 actes.... 2	Sous Cloche, vaudeville, 1 acte........ 1
L'Homme du Sud, à propos burlesque	Les Supplices des Femmes, r.-fant, 3 a., 6 t. 1
mêlé de couplets................. 1	Sous les Toits, vaudeville, 1 acte....... 1
L'Homme entre deux âges, opérette, 1 a. 1	La Tante Honorine ou les Espérances,
L'Homme qui manque la Coche, c.-v., 3 a. 2	comédie, 3 actes.................. 1
Les Illusions de l'Amour, c., 1 a., en vers. 1	Un Ténor pour tout faire! opérette, 1 a. 1
Jérôme Pointu, opérette, 1 acte........ 1	Les Trente-Sept Sous de M. Montaudoin,
La Jeunesse du roi Henri, 5 actes et 7 t... 3	comédie-vaudeville, 1 acte.......... 1
La Jeunesse de Piron, comédie, 1 acte... 1	La Tribu des Rousses, vaudeville, 1 acte. 1
J'ôte ma Femme, vaudeville, 1 acte..... 1	Les Truffes, comédie, 4 actes.......... 1
Joli-Jobard, pièce, 5 actes.............. » 50	La Veillée Allemande, drame, 1 acte.... 1
Le Joueur de Flûte, vaudeville romain... 1	La Vieillesse de Bridat, vaudev., 1 acte. 1
Un Jour de Première, com.-vaud., 1 acte. 1	Les Virtuoses du Pavé, bouff. music., 1 a. 1
Lâchez tout! revue, 3 a. et 15 tableaux... » 50	La Volonté, comédie en vers, 4 actes.... 2
Léonard, drame, 5 actes et 7 tableaux... » 50	Le Vrai Courage, comédie, 2 actes...... 1
La Loge d'Opéra, comédie, 1 acte....... 1	Le Zouave de la Garde, drame, 6 a. et 7 t. 1
Macbeth (de Shakspeare), dr., 5 a. en vers. 2	Le Voyage en Chine, op.-com., 3 actes.. 1

COLLECTION MICHEL LÉVY

UN
DÉPUTÉ DE PARIS

I

UN
DÉPUTÉ DE PARIS

I

CE FUT UN DEUIL DANS LE PAYS

Auvillars-sur-Saône est un petit trou assez vénérable, qui fit une certaine figure dans l'histoire de France. Il y a, il faut tout dire, cinq ou six siècles de cela. C'était le temps où les gentilshommes s'habillaient de fer, et se coupaient la gorge pour s'amuser.

S'il faut en croire la légende, Auvillars avait été le fief d'un certain comte Alaric, très-haut et très-puissant seigneur, qui avait le diable au corps, et se révolta de la belle façon contre son suzerain le roi de France, Louis-le-Gros.

Il se ligua, toujours selon la légende, avec des rebelles, et battit le roi dans un champ voisin de la ville, où le voyageur peut actuellement voir, si le cœur lui en dit, pousser des pommes de terre.

Froissart raconte même que le comte d'Auvillars com-

battit à Poitiers aux côtés de Jean II, et aussi qu'il ét[ait]
du cortége quand ce pauvre roi fit son entrée à Lo[ndres]
perché sur un magnifique destrier, tandis que son [vain]
queur, le Prince-Noir, se contentait d'un petit bidet.

Trois siècles plus tard, un comte d'Auvillars, qu[i eut]
l'idée saugrenue de se faire janséniste, fut [logé à la]
Bastille.

Enfin, en 93, le marquis Raoul-Aimé d'Auvillars et [de]
Pourlans monta très-allègrement sur l'échafaud, [où il]
mourut avec une suprême élégance.

Sous la République et l'Empire, les d'Auvillars fure[nt]
exilés et s'ennuyèrent beaucoup en exil. Nous n'insis[te]
rons pas sur ce point, mais, si vous savez deux [mots]
d'histoire contemporaine, vous n'êtes pas sans avoir en
tendu parler du marquis d'Auvillars et de Pourlans [qui]
accompagna Louis XVIII à Hartwell, épousa en Angleter[re]
Mary-Anne-Sophie, fille d'Ézékiel Guineaman, Esquire, [et]
mourut sous la Restauration duc et pair et ministre d'Éta[t.]

Son fils aîné fut également pair de France, mais il [ne]
fut pas ministre. Il fit partie de cette opposition blanch[e]
et anti-dynastique qui ne cessa de taquiner cet excelle[nt]
roi Louis-Philippe.

Le hasard, qui est né malin, voulut que notre gen[til]
homme fût à Paris en 1851, juste au moment où M. Bo[na]
parte — il ne l'appelait jamais autrement — expédia[it la]
représentation nationale à Mazas, et faisait tirer des coup[s]
de fusil aux personnes qui avaient l'air de ne point trou
ver que ce procédé fût correctement parlementaire.

Donc le duc se promenait sur le boulevard, dan[s]
l'après-midi du 4 Décembre, quand les dragons de M. [de]
Goyon faisaient ce qu'on leur avait dit de faire.

Le duc, qui n'avait point coutume de se sauver, [vit]
très-bien que ce n'était point facile à un d'Auvillar[s.]
D'ailleurs, on avait persuadé à ces braves dragons qu'il
fallait défendre l'ordre à outrance, et ils ne tapaient poin[t]
de main morte.

Il en résulta que le noble duc d'Auvillars mourut comme un simple démocrate.

Quand on releva les cadavres, on trouva le vieux légitimiste entre un marchand des quatre saisons, qui se donnait pour un socialiste enragé, et une espèce de petit bonhomme de trois pieds de haut qui tenait dans sa main crispée un drapeau rouge sur lequel étaient écrits ces mots naïfs : *Vive la République démocratique et sociale* !

Trois ans plus tard, c'est-à-dire en l'an 1854, époque à laquelle commence ce récit, le domaine et le château de Pourlans, situés à trois kilomètres environ d'Auvillars, n'avaient pas encore été visités par leur nouveau maître.

Cette magnifique propriété, qui pendant trente-cinq ans n'avait vu que splendeurs et fêtes, semblait maintenant un champ de mort.

Les genêts avaient envahi la majestueuse avenue, longue d'un kilomètre, qui conduisait de la maison du garde à la principale entrée du manoir ; les volets du château étaient fermés ; les écuries, dans lesquelles le dernier duc d'Auvillars entretenait vingt-six chevaux, étaient désertes.

La coquette petite chapelle gothique, l'une des curiosités du pays, et dans laquelle Fénelon avait autrefois prêché, et S. M. le roi Charles X entendu plusieurs fois la messe pendant la visite qu'il fit, en 1827, au premier duc d'Auvillars, cette chapelle était devenue le royaume des araignées.

La fontaine monumentale placée au milieu de la cour d'honneur, et construite sur les dessins de Pierre Puget, disparaissait sous les joncs et sous la mousse ; les dauphins et les naïades avaient cessé depuis longtemps de lancer l'eau de leur bouche de marbre.

Sans les ruines d'une serre inachevée, construction légère, évidemment commencée du vivant du dernier duc et abandonnée après sa mort à la merci des vents et de la

pluie, on aurait pu croire qu'un siècle déjà s'était écoulé
depuis que personne ne foulait plus les avenues jonchées
de feuilles mortes.

Le soir, au coucher du soleil, on voyait une vieille
femme glisser dans les jardins, coupant l'herbe dans les
allées et ramassant, au pied des espaliers croulants, les
abricots ou les cerises.

Parfois, elle cueillait une rose qui fleurissait encore
parmi ces bosquets désolés; elle tenait moins d'un être
humain que d'un fantôme.

Si on l'interrogeait, elle répondait qu'elle était la gar-
dienne du château, qu'elle ramassait les fruits et les
fleurs afin que « tout ne fût pas perdu. »

Rien ne pourrait rendre l'intonation de sa voix plain-
tive; mais, ainsi que tous les Français des deux sexes,
elle était assez disposée à bavarder.

— Je n'ai aucune idée, — disait-elle, — de l'époque à laquelle viendra le nouveau duc; je pense qu'il vit à
l'étranger. Quelqu'un m'a dit que c'était un homme singulier, non pas fou, monsieur, je ne veux pas en dire
tant, mais original. Personne ne l'a jamais vu à Pourlans
depuis que c'était un petit garçon pas plus haut que cela;
il n'est même pas venu à l'enterrement de M. le duc, ce
qui a bien fait un peu jaser les gens du pays. Cependant
Dieu et les saints n'aiment pas qu'on trouve à redire à ce
que fait un noble, et surtout un monsieur d'Auvillars, qui
doit certainement avoir de bonnes raisons de faire ce qu'il
fait. Mais voyez-vous, monsieur, je ne peux pas m'empêcher d'entendre ce que disent les gens, et quand ils
causent, ils racontent que M. le nouveau duc n'a pas toujours été très-bien dans ses affaires. Certainement, il est
extraordinaire qu'il ne soit pas venu à l'enterrement d'un
parent dont la mort lui avait apporté de si grosses rentes.
Tout le pays d'Auvillars à Pourlans, de Pourlans à Longepierre, et de Longepierre à Sermesse, et de Sermesse à
Navilly, est à lui. Pour juger de l'étendue du domaine, il

aurait fallu voir la réunion des métayers à l'enterrement ; ils étaient deux cents à cheval, comme je les ai vus le jour où l'on célébra la majorité du feu duc, ou quand le roi Charles X vint ici avec monseigneur le duc d'Angoulême et monseigneur de Quélen, l'archevêque de Paris. Ah ! c'était beau ! mais, mon Dieu, ces temps-là sont loin, et les hommes ne sont plus aujourd'hui ce qu'ils étaient. J'étais jeune alors, et mon mari était premier garde-chasse. C'est lui qui chargea le fusil de Sa Majesté pour la battue dans le parc. Il est paralysé, maintenant, mon mari, mais c'était un brave ; il a servi comme sergent dans l'armée du prince de Condé, à Coblentz, avec le premier duc, qui était alors marquis ; il y a un peu plus de quarante ans qu'il vit dans cette maison. Pourlans n'a plus de premier garde-chasse, maintenant, et même plus de garde-chasse du tout, et le domaine est administré par un régisseur, M. Claude.

— Est-ce un homme doux, ce M. Claude ?

— Oh ! oui, monsieur ; je ne puis dire autrement, M. Claude est très-bon ; c'est un monsieur de Paris qui parle poliment, et qui n'est jamais dur avec les métayers. Mais, après tout, monsieur...

Et la voix de la vieille femme se trempait de larmes.

— Ce n'est pas la même chose que d'avoir M. le duc ici. Le pays est comme mort depuis trois ans.... et, si cela continue, la moitié des gens sera ruinée. Voyez-vous, monsieur, ils vivaient des maîtres, et le nouveau duc, en se tenant toujours si loin, leur ôte le pain de la bouche.

Ce récit, si piteux qu'il fût, était encore presque joyeux en comparaison de ceux qu'on entendait hors du château, dans la ville et dans tout le canton.

L'abandon de Pourlans et l'absence prolongée du nouveau duc y étaient considérés comme une calamité publique.

On se promenait par les vieilles rues tortueuses, et

l'on prenait en compassion la triste figure des boutiquiers.

Visiblement, à moins que M. le duc ne fît une prompte rentrée chez lui, la prédiction de la vieille femme sur la ruine universelle allait s'accomplir.

Auvillars était un joli endroit, mais il avait eu ses jours de fortune, et rien n'y pouvait plus aller dans l'absence des anciens seigneurs.

La rue principale s'y appelait la rue de Pourlans.

Les enseignes des magasins prouvaient bien qu'en dépit des révolutions et des nobles principes de l'égalité, les relations entre le bourg et le manoir étaient demeurées aussi féodales qu'au plus beau temps de la vassalité.

Au-dessus de la boutique du quincaillier, il y avait une enseigne représentant un chevalier armé de toutes pièces, distribuant des pelles et des pincettes à ses vassaux en leur disant : « Soyez toujours prêts à allumer le feu ou à remuer les cendres. » C'était la devise des d'Auvillars.

Au-dessus de la boutique du charcutier, un d'Auvillars tirait un sanglier, ma foi !

Au-dessus de la boutique du forgeron, un troisième d'Auvillars mettait le feu à une couleuvrine ; et ainsi de suite.

Naturellement, la principale auberge était l'*Hôtel de Pourlans* ; la maison rivale s'appelait l'*Hôtel de Monseigneur.*

Au milieu de la place du marché s'élevait une statue équestre du d'Auvillars de Grécy [1].

Les ducs d'Auvillars avaient toujours fait de leur mieux pour entretenir dans le pays un esprit de dépendance. Ils y avaient aisément réussi.

La ville n'ayant point de manufactures, n'étant située

1. Ce monument avait été érigé pendant la Restauration, la première statue ayant été fondue par la République, qui en avait fait des gros sous.

ni sur une rivière, ni sur le passage d'un chemin de fer, et ne possédant aucun des éléments de la vie moderne, Auvillars serait devenu un village sans les dépenses qu'y faisait la grande famille de Pourlans.

C'est à cette famille que le pays devait tout : ses écoles, sa bibliothèque, sa collection d'oiseaux empaillés, la reconstruction de son église, les ornements et les vitraux, enfin la grille restaurée d'un parterre public disposé sur l'endroit même d'où le comte Alaric était sorti lorsqu'il alla battre son roi Louis VI.

Auvillars devait encore à ses ducs sa fontaine élégante et son abreuvoir près du marché aux bestiaux.

Toutes les institutions du pays avaient enfin été fondées ou régénérées avec le bel argent de Pourlans.

Le feu duc y dépensait annuellement quatre cent mille francs, pas une obole de moins.

Il avait grand soin de s'y pourvoir de toutes les choses nécessaires à la vie : meubles, nourriture, habillements même pour lui et ses gens, et bien d'autres choses qu'un gentilhomme moins politique n'aurait pas manqué d'acheter à Paris.

C'était un propriétaire sagace, et, comme il était aussi très-économe, il portait hardiment à Paris même des habits faits par le tailleur d'Auvillars, et ne permettait à aucun autre médecin, qu'à celui d'Auvillars, de le soigner quand il était malade.

Ces petites choses firent autant pour la popularité du duc que s'il avait fait élever Auvillars au rang de préfecture de première classe, et que s'il y eût installé un évêque, cet évêque, fut-il même cardinal.

Mais ce n'était pas tout encore, le domaine de Pourlans n'était pas seulement une source de profits intarissables pour les petites gens d'alentour ; c'était encore la grande planète autour de laquelle gravitaient de nombreux satellites, sous la forme de petits châteaux, chalets, villas occupés par les hobereaux et les bourgeois du cru.

Les portes hospitalières du château étaient ouvertes, et cette *gentry* y venait en foule : réunions pour le tir à l'arc, ouvertures de chasse, bals, ventes de charité, autant de prétextes pour venir s'amuser à Pourlans.

Le château donnait le ton.

L'été et l'automne n'étaient qu'une longue fête à Pourlans, et Auvillars avait alors un air de prospérité qui faisait plaisir à voir.

Mais que ce temps était loin désormais !

L'éclipse de la grande planète avait entraîné celle des satellites ; Auvillars était tombé subitement de cette aimable aisance dans une gêne imprévue.

L'Auvillars de 1854 n'était plus que l'ombre de l'Auvillars de 1851.

J'imagine Capoue ravagée par la peste, Pompéi faisant faillite, ou Herculanum abandonné par ses millionnaires avant même d'être englouti.

Plus une voiture dans cette grande rue tortueuse et toujours proprement pavée où naguère, par les après-midi d'automne, pendant le règne du feu duc, on avait souvent compté jusqu'à deux douzaines d'équipages faisant queue à la porte de MM. Métivier et Carissan, marchands-merciers, ou de madame Cyprienne, la modiste de Paris!

MM. Métivier et Carissan et madame Cyprienne se vantaient de suivre les modes de la capitale, quand ils ne les devançaient point, et leurs mémoires étaient au niveau de leurs dires ; mais, hélas ! où en étaient-ils, en 1854, ces superbes marchands ?

MM. Métivier et Carissan vendaient des cotonnades ; un écriteau, apposé à la fenêtre de madame Cyprienne, annonçait qu'elle en était réduite à tenir des articles de lingerie.

Il est curieux de voir les conséquences d'un coup de sabre de dragon.

Le cavalier au nez bourgeonné qui, sans méchanceté, avait tué M. le duc, ne se doutait guère qu'il éventrait du même coup la bourse de tout un canton, et fauchait la prospérité de trente kilomètres carrés aussi parfaitement qu'un faucheur coupe le gazon.

Il n'est pas besoin de dire de quelle popularité jouissait, à Auvillars, le nez bourgeonné de ce cavalier !

Il y aurait passé un mauvais quart-d'heure, si le conseil municipal avait eu, pendant quinze minutes, la disposition de sa brutale personne.

Mais il était quelqu'un contre qui l'opinion publique était encore plus montée que contre le dragon : c'était le nouveau propriétaire, le nouveau duc d'Auvillars.

Après tout, ce militaire n'y avait pas mis de malice, ayant obéi à sa consigne, et quant à M. Bonaparte qui lui avait fait donner cette consigne, eh bien! vous voyez, depuis, il est devenu Empereur et il a cessé de l'être, mais il l'était encore en ce temps-là et les personnes prudentes n'aimaient pas à tenir sur son compte de mauvais propos.

Au contraire, que ne devait-on point dire d'un homme qui avait hérité d'un million de rentes, de propriétés immenses, d'un titre superbe, et qui se cachait au fond d'une ville étrangère?

Je vous demande à quoi sert d'être duc si l'on se cache?

La loi devrait frapper sévèrement les ducs qui ne se font pas voir.

Respecter leur propriété alors est une sottise; c'est même immoral, et ils doivent être forcés par décrets à restituer leur argent ou à le dépenser proprement, en gentilshommes.

Il fallait entendre comment on traitait le nouveau et mystérieux propriétaire de Pourlans, le samedi soir, après un triste jour de marché, à la table d'hôte de l'hôtel du *Soleil d'Or*.

C'était au moment critique du repas; le bouilli venait d'être enlevé; les convives attendaient en silence ce qui allait suivre.

1.

Le fermier Lambert, sec et menu, précieux spécimen du fermier français, nourri de lard maigre et de petit vin blanc, prenait ordinairement le premier la parole.

— Je n'ai jamais vu un si pauvre marché, — disait-il en soupirant. — Il y a trois ans, jour pour jour, je vendais vingt bœufs, ni plus ni moins ; aujourd'hui, je n'ai même pas vendu un veau.

— Ni moi ! — répétait le fermier Choblet, qui avait été médaillé au concours.

— Je vous en prie, ne parlons pas du temps passé, — fit Coste, le cordonnier.

— Non, ne parlons pas du passé, — s'écria Bellanger, le grainetier. — Quand je pense à ce duc qui se cache et qui est la cause que tout ici va de mal en pis, par les cinq cent mille diables, cela me fait bouillir le sang !

Bellanger était très-gros, et, quand son sang bouillait après une invocation aux cinq cent mille diables, son visage naturellement rougissait, et il était terrible à voir.

— De quel duc parlez-vous donc ? — demanda le jeune Onésime, voyageur de commerce, tout en aiguisant son couteau contre sa fourchette afin d'attaquer la pièce de veau que venait d'apporter la servante Marianne.

Onésime ne venait à Auvillars que pour la seconde fois. Il avait éprouvé des difficultés prodigieuses à soutirer des ordres de cette pauvre bourgade. Aussi n'était-il point disposé à se contraindre pour ces petites gens.

— Hé bien ! le duc d'Auvillars ? — répondit Bellanger, — De quel autre voulez-vous que je parle ?

— Ah ! oui, je me souviens, — continua Onésime, essayant la lame de son couteau sur son pouce, — je ne vous ai entendu parler que de lui à mon dernier voyage. Est-ce que vous n'êtes pas plus contents de ce bonhomme-là ?

Cette légèreté dégoûta Coste, qui fit observer tout bas à son voisin, M. Leboucey, le percepteur, que ces Parisiens devenaient de plus en plus malhonnêtes.

Cette excellente remarque fut perdue pour M. Leboucey, qui était sourd, outre qu'en ce moment M. Leboucey agitait dans son esprit un délicat problème : qui allait avoir le rognon de veau ?

Le fermier Briant, le compère du fermier Choblet, se chargea de répondre au commis voyageur.

— Contents ! — dit-il amèrement ; — non, il n'est point changé ce duc ! Et pourquoi changerait-il ? Ses régisseurs prélèvent pour lui ses revenus très-régulièrement, et il se soucie bien de savoir si nous autres, ici, nous nous en allons à la diable !

— Ah ! je parierais bien que non, — reprit Onésime d'un air badin.

— Voulez-vous de la farce ? — cria du bout de la table, Duval, l'hôtelier.

— Si j'étais à votre place, — continua Onésime, — je ne passerais pas toute l'année à faire des figures d'une aune. Si vous désirez si fort voir revenir votre duc, pour. quoi... Marianne, mon ange, le pain... pourquoi ne rédigez-vous pas une pétition ? Vous lui enverriez des députés.

— Quel bien cela ferait-il ? — demanda Coste.

— Pas beaucoup, j'en ai peur, si les députés ont l'air trop triste. Les millionnaires n'aiment pas la tristesse. Mais si vos députés avaient une figure un peu réjouissante... Après tout, il faudrait savoir quelle sorte d'homme est votre duc. Il y a duc et duc. J'en ai connu un autrefois qui n'était pas plus grand que Marianne. Ah ! par exemple, il n'était pas aussi fort qu'elle ! Nous avons voyagé ensemble sur un bateau à vapeur qui descendait le Rhin. Vous ne connaissez pas le Rhin, monsieur Bellanger ? C'est un fleuve splendide, couleur de café au lait, et bordé de chaque côté de châteaux qui ont l'air de pains de sucre. Le duc se tenait à l'avant fumant son cigare ; et je lui dis : « Monsieur le duc, la mission des grands hommes est de patronner les arts et les manufactures. Je travaille pour trois maisons célèbres dans l'univers :

l'une de draperie, une autre d'instruments de musique, et la troisième qui fait le commerce des vins. Je prends également des abonnements et des annonces pour deux journaux, l'un démocratique, l'autre conservateur. Si vous voulez m'honorer d'un ordre pour une flûte, et mettre votre nom comme abonné sur les listes d'un de ces journaux, vous encouragerez l'industrie et vous pousserez au développement du journalisme. » « Monsieur, » répliqua-t-il sèchement, « je ne suis pas un grand homme, je ne joue pas de la flûte, et je pense que le journalisme est déjà beaucoup trop développé comme cela. » Sur ce, il me tourna les talons. Ah ! diable ! voilà ce que j'appelle un duc malin ! Si le vôtre lui ressemble, je conviens que cela ne servirait pas à grand chose de lui adresser une pétition. Mais...

— Avez-vous fini, satané farceur ? — interrompit Bellanger, qui n'était pas content. — Il n'y a point ici de sujet de rire ; tout un pays marche à sa ruine parce qu'un vieillard capricieux se plaît à se cacher et à entasser son argent. Aurait-il jamais dû en hériter ? Je vous dis que nous autres provinciaux, dont vous autres Parisiens avez l'habitude de vous moquer, nous valons infiniment mieux que vous. Entendez-vous cela, jeune farceur ?

— Attrapez cela ! — reprirent en chœur les trois premiers, qui avaient un égal mépris pour les Parisiens.

Onésime ne se troubla point.

— Monsieur le grainetier, — dit-il, — mon pays natal n'est point Paris, mais Dijon ; j'ai vu le jour pour la première fois dans la vieille cité que ses moutardiers ont rendue célèbre. Pour ce qui est de votre vieux duc et de ses lubies, ce doit être vraiment un personnage très-intéressant.

— Voyons, voyons, messieurs, — fit Duval, — que M. le duc au moins ne nous empêche donc pas de dîner...

— Oui, le maudit démocrate ! — grommela Bellanger.

— Démocrate? — répéta le commis voyageur en se tordant de rire, — mais ce vieillard est un phénomène! Peste! il n'y a pas beaucoup de provinces en France, possédant un duc démocrate.

— Non, et c'est une jolie affaire pour celles qui en sont favorisées! — tonna Bellanger; — ah! ce duc!... si son neveu avait eu cinq minutes, avant de mourir, pour le déshériter! Pourlans n'était pas fait pour un homme comme lui!

A cette même table d'hôte, dînait un M. Duroseau, vieil officier en demi-solde, roide comme son épée.

Il avait été trop absorbé jusqu'alors par le travail de la mastication, car ses dents n'étaient point les mêmes que lui avait jadis fournies la nature.

— Jeune homme, — dit-il, — vous devez avoir entendu parler de l'ex-député Manuel Gérard?

— Eh! sûrement, capitaine. C'était un des premiers orateurs de l'ancienne Assemblée sous la République et sous le pauvre roi la Poire. Ah! ah! ah! c'est moi qui l'avais surnommé la Poire! Eh bien! capitaine?

— Eh bien! jeune homme, c'est lui qui est maintenant duc d'Auvillars.

Onésime n'avait pas été élevé à la cour; c'est pourquoi il fit entendre un long sifflement.

M. Duroseau continua :

— A l'époque où vous avez vu M. Manuel Gérard, sous le règne du dernier roi...

Le capitaine Duroseau mit une certaine emphase à prononcer ces mots : « le dernier roi »; il n'était point bonapartiste, il avait combattu en Afrique sous les ordres des ducs de Nemours et d'Aumale, et il eût été ravi de couper les oreilles de M. Onésime qui s'était permis d'appeler le roi Louis-Philippe la Poire.

— A l'époque où vous avez vu M. Gérard, — reprit-il — son vrai titre était celui de comte de Longepierre; mais il ne l'a jamais porté, ayant toujours été républicain. M. Gérard était l'oncle du duc qui a été tué par... Hum! nnh! en 1851. Il fut emprisonné lui-même, mais relâché aussitôt parce qu'il héritait de son neveu. On ne craignait plus un homme devenu si riche. M. Gérard se rendit à Bru-xelles...

— Tiens, tiens... — murmura le commis voyageur, — ce grand homme aux cheveux gris, aux yeux allumés comme deux lanternes, c'est le duc d'Auvillars? C'est là votre Jacobin, M. Bellanger! On l'appelle à Paris: Gérard l'honnête homme.

— C'est un républicain, monsieur, — dit le capitaine.

Le vieil officier admirait fort l'honnêteté, mais il n'au-rait jamais voulu convenir qu'il pût y avoir des républi-cains honnêtes.

— Qu'on l'appelle à Paris comme on voudra, — répli-qua le grainetier avec énergie. — On n'est pas honnête quand on ne sait point dépenser son argent. Voilà ce que je dis; un homme fait ce qu'il veut tant qu'il est pauvre, mais quand il est riche et duc, il n'a qu'à jeter la démo-cratie au vent, et laisser tout ce tas de bêtises à ceux qui en ont besoin pour vivre.

Et tout le monde d'applaudir, sauf l'officier en demi-solde et le commis voyageur.

Le premier fit observer sèchement qu'un changement de fortune n'autorisait point un changement de politique, le second demanda:

— Ce M. Gérard, le nouveau duc d'Auvillars, ne fait donc rien pour les pauvres du pays?

— Les pauvres, monsieur... qui se soucie des pauvres! — répliqua Bellanger. — Si M. le duc envoyait ici vingt mille francs, bon an, mal an, pour être distribués à ce ramassis d'infirmes et de vieilles femmes, est-ce que je m'en trouverais mieux pour cela?

Coste ajouta:

— De nos jours le pauvre est beaucoup trop riche; il prend le pain de ses supérieurs....

— Et ne leur laisse que le veau! — s'écria Onésime,
— Monsieur Coste, vous êtes le modèle du sentiment !
Mais, dites-moi... car j'ai encore à m'instruire, pourquoi
votre Jacobin dépravé vit-il à Bruxelles ?

Le commis voyageur en même temps se tournait vers
le capitaine Duroseau.

— Je ne sais pas, monsieur, — répondit brièvement le
capitaine. — Les affaires de monsieur d'Auvillars ne me
regardent pas.

Au fond, le digne capitaine considérait un peu les ducs
comme des officiers supérieurs; il ne prenait pas son
parti de voir discuter celui-ci par ce tas de lourdauds et
de courtauds de boutique.

— Quand un homme vit à Bruxelles, — s'écria
Bellanger, — il y a quelque chose... Oh ! je sais cela,
moi !

— Vous voulez dire?... — fit Onésime d'un air insi-
nuant.

— Je ne veux rien dire, monsieur; seulement, je suis
un homme d'affaires ; et, à moins d'avoir la preuve
positive qu'un homme fait une chose pour un bon motif,
je dois croire le contraire, naturellement. Ce monsieur
le duc n'est pas exilé, il a beaucoup d'argent et une
maison toute prête qui l'attend ici. Pourquoi ne vient-il
pas?... Pouvez-vous me le dire ?

Pourquoi monsieur le duc ne voyait-il pas son frère et
son neveu? — s'écria Coste. — Pourquoi n'était-il jamais invité à Pourlans? Pourquoi personne n'avait-il
entendu parler de lui jusqu'au moment où, monsieur le
feu duc étant mort sans testament, celui-ci hérita de ses
biens? Pourquoi se cache-t-il à présent à l'étranger ?

Le capitaine se leva et prit son chapeau.

Mais le commis voyageur, qui peut-être était habitué à
avoir le dernier mot, ramassant son sac de voyage dans
un coin de la salle, s'écria :

— Charmante ville d'Auvillars ! où le bouilli est

excellent et le cœur des habitants plus tendre encore...
Adieu !...

— Te tairas-tu ! perroquet de malheur ! — interrompit
Bellanger en fureur. — Le jour où je t'achèterai quelque
chose, tu noteras sur ton calepin que Bellanger est fou,
puis qu'il n'aura plus peur d'être volé !

— Qu'il a d'esprit ! — répliqua l'indomptable Onésime.
— Monsieur Duval, je vous prie de prendre soin de cet
homme : il est si aiguisé, si merveilleusement aiguisé que
j'ai peur qu'il ne se coupe lui-même.

Et, sur ce trait du Parthe, Onésime prit le menton de
Marianne, la servante, lui mit noblement vingt sous dans
la main, présenta ses respects à la société, et sortit.

— Que le diable t'emporte ! — vociféra le grainetier en
lui montrant le poing, — et quant à ton Gérard, l'honnête
homme, je pense que toi et lui feriez bien la paire.

. . . .

Ce dîner fameux et cette conversation édifiante avaient
eu lieu à l'hôtel du *Soleil-d'Or*, vers la fin de l'année
1854.

Huit jours plus tard, l'hôtel était littéralement sens
dessus dessous.

Trois voyageurs étaient arrivés par le train de midi ;
ils se proposaient d'y dîner et peut-être d'y passer la
nuit.

L'un d'eux était un vieillard d'environ soixante-dix ans,
les deux autres semblaient être ses fils.

II

GÉRARD, L'HONNÊTE HOMME

On leur donna les meilleures chambres de l'hôtel; le choix n'en était que trop facile à faire, car la maison était vide.

Marianne les fit entrer dans le salon jaune du premier étage, qui prenait vue sur la place du Marché, et, leur montrant à gauche deux tableaux qui décoraient la muraille, se hâta de leur apprendre qu'ils se trouvaient en face des portraits de feu Monseigneur le duc d'Auvillars et de son père, propriétaires de cet immeuble; à droite, au-dessus de la cheminée, cet autre portrait avec perruque était celui de M. le marquis, guillotiné par Robespierre; une quatrième toile, avec jabot en toile de Hollande, représentait Monseigneur Longepierre, évêque d'Autun, un saint homme qui avait fait beaucoup de bien en brûlan des protestants.

Marianne récitait son affaire tout d'une haleine; elle gagnait aussi quelques sous en montrant aux voyageurs le lit authentique dans lequel avait reposé Monseigneur le premier duc d'Auvillars, la première nuit de son retour en France, après l'émigration, l'an 1814, alors qu'on n'avait pas eu le temps de préparer sa chambre au château.

Et il n'était pas un démocrate dans le pays qui ne se fût payé le luxe de coucher dans le lit de Monseigneur.

Le plus âgé des trois étrangers écouta Marianne avec beaucoup de bienveillance, les deux plus jeunes semblèrent s'en amuser.

Tous trois avaient de belles figures, le vieillard surtout. Il se tenait droit et ferme, et tout dans son allure rappelait un ancien militaire. Cependant, il portait la barbe et les cheveux longs; ses cheveux étaient d'une blancheur éblouissante. Mais ce que ce vieillard avait de plus remarquable, c'était l'expression vivante et fière de ses yeux.

On devinait que ce regard n'avait jamais dû s'abaisser devant personne au monde. Sa voix était d'une douceur singulière. Il devait croire à l'humanité, à la liberté, au bien.

Les deux jeunes gens se ressemblaient assez pour qu'on pût découvrir à première vue qu'ils étaient frères.

L'aîné paraissait vingt-trois ou vingt-quatre ans; l'autre était à peine son cadet.

Tous deux avaient les mêmes yeux, qui brillaient comme ceux du vieillard, et leurs physionomies étaient aussi ouvertes et intelligentes que la sienne.

Le plus jeune était le plus vigoureux; il paraissait le plus sérieux aussi; l'aîné était plus délicat, plus fin, plus enclin à la bonne humeur; à chaque instant, son visage s'éclairait d'un sourire.

Tous deux étaient mis avec soin; mais ici le moindre trait de caractère a son importance: le plus jeune portait une simple cravate en soie noire attachée par un nœud; l'aîné avait une cravate longue en satin noir retenue par une épingle de prix.

Il régnait entre ces trois hommes une familiarité toufiante, née d'un profond amour dans le cœur du père, et dans celui des fils de la déférence la plus tendre.

Marianne se dit que c'étaient les trois plus beaux messieurs qu'elle eût vus depuis bien longtemps, et, dans son admiration, se mit à épousseter les chaises — opération qu'elle négligeait lorsqu'elle avait affaire à des clients vulgaires.

Elle ouvrit ensuite les fenêtres pour montrer à ces messieurs la place du Marché, et le héros de Poitiers qui se pavanait au milieu de la place.

Enfin, elle annonça que M. Duval allait monter pour offrir ses respects à ses hôtes.

Elle avait à peine achevé quand Duval parut.

Il portait sa serviette sous le bras, il était aussi obséquieux, aussi affairé que si la maison eût été pleine et que s'il n'eût fait que de servir à table toute la journée. Il exprima l'espoir que ces messieurs étaient logés suivant leur goût.

— C'est parfait, monsieur Duval, je vous remercie, — dit poliment le vieillard. — Mais nous n'aurons guère occasion d'en profiter, car mes fils et moi nous serons dehors du matin au soir. Il est maintenant une heure ; je pense que nous ne serons pas de retour avant sept ; pouvons-nous compter sur vous pour nous préparer à dîner ?

— Monsieur peut avoir toute confiance en moi, — répliqua Duval en saluant.

Les voyageurs confièrent leurs sacs à Marianne et suivirent Duval, qui leur montrait le chemin pour sortir de la maison.

Le digne aubergiste n'était point curieux ; mais il se souvint de certain règlement de police.

— Je vous demande pardon, messieurs, — dit-il, — vous déplairait-il d'écrire vos noms sur le registre ?

Le vieillard fut un peu contrarié, mais il ne témoigna de rien qui pût le faire voir, et suivit Duval dans le salon où l'aubergiste mit tout en l'air pour trouver une plume neuve ; puis il étala sur la table l'imposant registre qui devait être visé par M. le Commissaire.

Les feuillets étaient divisés en colonnes, et le voyageur était requis, par des questions imprimées en haut de ces colonnes de fournir les renseignements suivants : *Nom et prénoms, âge, lieu de naissance, profession ou commerce, motif du voyage actuel, nom de la ville qu'on venait de quitter, nom de celle où l'on se rendait, nature des certificats d'identité en possession du voyageur.*

Et, pour le cas où le voyageur n'aurait pas trouvé qu'il en avait dit encore assez, il y avait une neuvième colonne, intitulée : *Observations.*

L'étranger à cheveux blancs prit la plume, et d'une écriture assurée remplit silencieusement les places vides pour lui et ses deux fils.

L'hôtelier pendant ce temps se tenait à une distance respectueuse, mais, dès que les voyageurs eurent quitté la maison, il courut au registre.

A peine y avait-il jeté les yeux, qu'il fit un saut en arrière, et s'écria :

— Mon Dieu ! ce n'est pas possible... et, pourtant, cela est.

Et, d'un autre bond, il se retrouva sur le seuil de la porte extérieure, le visage en feu, cherchant à voir encore les voyageurs.

Mais déjà ils avaient tourné le coin de la place du Marché et descendaient vers la grande route qui menait à Pourlans.

Duval rentra dans la maison : ce n'était pas pour s'y enfermer.

En moins d'une heure, toute la ville d'Auvillars était sens dessus dessous.

C'était un joli chemin que celui de Pourlans. Il avait été jadis très-animé sous le règne des deux premiers ducs.

Un certain entrepreneur avait pourtant fait de son mieux pour le gâter par une spéculation d'ailleurs bien fâcheuse pour lui-même, en le bordant de petites constructions de lattes, de mauvaises briques, et de méchants plâtras qu'il avait décorées du nom de chalets. Cela ressemblait autant à des chalets qu'un joujou de Suisse représentant un donjon du Rhin ressemble au château de Versailles.

Connaissez-vous rien de plus laid que des ruines neuves ? Or ces chalets étaient déjà ruinés, non par leur antiquité sûrement.

Figurez-vous une troupe de pensionnaires fraîchement habillées de rose et de blanc pour un jour de fête et surprises par une forte averse qui les fouaille et les mouille jusqu'aux os. Ahuries, effarées, elles se tiennent piteusement au soleil pour se sécher.

Telle était l'image qui venait à l'esprit quand on considérait ces plâtres blancs et ces briques décolorées, ces volets où ne restait plus vestige de peinture.

Ces maisonnettes n'avaient jamais été habitées : le constructeur avait fait faillite.

Les trois hommes continuaient leur route tout en causant, ou plutôt c'étaient les deux jeunes gens qui causaient; le vieillard écoutait.

Il semblait un peu plus soucieux, et quelques nuages s'amoncelaient sur son front ; cependant, il souriait à l'humeur joyeuse de l'aîné de ses fils, à qui chaque objet animé ou inanimé, qui se trouvait sur le chemin, suggérait une saillie nouvelle, et il donnait son assentiment par un signe de tête toutes les fois que le cadet, moins brillant, mais plus réfléchi, atténuait les vivacités de son frère par quelque observation sensée.

— Où nous conduis-tu, père? — demanda l'aîné en riant. — Je commence à croire que ce pèlerinage mystérieux doit se terminer nécessairement à quelque ruine ; tout ce que nous avons vu sur la route est dans un tel état de délabrement... Regarde donc ce cabaret !

— Notre pèlerinage touche à sa fin, Horace, — répondit le vieillard ; puis il ajouta, non sans un certain trouble dans la voix : — Est-ce que tu trouves réellement que le pays a l'air délabré ? Nous n'avons pas encore rencontré de mendiants.

Horace jeta les yeux autour de lui, il cherchait un mendiant.

— Je crois décidément qu'on ne voit de mendiants que dans les pays libres, — dit-il. — J'en ai rencontré beaucoup en Belgique, et quand nous sommes allés en Angleterre l'année dernière, je les ai vus par milliers, mais ici.....

— Ici, à la place des mendiants, il y a des gendarmes, — interrompit le jeune frère.

Ils avaient fait à peu près deux kilomètres, lorsqu'ils arrivèrent à un carrefour où aboutissaient quatre chemins.

Une jeune fille venait au devant d'eux, portant un panier plein d'œufs frais.

Le vieillard, qui semblait mal connaître la route, lui dit : —

— Voulez-vous avoir l'obligeance, mademoiselle, de nous indiquer le chemin de Pourlans ?

— A gauche, — répondit-elle ; — il n'y en a pas pour dix minutes. Voyez le poteau.

Ils n'avaient point remarqué ce poteau qui disait :

POURLANS, à un demi-kilomètre.

LONGEPIERRE, à deux kilomètres.

SAINT-LOUP, à trois kilomètres et demi.

SERMESSE, à cinq kilomètres.

— Mon père, — dit le fils aîné, — tu as l'air d'Abraham conduisant au sacrifice son fils Isaac.

Le vieillard mit une main sur son épaule.

— Tu répondras toi-même à cette question, mon cher fils, quand nous reviendrons ce soir, — reprit-il avec une gravité extraordinaire.

Et il continua :

— Il se peut que nous allions à un sacrifice.

Pendant les quelques minutes qui suivirent, ils marchèrent silencieusement, le père toujours grave, le fils un peu troublé, jusqu'à ce qu'un nouveau tournant de la route les amenât subitement en vue de la cabane du garde de Pourlans, avec son avenue princière.

Le château à tourelles dominait le point de vue.

Le visage du vieillard semblait s'animer d'une émotion très-vive, et les deux jeunes gens firent entendre un murmure d'admiration.

C'était en effet un spectacle splendide que ce château de Pourlans, dans sa majesté solitaire, baigné par les rayons empourprés du soleil d'automne, et entouré de son cortège d'arbres géants.

— La belle chose que la fortune ! — soupira Horace. — Et dire que le propriétaire de ce paradis, ce Crésus, trouve peut-être le pays ennuyeux, dépense les trois quarts de son temps à Paris, parqué dans un appartement à peine aussi grand que cette maison de garde.

— Tu auras le loisir d'inspecter ce paradis à ton aise, — lui répondit son père, — car c'est ici le terme de notre voyage.

Et, comme on était arrivé à la grille, il tira la chaîne de la cloche qui pendait à son côté.

C'était la vieille femme dont nous avons déjà fait connaissance qui vint en trottinant. Elle était habituée aux demandes de visiteurs qui désiraient voir les jardins ; plus il en survenait, plus elle était contente, car chaque visiteur représentait en moyenne une pièce de vingt sous.

Elle découvrit pourtant bientôt que ceux-ci n'étaient point des curieux ordinaires.

Lorsque les trois voyageurs eurent franchi les grilles en fer forgé, décorées d'écussons et de couronnes ducales, le vieillard tira une lettre de sa poche et la présenta à la vieille.

— Cette lettre est de M. Claude, le régisseur, — dit-il.

La vieille femme fouilla dans son tablier pour en tirer une paire de lunettes en corne, les mit sur son nez d'une main tremblante, brisa le cachet, et lut les lignes suivantes :

« Madame Léger,

« Vous aurez l'obligeance de conduire le porteur du » présent billet dans tout le château, les appartements, » les écuries, la galerie de tableaux. S'il préférait visiter » seul la maison, vous lui donneriez les clefs.

» J. CLAUDE. »

— Monsieur est sans doute la personne dont M. Claude me parlait l'autre jour, — s'écria madame Léger, en jetant un regard scrutateur, mais respectueux sur les étrangers. — Il m'a dit qu'un monsieur devait venir qui aurait besoin de voir le château... un ami de Monseigneur le nouveau duc, je crois...

Le vieillard fit un signe de tête affirmatif; ses fils ouvraient de grands yeux : ils ne semblaient se douter en aucune façon des motifs que leur père avait de les amener en ce lieu.

Madame Léger, plus maussade encore qu'à son ordinaire lorsqu'elle se trouvait en présence des grands de la terre, formula l'espoir que Monseigneur était en bonne santé, et demanda si ces messieurs voulaient monter seuls au château ou si elle devait les y accompagner.

Il y eut un moment de délibération sur ce point; l'étranger désirait évidemment éviter à la brave femme de faire un kilomètre à pied, car l'avenue n'avait pas moins, mais madame Léger assura qu'elle avait de bonnes jambes et que ces messieurs se perdraient dans les appartements si elle n'était pas là pour les guider.

— Mais peut-être — ajouta-t-elle — ces messieurs sont déjà venus ici ?

— Je suis venu ici autrefois, — répondit très-vite le vieillard, — mais il y a longtemps de cela; les choses ont changé depuis, et à présent je pourrais bien ne plus retrouver mon chemin.

Et, pour récompenser l'honnête vieille femme de la peine qu'elle allait prendre, il lui glissa un napoléon dans la main.

— Monsieur est bien généreux, — répondit madame Léger, qui tombait de son haut.

Et aussitôt les quatre personnages se mirent en marche. Madame Léger était en tête; les autres la suivaient doucement réglant leurs pas sur le sien.

Comme rien ne ressemble plus à une vieille maison qu'une autre vieille maison, et que la description de salons, de chambres désertes, de bibliothèques, de galeries de tableaux silencieuses, et de vieux meubles recouverts de leurs housses n'est intéressante pour personne, nous ne suivrons pas les étrangers dans leur inspection du manoir de Pourlans; nous les laisserons aux soins de madame Léger, et nous les attendrons sur la terrasse qui donne sur le jardin.

On avait mis à peu près trois quarts d'heure pour faire le chemin de l'avenue, grâce à madame Léger, qui à chaque instant s'arrêtait pour montrer le paysage.

Ici, c'était un banc sur lequel M. le feu duc s'était souvent assis pour lire son journal.

Ici, un belvédère construit par M. le marquis, qui regardait très-souvent les étoiles avec son télescope.

Dans ce sentier, si ces messieurs voulaient faire un petit détour, ils verraient la tombe en marbre blanc du chien chéri de madame la marquise, femme de Monseigneur qui fut mis à la Bastille par Louis XIV. Elle était jolie comme un amour, messieurs, et cependant très-respectée par le roi. Ah! dame, c'était sage!... Mais de toutes ces choses, celle qui avait pour madame Léger le plus d'attrait était un hêtre auquel avait été pendu un jacobin.

2

Ce jacobin était l'homme qui, en 1793, avait dirigé le sac de Pourlans, et qui, après le coup, s'était retiré et avait tranquillement vécu comme un bon bourgeois pendant les vingt années suivantes. Mais en 1814, au retour des Bourbons, une nuit, les paysans eurent l'idée d'aller le réveiller pour le pendre, juste en face les fenêtres du nouveau duc... attention délicate qui avait grandement touché Monseigneur et qui semblait également touchante à madame Léger.

Les visiteurs restèrent plus de deux heures dans le château.

Le vieillard désirait que ses fils vissent tous les coins et recoins de la maison.

Madame Léger fit comme il voulait; elle les conduisit d'étage en étage, de l'antichambre à la chambre, de la chambre à la salle à manger, de la salle à manger à la chapelle, faisant grincer les serrures et entrant dans des explications interminables, comme si elle eût parlé d'une ville morte.

Chaque pouce de tapis du château de Pourlans était quelque chose de sacré pour madame Léger.

Elle avait coutume de parler sur un ton pleurard et respectueux à la fois de ses maîtres disparus. Mais quand elle prononçait le nom du nouveau duc, qu'elle n'avait jamais vu, elle avouait que son absence était pour elle la chose la plus mystérieuse du monde et qu'elle n'en revenait pas.

Les jeunes gens l'écoutaient avec cette attention silencieuse et bienveillante que l'on témoigne à un vieux bedeau qui vous fait visiter une cathédrale.

Leur père ne parla que fort peu pendant ces deux heures. Une fois seulement lorsqu'ils furent dans une chambre du second, qui jadis avait été une chambre d'enfants, il sourit, mais son sourire avait quelque chose de profondément triste; désignant un portrait d'un très-jeune enfant qui était accroché au mur, il demanda :

— Quel est ce portrait ?

— Ça, monsieur, c'est le duc actuel d'Auvillars, — répondit madame Léger; — il y a près de soixante-dix ans que c'est fait.

Quand cette visite du château fut enfin terminée, et du haut en bas, nos étrangers s'arrêtèrent sur la terrasse.

— Eh bien! Émile, — demanda le vieillard au plus jeune de ses fils, — que penses-tu de tout ce que nous venons de voir ?

Et il interrogeait avec une expression de curiosité particulière le regard du jeune homme.

— Il doit y avoir un cadavre dans cette maison, mon père, — répliqua le jeune homme d'un air pensif.

— Comment, un cadavre, cher enfant ?

— Oui! un cadavre qui empêche le nouveau seigneur de Pourlans de l'habiter. Ne crois-tu pas, père, — ajouta-t-il, — qu'il faut qu'il y ait quelque douloureux souvenir qui éloigne le nouveau duc d'Auvillars de cette demeure ?

Le père ne répondit pas; et se tournant vers madame Léger :

— Nous ne voulons pas, — lui dit-il avec douceur, — vous ennuyer et vous obliger à rester plus longtemps avec nous, madame Léger; mes fils et moi nous allons nous asseoir pendant un moment sous ce chêne là-bas, et aussi probablement nous promener dans le parc.

Madame Léger fit une révérence.

— Très-bien, monsieur, — répondit-elle ; — quand vous aurez envie de vous en aller, vous n'aurez qu'à suivre tout droit l'avenue; vous me trouverez à la maison du garde pour vous ouvrir les grilles.

Elle fit une seconde révérence, et s'en alla en clopinant.

Les trois hommes se dirigèrent vers le chêne, qui avait été planté au milieu d'une grande pelouse, d'où l'on dominait presque tout le parc.

Avaient-ils le pressentiment qu'ils allaient entendre des

choses extraordinaires ou était-ce simplement par hasard qu'ils se taisaient?

Toujours est-il que les jeunes gens marchaient l'un à côté de l'autre sans prononcer une parole.

Le bruit de leurs pas dans ces hautes herbes, les chansons des oiseaux dans les arbres, troublaient seuls le profond silence qui enveloppait les choses.

Il y avait un banc de bois qui faisait le tour du chêne. Tous trois s'y assirent, le père entre les deux jeunes gens.

— Pouvez-vous deviner pourquoi je vous ai amenés ici? — dit-il.

— Pourquoi, père?

— Je veux vous raconter une histoire, — dit-il, prenant affectueusement une de leurs mains dans les siennes. — Désirerais-tu par hasard que je t'apprisse ce que c'est que le cadavre de Pourlans, Émile? Et toi, Horace, es-tu curieux de savoir comment certaines gens peuvent se trouver plus heureux dans un petit appartement de Paris, que dans un château comme celui-ci?

Émile sourit légèrement.

— C'est bien cela, — répliqua-t-il. — Il y a un cadavre.

Et Horace ajouta d'un ton mi-badin, mi-tragique : —

— Je me plaignais de ce qu'on ne rencontrait que des mendiants dans les pays libres. Il faut également remarquer que les maisons riches semblent avoir la spécialité des souvenirs sinistres: pas de château où quelque mortel n'ait été empoisonné, jeté dans un puits ou par la fenêtre.

— Oui; mais il n'y a rien de pareil dans mon histoire, — interrompit doucement le vieillard. — Ce n'est pas une histoire de meurtre, ni un mystère. C'est... je ne puis pourtant pas dire que ce soit une histoire comme il en arrive tous les jours. Du reste, vous allez en juger.

Voyant les deux jeunes gens attentifs, il commença son

récit d'un ton très-simple, comme s'il eût dit un conte de fées.

— Il y avait autrefois un très-riche gentilhomme qui vivait dans une maison comme celle-ci. C'était un homme bon; mais il eut le malheur de vivre dans des temps troublés. Alors le peuple, exaspéré par le souvenir de longs siècles d'oppression, se souleva contre ses maîtres, et il paya, ainsi que cela arrive souvent, pour les fautes de ses ancêtres. Il mourut noblement. En mourant, il laissa deux fils : leur mère était morte quelques années auparavant. L'aîné avait dix-sept ans, le plus jeune en avait neuf. En temps ordinaire, l'aîné aurait succédé à son père et serait devenu le tuteur de son frère. A cette époque, il y avait dans tout le pays un tel sentiment de colère et de haine contre la noblesse, que les jeunes gens ne purent rester en France, où ils n'eussent pas été en sûreté. L'aîné, qui avait pris le titre de marquis, fut officier dans l'armée de Condé, à Coblentz; le plus jeune, qui était vicomte, devint page d'honneur d'une Princesse Royale, la comtesse de Provence. Je n'ai pas besoin de vous rappeler ce qu'il advint de l'armée de Condé. Les officiers et les soldats qui la composaient étaient des braves ; mais ils avaient porté les armes contre leur pays; or, la victoire ne reste pas longtemps du côté de ceux qui bravent le droit et la justice. Quelques-uns acceptèrent du service dans les armées étrangères; d'autres, et probablement les plus sages, partirent pour l'Amérique pour tenter d'y refaire leur fortune ; il y en eut encore qui émigrèrent en Angleterre, où ils formèrent une grande colonie qui ne fut ni très-unie, ni très-raisonnable, et qui s'intitulait : les Réfugiés. Parmi ceux-là se trouvaient le jeune marquis et son frère. Ils avaient été complétement ruinés par la Révolution; la Convention avait décrété que les émigrés perdraient leurs biens, et il ne leur resta plus pour vivre que l'argent qu'ils retirèrent de la vente des bijoux et de l'argenterie de famille, qu'un vieux serviteur

avait pu sauver et leur avait fait parvenir en Angleterre.
C'était une dure époque pour des jeunes gens élevés dans
le luxe; mais les deux frères ne se plaignirent pas, car il
y en avait de bien plus malheureux encore. Bon nombre
de ducs et de comtes avaient dû se faire professeurs de
musique, d'escrime, de langues, ou de dessin. Il y en a
qui s'établirent dans de petits commerces. On en cite un
depuis pair de France, qui se fit bravement charpentier
et réussit à merveille dans cette carrière. Malheureusement cette adversité, qui eût dû servir de leçon à ceux
dont l'imprévoyance avait provoqué la Révolution, ne
semblait pas leur avoir beaucoup profité; la colonie des
réfugiés ne s'occupait guère que d'intrigues; elle ne songeait qu'aux moyens d'envahir la France et de rétablir
l'ancien régime; on n'y entendait que des anathèmes
contre l'esprit nouveau de la Révolution. Cette attitude
affligea d'abord le plus jeune des deux frères, et, peu à
petit, l'éloigna de la cause royaliste. A mesure qu'il avan-
çait en âge, il comprenait que la Révolution n'avait pas
fait autant de mal que ceux de sa caste auraient voulu
lui faire croire. Certes, les excès de la Révolution, les
orgies sanglantes de 93, furent des crimes... de grands
crimes, qui ont été d'ailleurs chèrement expiés par les
républicains; mais pour juger cette grande et sombre
époque, il faut séparer le bien du mal; distinguer entre
les révolutionnaires qui ne voulaient que le règne de la
liberté et de la loi et tombèrent victimes de leur modération, et les tristes misérables qui... Mais ne les jugeons
point non plus trop sévèrement, — fit avec tristesse le
vieillard, — la mort les a pris comme les autres!

Il s'arrêta pendant un moment.

— Le jeune homme, je veux dire le jeune vicomte,
avait lutté longtemps avant d'oser s'avouer à lui-même,
qu'il n'était plus du même sentiment que ceux qui l'en-
touraient. La mort de son père avait été une injustice et
une cruauté, et il s'écoula quelque temps avant qu'il

comprit qu'il ne serait pas plus équitable de considérer le parti républicain comme responsable de ce crime qu'il l'eût été de rendre son père responsable des crimes et des folies de la noblesse française. Peut-être si le langage des émigrés, au milieu desquels il vivait, avait été plus sensé, plus tolérant, plus digne, plus patriotique, peut-être, n'aurait-il jamais été amené à faire ces réflexions, et serait-il resté royaliste jusqu'au bout comme son frère aîné. Mais, sauf quelques très-rares exceptions, il en allait tout autrement; si les réfugiés gardaient au fond du cœur quelque reste de leur amour pour la France, ils n'en laissaient certainement rien paraître. Aux yeux d'un jeune homme de dix-sept ans, ils apparaissaient comme des êtres entêtés et frivoles, sans générosité, sans largeur de vue auquel le malheur n'avait rien appris, et tels que, si jamais le pouvoir tombait entre leurs mains, ils semblaient marqués d'avance pour conduire leur pays aux abîmes. Vous le savez, les jeunes gens sont ainsi faits, qu'ils vont dans tout ce qui est extrême, sans tran- sition. Lorsqu'ils perdent leur foi dans certains principes, ils en concluent soudain que les principes contraires sont les seuls vrais, les seuls bons. C'est ce qui arriva au vi- comte; il sentit sa confiance et son admiration pour la cause royaliste diminuer insensiblement, et un beau jour il se trouva qu'il avait nettement pris parti pour les répu- blicains. Ceci se passait à l'époque où Bonaparte étonnait l'Europe entière par sa campagne d'Italie, et quand la gloire militaire de la France brillait d'un éclat qu'elle n'avait pas encore connu. Il était difficile de ne point sen- tir son cœur tressaillir d'orgueil tout au moins, au récit de ces batailles où les jeunes armées de la République fran- çaise, luttant contre un ennemi partout plus nombreux, mieux armé, plus exercé, étaient partout victorieuses.

Les réfugiés et avec eux la presse anglaise avaient beau rire de ces guenillards, affirmer qu'ils n'étaient point vainqueurs, ces manifestations évidentes du dépit et de la jalousie ne faisaient qu'ajouter au plaisir qu'éprouvaient tous les cœurs français restés patriotes, Un jour... c'était en l'année 1801, le jeune vicomte prit une résolution grave. Fatigué de cette vie d'exil et ne voyant rien qui l'attirât dans la pensée d'être retenu indéfiniment à la cour pour rire de ce prince, qui s'intitulait lui-même Louis XVIII, il fit un grand effort — effort nécessaire, je vous le jure, et qui demanda du courage, — puis il fit part à son frère de l'intention où il était de retourner en France et de s'engager dans l'armée du général Bonaparte. Le marquis, lui, était toujours resté royaliste, et la pensée que quelqu'un des siens pouvait devenir républicain, n'avait jamais traversé son esprit, même en rêve. Il bondit en entendant son frère, comme s'il avait reçu un grand coup de fouet ; ce qu'il lui disait lui paraissait ressembler singulièrement à un blasphème. Quoi! son frère, son propre frère, devenant renégat, servant dans les rangs des assassins de son père! C'était à ses yeux comme une sorte de complicité dans le parricide même. Il pâlit, saisit la main de son frère, et le supplia de lui dire que tout cela n'était qu'un jeu, une folie, ce qu'il voudrait enfin, hormis la vérité. Mais le jeune homme tint bon. Il avait prévu l'accueil qu'il recevrait, mais il sentait ses raisons si élevées, si décisives, il savait si bien que la haine contre les meurtriers de son père était toujours en lui, intacte et forte, que l'indignation et la surprise de son frère ne le touchèrent point. Il alla même jusqu'à concevoir l'espoir de le convertir. Il plaida sa cause avec chaleur. Il ne pouvait offenser la mémoire de son père, en servant son pays. Ce n'était ni pour Robespierre, ni pour Marat qu'il allait combattre, ils étaient morts ; il allait tout simplement se faire soldat français, et combattre pour la France. Bref, il dit tout, tout ce qu'il sut, tout ce qu'il put trouver pour convaincre son frère ; mais celui-ci demeura inébranlable. Chevaleresque et inflexible, il n'admettait point qu'on pût abandonner son parti, sans trahison, sans crime. Il s'indigna des propositions de son frère, finit par lui dire durement : « Cesse, je t'en prie! » et de ce jour jusqu'à celui de sa mort, il ne voulut jamais le revoir...

Le vieillard s'interrompit un instant; il était un peu pâle; mais il continua d'une voix assurée :

— L'esprit de parti était poussé très-loin à cette époque; je crois vraiment que les hommes avaient une capacité de haine plus grande qu'aujourd'hui. Oui! les mots de royaliste ou de républicain séparaient alors les hommes si profondément qu'aucun lien de famille, si fort qu'il fût, ne pouvait les rapprocher; et une fois qu'on avait abandonné un camp pour un autre, c'en était fait des anciens amis; ils vous devenaient absolument odieux, comme on le leur devenait à eux-mêmes. Celui dont je parle ne haïssait pas son aîné, Dieu le sait ! mais l'aîné conserva un ressentiment éternel contre son cadet... Mais laissons là ce triste passé, et que ceux qui ne sont plus oublient comme leur frère a oublié. Je ne désire pas faire mon histoire trop longue, — continua le vieillard, — je dirai seulement que la fortune se montra bienveillante pour le jeune volontaire de l'armée républicaine; très-vite il obtint l'épaulette de lieutenant, fut capitaine après trois ans de service, et aurait pu arriver bien plus haut s'il eût voulu rester dans l'armée. Mais en devenant soldat sous Bonaparte, il avait juré fidélité à la République et n'avait pas prévu l'Empire. Lorsque le Premier Consul se changea en Empereur, le jeune vicomte donna sa démission. Elle ne fut pas immédiatement acceptée... car on avait justement besoin alors d'hommes pour la campagne d'Autriche qui venait de s'ouvrir. Après le traité de Presbourg, lorsqu'on vit qu'il ne voulait accepter ni avancement, ni la croix, on le laissa partir. C'est dans ces circonstances qu'il vint s'établir à Paris. Il quitta l'épée pour la plume. Et la nouvelle carrière qu'il choisit, si elle dépassa peut-être ses mérites, dépassa certainement ses espérances. Le frère aîné réussissait, pendant ce temps, dans un genre tout

différent. Durant son exil, il épousa une femme très-riche,
— la fille d'un Anglais qui faisait la traite des nègres, —
et à la rentrée des Bourbons il revint en France, fut fait
duc, racheta avec l'argent de sa femme les biens de sa
famille, qui avaient été vendus comme propriété nationale, et mourut comblé d'honneurs, immuable jusqu'à la
fin dans sa fidélité à une dynastie dont il avait partagé la
bonne et la mauvaise fortune. Maintenant, que diriez-
vous ? — demanda le vieillard, regardant ses deux fils
alternativement, avec une émotion visible, — que diriez-
vous si, le hasard ayant voulu que le fils unique du frère
aîné mourût sans enfants, le plus jeune... le républicain...
était devenu un beau jour, sans s'y attendre, héritier du
titre de duc et des biens rachetés ?... Voyez et réfléchissez...

Il continua, d'une voix suppliante et grave à la fois :

— Voyez, et réfléchissez à la situation de cet homme.
Il ne s'était jamais occupé de cet héritage, ne l'avait jamais désiré ; c'est un malheur — malheur sorti d'un
crime politique odieux, — qui le lui apporta. Ceci aurait
suffi à une âme honnête pour refuser cette fortune ; car,
profiter du crime, c'est en être complice. Mais il y avait
d'autres raisons. A partir du moment où il s'était séparé
de son frère, le républicain avait arrêté, avec une netteté
et une rigueur parfaite, les principes qui devaient diriger
sa vie. A tort ou à raison, ces principes lui interdisaient
de porter un titre, et il avait abandonné celui de vicomte,
pour prendre simplement son nom de famille. C'était sous
ce nom qu'il était généralement connu et qu'il s'était fait
sa petite réputation ; et c'était sous ce nom que les électeurs républicains l'avaient envoyé à la Chambre quatre
fois de suite comme membre de l'opposition libérale,
c'est-à-dire non-seulement pour y défendre la liberté à
l'intérieur, mais encore, si l'occasion s'en présentait, pour
réclamer l'abolition de l'esclavage dans les colonies. Rappelez-vous que nous parlons d'un temps où l'abolition de

l'esclavage était un mot d'ordre favori de l'opposition avant 48. A présent, — fit-il doucement, en manière de conclusion, — qu'en pensez vous?... Cet homme, qui refusait de porter le titre de vicomte, pouvait-il changer d'avis pour porter celui de duc; cet adversaire implacable de l'esclavage pouvait-il accepter une fortune gagnée en vendant des esclaves? Voyons, mes enfants, répondez.

Il y eut un instant de silence; un seul instant.

Les deux fils se levèrent ensemble, la tête découverte, les yeux pleins d'éclairs.

— Mon père!... — fit le plus jeune avec orgueil; mais il était trop profondément ému pour en dire davantage.

L'aîné ajouta, d'une voix toute frémissante de joie, d'admiration :

— Mais tu n'as pas eu besoin de duché ou de richesses, père, pour faire ton nom illustre.

Les trois hommes se serrèrent la main. Et dans cette silencieuse étreinte, il sembla que les fils, jugeant la vie du père, qui leur apparaissait alors avec toute l'austère grandeur de l'abnégation et de la dignité humaine, étaient fiers de sentir dans leur cœur assez de noblesse native pour avoir le droit de la ratifier solennellement, de dire : C'est ainsi, père, qu'il fallait faire.

Ce fut, d'ailleurs, la première fois que les deux jeunes gens entendaient parler de leur famille. Ils n'avaient connu leur père que comme un des chefs les plus estimés du parti républicain, auquel son intégrité et sa droiture naturelles avaient fait donner, par ses amis comme par ses adversaires, le surnom enviable de Gérard l'honnête homme.

Il y a certains Français qui ont l'art de rendre la cause républicaine particulièrement désagréable; mais Manuel Gérard n'était point de ceux-là.

La République, comme il la rêvait, eût été une chose magnifique. Malheureusement, avant de l'établir, il eût fallu faire disparaître les mauvais instincts du cœur humain, il eût fallu transformer radicalement l'homme.

Dans sa République, il n'y avait ni prisons, ni geôliers, ni bourreaux, ni gendarmes.

A l'entendre, le crime n'était que le résultat de l'ignorance, et le jour où chacun saurait lire, écrire, et compter, il ne serait plus besoin d'établissements pénitentiaires.

On eût été mal venu à lui faire remarquer que le plus grand nombre profitait de la connaissance des trois règles pour voler ses voisins et s'enrichir à leur dépens.

Cependant, malgré sa croyance naïve dans les vertus innées de l'homme, Manuel Gérard n'était pas un pur rêveur. Il savait être habile quand il le fallait, mais il méprisait d'instinct tout ce qui est mesquin ou faux ; plus d'une fois il avait étonné ses adversaires par l'énergie et même la crudité avec lesquelles il avait dénoncé leurs manœuvres ou leurs mauvais desseins.

Il y avait en lui du soldat et du prêtre.

Très-doux par nature, indulgent, d'une amabilité courtoise, il lui arrivait de s'enflammer comme un enfant au récit d'une mauvaise action, et de laisser cours, alors, à la véhémence, à la libre fougue impétueuse de son imagination.

N'ayant rien à attendre, comme il le croyait, de sa famille, il avait élevé ses deux fils très-modestement.

Il leur disait toujours qu'un homme en restant simplement honnête devait finir par réussir. C'était chez lui une croyance profondément enracinée.

S'il avait bien possédé la Bible, ce qui n'était pas son cas, je dois l'avouer avec douleur, il n'aurait pas manqué de citer à tout bout de champ ce beau passage : *J'étais jeune, et maintenant je suis vieux, pourtant je n'ai point vu le juste abandonné ni sa progéniture mendiant son pain.*

Mais étant républicain et se donnant comme libre-penseur, il invoquait simplement sa propre expérience et disait qu'il avait connu un grand nombre de braves gens et aussi beaucoup d'autres; mais qu'il n'avait jamais rencontré un honnête homme qui ait eu à se repentir de so honnêteté.

Élevés dans ces principes, les jeunes gens avaient grandi et étaient devenus de véritables hommes; ils partageaient le dégoût de leur père pour tout ce qui n'est pas loyal et droit, et ils se promettaient bien de défendre, dans la mesure de leur force, la cause républicaine.

La France n'est pas un de ces pays où chaque personne a un nobiliaire sur sa table; il est donc assez facile de cacher son origine et sa famille.

Bon nombre d'amis de Manuel Gérard, ne soupçonnaient même pas qu'il eût quelques liens de parenté avec une maison ducale; le défaut des Français n'est point de se déprécier, et quand un homme se donne comme le premier venu, il est toujours cru sur parole.

Les jeunes gens n'avaient point été émerveillés par les révélations que leur avait faites leur père sur leur origine aristocratique.

Quelques jours auparavant, Manuel Gérard, qui avait toujours vécu avec eux à Bruxelles depuis le Coup d'État, leur avait tranquillement fait part de son intention de les conduire en France pour régler quelques affaires, et, une fois à Pourlans, il leur avait dit son secret de la façon que nous venons de dire.

Ce récit leur avait causé une très-grande surprise et quelque émotion.

Pour des jeunes gens de vingt-quatre ans et de vingt-et-un ans, l'argent et les honneurs n'ont pas la même importance dans la vie que plus tard.

D'une façon ou d'une autre, ils trouvaient tout naturel que leur père fût duc; ils trouvaient tout aussi naturel qu'il refusât de porter son titre, et qu'ayant hérité d'un domaine acquis avec un argent mal gagné, il s'en dessaisît sans hésitation.

Mais cela ne les empêchait pas d'admirer ce désintéres-

3

sement et d'en être fiers; les belles actions ont la vertu
de nous émouvoir, même lorsque nous en sommes nous-
mêmes le plus capables.

Il y eut un long silence, après lequel le père, qui avait
regardé ses fils avec une grande joie et une grande tendresse, dit :

— Et que fera-t-on d'un domaine que tout le monde
refuse ?

Émile répondit le premier.

— Il a été acheté avec l'argent provenant d'un trafic
ignoble, — dit il gravement, — qu'il soit vendu et que
le prix de la vente soit employé à racheter des esclaves ou
à travailler à l'abolition de l'esclavage en Amérique.

— Oui !...oui ! — fit son frère en donnant vivement son
assentiment.

Manuel Gérard avait apporté un parchemin plié en
quatre, jaune, et qui avait l'air le plus authentique du
monde.

— Pendant ces trois dernières années, — observa-t-il,
— la propriété a été sans maître, c'est-à-dire qu'un régisseur a encaissé les revenus et les a dépensés en charités;
mais voici un acte que j'ai fait préparer et qui vous trans-
fère la pleine propriété du domaine et vous donne le droit
d'en disposer.

Horace prit le parchemin et fit le geste de le déchirer
immédiatement.

— Ceci doit être le sacrifice dont nous parlions ce matin,
— ajouta-t-il en riant.

Son frère l'approuva, en ajoutant :

— Oui !... déchirons-le; il ne peut rien nous apporter
de bon.

— Arrêtez un moment, — fit Manuel Gérard.

Et il cita ces deux vers :

Un sacrifice fier charme une âme hautaine,
La gloire en est présente et la douleur lointaine.

Ils étaient tirés d'une pièce de Ponsard très en vogue alors.

— Laissez-moi vous conseiller d'attendre et de ne pas agir sous le coup d'une première impression, chers enfants, — continua-t-il. — Le mérite de votre sacrifice sera d'autant plus grand qu'il sera accompli après réflexion. Je ne voulais point vous parler de cela avant que vous fussiez en âge de vous rendre compte à cet égard de la valeur et de la portée de vos résolutions; mais je ne voudrais pas que vous vous décidassiez trop vite. Réfléchissez sérieusement, froidement, de façon que vous ne puissiez jamais rien regretter de ce que vous aurez fait.

— Mais que pourrions-nous faire? — demanda le frère aîné d'un ton surpris, en regardant son père presque d'un air de reproche. — Est-ce que nous aurons jamais, Émile ou moi, un sentiment différent de celui qui nous anime aujourd'hui?

— Fasse le ciel que non, mon cher enfant, — répliqua le vieillard, avec un affectueux sourire pour le rassurer; — mais quand je songe à la satisfaction intime que vous éprouverez plus tard, au souvenir de votre belle action, il me semble que cette satisfaction sera plus vive, si vous pouvez vous dire que vous avez agi, non dans l'impétuosité d'un mouvement généreux, mais avec le sang-froid d'hommes réfléchis et libres. Voici donc ce je veux vous proposer. Gardons les titres de propriété entre nos mains pendant une période déterminée... Disons quatre ou cinq ans... Pendant ce temps, les revenus de Pourlans seront consacrés à des œuvres de bienfaisance; et si à la fin du terme vous êtes restés fermes dans votre résolution, alors la proposition d'Émile sera adoptée et l'héritage entier retournera à ses vrais possesseurs, aux malheureux esclaves dont la liberté en a été le prix.

Il s'écoula quelques instants avant que l'aîné pût comprendre les avantages de ce projet; il est même probable qu'il ne les aurait jamais compris; mais le plus jeune pour plaire à son père, dont il devinait les véritables pensées, se prétendit converti.

Émile devina que le désir intime de Manuel Gérard était que ses fils ne fussent pas influencés par sa présence; il voulait qu'ils pussent délibérer en pleine liberté pour que le sacrifice qu'ils allaient accepter fût bien leur œuvre propre.

— Très-bien, père, — dit le jeune homme avec tranquillité; — attendons si tu veux, cela reviendra au même.

L'aîné, cependant, ne se rendit pas aussi vite. Il avait ouvert le parchemin et il avait machinalement jeté les yeux dessus.

L'acte était aussi formel, aussi régulier que possible; il avait été préparé et signé en présence de témoins. Il était inattaquable.

Il partageait la propriété en deux parts égales : le château de Pourlans avec le domaine du même nom, et toutes les terres situées dans la ville d'Auvillars formaient la part d'Horace; et les biens fonds de Longepierre, de Saint-Loup, de Sermesse, aussi bien que l'hôtel de la famille dans le faubourg Saint-Germain, à Paris, formaient celle d'Émile.

Pour satisfaire aux exigences de la loi, le républicain avait été obligé, pour la première fois de sa vie, de signer de ses titres et de ses noms et prénoms : Manuel-Armand-Gérard de Pourlans, duc d'Auvillars, marquis de Longepierre et de Sermesse, comte de Saint-Loup, et baron Gérard d'Auvillars.

Horace, après avoir parcouru tout cela, replia l'acte et dit d'un ton de gravité qui ne lui était pas habituel;

— Je crois que nous ferions mieux de ne pas attendre. Notre devoir en cette occasion est si simple, qu'un délai semble presque un tort. D'ailleurs, cinq ans!... qui sait ce qui peut arriver en cinq ans?

— Mais il n'y a point de nécessité absolue de fixer le terme à cinq ans, — répliqua gaiement Manuel Gérard; —

faites ce que vous voudrez ; dites deux ou trois ans, si bon vous semble. Tout ce que je désire, c'est que vous vous soumettiez à une épreuve suffisante pour bien montrer que vous êtes à l'abri de la tentation ; car, croyez-moi, si vous restez inébranlables dans ces conditions, ce sera pour vous un encouragement dans bien des épreuves à venir ; cela vous convaincra que les sacrifices en apparence les plus durs peuvent, avec de la volonté, sembler faciles aux âmes bien situées.

Ces dernières paroles décidèrent les deux frères.

Du moment où il s'agissait de prouver qu'ils n'étaient point hommes à changer de sentiment, Horace aurait consenti à attendre vingt ans s'il l'avait fallu.

Il jeta un regard autour de lui dans le parc, sur les vastes pelouses, les sentiers abandonnés, et les grands arbres sauvages ; il regarda le vieux château, qui se dressait devant lui, désert et sombre, tout ce paysage plein de cette majestueuse tranquillité qui l'avait charmé une heure auparavant. Toutes ces choses lui parurent alors tristes et froides, et il sentait, avec une netteté parfaite, qu'il aurait pu refuser, sans regret, mille châteaux pareils, et, mettant le parchemin dans sa poche, il dit :

— Eh bien ! que ce soit dans cinq ans, père. Nous sommes au 20 septembre 1854 ; le 20 septembre 1859 nous brûlerons cet acte et nous en ferons un autre. Je me rappellerai cette date.

— Amen ! — répondit Manuel Gérard.

La grande résolution étant prise, il était à peu près cinq heures. Le père et les deux fils se dirigèrent d'un pas insouciant vers la maison du garde où madame Léger avait promis de les attendre.

Ils s'entretenaient naturellement du sujet dont les jeunes gens étaient tout pleins : l'histoire des d'Auvillars passés et disparus.

Manuel Gérard parla du temps où il avait vu le parc pour la dernière fois, il y avait soixante ans.

Ç'avait été dans la nuit où son père fut arrêté comme royaliste. Son frère et lui durent se sauver par une porte dérobée, tandis que cinq ou six cents paysans, conduits par un chenapan du pays, attaquaient le château et le mettaient à sac.

Il se rappelait la triste voiture qui était venue pour enlever le marquis, les sabres des gendarmes qui brillaient à la lueur des torches, les vociférations furieuses de la foule en voyant ce noble garrotté comme un voleur; aussi et surtout, il se souvenait avec émotion des tentatives héroïques et désespérées faites par quelques braves gens pour le délivrer.

C'était grâce à ceux-ci que les deux fils du marquis ne furent pas arrêtés. Il fallut employer la force, car les jeunes gens voulaient suivre leur père, et Manuel Gérard se souvenait même d'un fermier dévoué mais brutal, qui l'avait bâillonné pour l'empêcher de crier.

Puis on parla des sanglantes assises qui s'étaient tenues dans le vieil Hôtel-de-ville d'Auvillars, sous la présidence d'un des hommes de Robespierre; de la destruction des monuments, de tous les emblèmes de la grande famille de Pourlans; du pillage de l'église, de sa conversion en grenier; et de la vente du château par le gouvernement révolutionnaire à un huissier sans-culotte, pour quelques milliers d'écus.

Lorsque, à la Restauration, les d'Auvillars revinrent, cet huissier, qui avait fait une fortune colossale, demanda un million pour rendre la propriété, et il eût certainement insisté pour en avoir le double s'il n'avait eu de bonnes raisons de craindre que le duc l'en fit sortir par la fenêtre.

— Voyez ceci, — continua Manuel Gérard en touchant du bout de sa canne une grotte recouverte de mousse, — aucun parc n'était complet, il y a un siècle, sans une grotte comme celle-ci; je me souviens, comme si c'était hier, de mon pauvre père assis là, en perruque poudrée, avec des manchettes, et m'apprenant à épeler des mots dans la *Gazette de France* étendue sur son genou ; la *Gazette* était le grand journal de l'époque : elle nous apportait habituellement deux fois par semaine les nouvelles de Paris. Elle était à peu près de la grandeur d'un mouchoir de poche.

C'est ainsi qu'en devisant du passé, ils arrivèrent au bout de l'avenue où madame Léger, debout, tenait la grille toute grande ouverte pour les laisser passer.

— Bien le bonjour, messieurs — dit-elle d'une voix chevrotante — et si vous voyez monseigneur, dites-lui que nous serons tous bien contents de le voir, car, sans lui, Pourlans, est un vrai cimetière.

Manuel Gérard lui répondit quelques mots gracieux et banals, et sortit.

Quand il eut franchi la grille, il se retourna pour voir une dernière fois le château et le parc.

Il semblait parfaitement calme, mais il dit à voix basse et en faisant de la main un geste affectueux et triste :

— Adieu ! Pourlans. Il y a huit siècles que tu es tombé honorablement entre les mains de nos ancêtres, ils ne nous reprocheront pas de ne pas te quitter aujourd'hui honorablement !

Sur ces mots, le père et les fils s'éloignèrent, reprenant la même route que celle par où ils étaient venus pour se rendre à Auvillars.

Durant le trajet, Horace et Émile se gardèrent de parler plus longtemps de Pourlans ou du passé, et, cette fois, leur entretien roula exclusivement sur leurs projets d'avenir.

Les deux frères étaient licenciés en droit : l'aîné avait passé sa thèse à Paris en 1851, le plus jeune à Liége en 1854, et il avait été décidé qu'ils iraient à Paris au commencement d'octobre pour y faire leur stage au barreau.

Leur visite à Pourlans, et les choses qu'ils y avaient entendues ne modifièrent en rien leurs dispositions ; mais les jeunes gens étaient très-désireux d'amener leur père à les accompagner; jusque-là il avait refusé, alléguant son intention de retourner à Bruxelles où il avait beaucoup d'amis parmi les exilés républicains.

Ils essayèrent encore d'ébranler sa résolution, mais sans plus de succès.

— Non, laissez-moi retourner dans mon exil volontaire, — dit-il avec douceur; — mon temps est fini maintenant; si je pouvais faire quelque bien à Paris, j'irais, sans doute; mais l'opposition a besoin de soldats plus jeunes et plus solides que moi.

Émile et Horace protestèrent tous deux contre cette façon de voir, et la discussion se poursuivit jusqu'à ce qu'ils arrivassent à ces fameuses villas de plâtre et de lattes dont nous avons déjà parlé.

Ils remarquèrent alors que depuis quelques centaines de mètres environ les gens qu'ils avaient rencontrés les avaient regardés avec curiosité et avaient été particulièrement empressés à leur ôter leur chapeau.

Lesdites villas s'étendaient environ à trois quarts de kilomètre de la ville, et plus ils se rapprochaient d'Auvillars, plus le nombre des passants augmentait. Chacun d'eux, sans exception, les regardait, se rangeait de côté, et se découvrait.

— Il est évident que nous ne sommes plus ici incognito, — observa Horace, — voilà ce que c'est que de mettre son nom sur les registres d'un hôtel.

Un gendarme venait au devant d'eux à ce moment; il les regarda aussi, et... fit un salut militaire.

— Ah! — dit le républicain, — voici qui est décisif : ce n'est point Manuel Gérard que ce gendarme salue, c'est le duc d'Auvillars.

Il s'arrêta un moment.

— Je n'avais pas compté là-dessus, — murmura-t-il, — j'avais espéré qu'on ignorait ici que Gérard et le duc ne faisaient qu'un. Il ne serait pas à propos d'avoir une en-

trée triomphale dans Auvillars. Si nous retournions sur
nos pas, et si nous marchions jusqu'à la nuit.

Mais il était trop tard.

En se retournant, on apercevait un groupe de vingt ou
trente personnes qui, formant arrière-garde, suivaient à
une distance respectueuse : sans être trop expansifs, ils
avaient l'air de gens extraordinairement attentifs.

Presque immédiatement, un autre groupe trois fois
plus considérable se dessina à l'horizon.

Le fait est que Duval, le maître de l'hôtel de Pourlans,
ayant perdu toute discrétion et tout sang-froid en découvrant qu'il donnait l'hospitalité au duc en personne, avait
employé son après-midi à aller de porte en porte annoncer la grande, la merveilleuse, la stupéfiante nouvelle...

C'était vrai, bien vrai, le duc était enfin venu, il a
diné à l'hôtel!

Ce mot « il est venu », se répandit dans la ville avec la
promptitude de l'éclair.

Puis peu à peu, et tout en voyageant, il grossissait à
vue d'œil. On dit d'abord : « il est venu avec sa maison! »
puis, « avec toute sa famille », puis, avec « tous ses chevaux, tous ses chiens. »

On fit la description des valets de pied, des piqueurs,
des sommeliers, des officiers de bouche. On avait vu la
calèche : elle était découverte, elle avait quatre chevaux.

Le receveur de l'enregistrement poussa même l'aplomb
jusqu'à affirmer que le duc lui avait dit qu'il venait défi-
nitivement s'installer à Pourlans.

Je n'ai pas besoin de vous dire, n'est ce pas, que ce fut
une véritable révolution dans Auvillars?

Les robes de soie noire qui, depuis trois ans, n'avaient
point vu le jour, sortirent des commodes et des armoires
comme par enchantement.

On ouvrit les fenêtres, on accrocha des drapeaux trico-
lores en calicot, on débarbouilla les enfants.

Le curé qui faisait son somme apparut tout à coup sur

3.

la place du Marché avec sa soutane la moins crasseuse.

Le Conseil municipal aussi fit toilette, et, le maire en tête, alla se ranger le long de l'*Hôtel de Pourlans*.

Bellanger, le grainetier, Coste, le bottier, et M. Leboucey, le percepteur, se faisaient remarquer par leur agitation.

Madame Coste était magnifique avec ses boucles d'oreilles grosses comme des amandes et son crêpe de Chine blanc. Elle s'était fourré un demi-flacon d'eau de Cologne dans les cheveux, ce qui fait qu'elle sentait extraordinairement bon.

D'autres dames de l'endroit avaient fait comme elle, et, depuis une heure, allaient, venaient, au travers de la ville.

Tout à coup ce mot retentit, fut répété par cent voix :

— Il vient!... il vient!...

Tous se précipitèrent, empressés, mais respectueux.

Il venait, en effet, et il avait, ma foi, fort grand air.

Quand ils parurent tous les trois, les acclamations éclatèrent; Bellanger criait comme un sourd :

— Vive le duc d'Auvillars!

Le bedeau avait la larme à l'œil; le capitaine des pompiers, en grand uniforme, avec son pantalon blanc, son sabre, faisait aussi le meilleur effet.

Ses hommes, quand ils aperçurent le duc et ses deux fils qui s'avançaient, tête nue, d'un pas tranquille, mais délibéré, n'y tinrent plus et, quoiqu'ils fussent sous les armes, poussèrent une longue acclamation.

Le brigadier de gendarmerie et ses quatre gendarmes avaient bien envie d'en faire autant, mais ils surent se contenir.

Hélas! que serait devenu l'enthousiasme de tous ces braves gens s'ils avaient su que ce grand monsieur qui faisait ainsi son entrée dans sa bonne ville d'Auvillars, accompagné de ses deux héritiers, était le démocrate, le républicain terrible, le révolutionnaire Manuel Gérard!

III

VOX POPULI, VOX DEI

Les acclamations, les vivats, les mouchoirs en l'air, tout cela était superbe ; mais tout cela, hélas ! ne faisait pas le moindre effet sur Manuel Gérard et ses deux fils.

Celui-ci saluait gravement, tandis que son aîné, ne revenant pas de s'entendre appeler pour la première fois M. le marquis, s'amusait beaucoup de la chose, et que le plus jeune ne dissimulait point le peu d'estime qu'il éprouvait pour les manifestations tant soit peu serviles de tout ce monde.

L'émotion ne se calma pas quand Gérard et ses fils furent entrés dans l'hôtel.

Ils avaient été conduits par l'obséquieux Duval dans le salon jaune, qui était resplendissant de lumières et de fleurs.

La table se dressait au milieu de la chambre, avec une nappe, des serviettes blanches comme neige, et toute l'argenterie de l'établissement.

Duval avait poussé l'enthousiasme jusqu'à aller emprunter un surtout à l'horloger du pays, qui était aussi un peu orfèvre; et celui-ci n'avait consenti qu'après avoir formellement stipulé que son apprenti Célestin servirait à table avec un tablier de domestique pour pouvoir surveiller le précieux objet.

Ce n'était point qu'il se méfiât de Duval; mais vous comprenez que, dans un pays où personne n'avait le sou, il était plus prudent de prendre ses précautions.

Duval s'était flatté d'avoir produit sur ses hôtes une impression favorable.

Il avait passé dix minutes à faire le nœud de sa cravate blanche; pendant vingt autres, il s'était livré à son voisin le barbier, qui l'avait frisé comme un caniche; il s'était réservé un grand quart d'heure pour passer l'inspection de ses gens et s'assurer s'ils étaient aussi irréprochables que lui, et trois quarts d'heure, non moins grands, pour orner le salon de ses propres mains.

De plus, il avait acheté vingt francs de fleurs et composé un menu si extraordinaire, si mirifique, que jamais le département, ni même la province, n'avaient entendu parler de quelque chose d'approchant.

Les premiers mots de Manuel Gérard, ou de M. le duc, si vous le préférez, tombèrent cependant sur lui comme un seau d'eau glacée sur un brasier; car, comme la foule faisait encore entendre ses acclamations au bas de l'escalier, Duval, souriant d'une oreille à l'autre, après avoir assuré ses hôtes que le dîner serait servi dans un instant, ajoutait :

— En attendant, si Monseigneur voulait le permettre, M. le Maire et M. le Curé avec quelques autres notabilités seraient très-honorés qu'il leur fût permis de présenter leurs hommages à Monseigneur.

Le duc dit, à voix basse, quelques mots à ses fils, tira sa montre, et demanda un peu sèchement :

— Monsieur Duval, à quelle heure le dernier train pour Paris part-il ce soir ?

Le pauvre Duval, complétement décontenancé à cette

surprenante question, resta frappé de stupeur, et regarda vaguement son interlocuteur.

— Le dernier train pour... pour Paris? — bégaya-t-il.

— Quoi !... Monseigneur songe à partir ce soir?

Dans toute autre circonstance, Manuel Gérard aurait répondu doucement.

Le spectacle de la servilité qu'avait montrée tout ce monde depuis une demi-heure l'avait exaspéré.

Sur un ton sec et dur qui ne lui ressemblait guère, il répondit :

— Je n'ai pas à vous informer de mes projets ; mais je vous prie, monsieur Duval, de ne plus m'appeler Monseigneur. Si vous avez jamais entendu parler de moi, vous devez savoir que je suis républicain. Or, monsieur, pour un républicain il n'y a que deux sortes d'hommes : ceux qui sont honnêtes, et ceux qui ne le sont pas.

Duval comprit tout de suite. Il salua silencieusement, et se glissa hors de la chambre, en affirmant qu'il allait chercher un *Indicateur des chemins de fer*, mais en réalité pour cacher la grimace la plus parfaite qu'un mortel puisse faire ici-bas.

Hélas! tout était perdu, et le nouveau duc était vraiment un *rouge*.

Dès qu'il fut sorti, les Gérard décidèrent qu'ils partiraient sans voir le maire et le curé du pays.

Manuel Gérard, qui n'était point de l'école de certains charlatans démocrates, trouvait inutile d'apprendre au monde qu'il abandonnait Pourlans et pourquoi il l'abandonnait.

Ses fils pensaient comme lui. Ils avaient vu, quelques années auparavant, leur père porté en triomphe par plusieurs milliers d'électeurs qui saluaient en lui, non son titre ou son argent, mais son caractère, ses talents, sa foi républicaine, et les démonstrations de la ville d'Auvillars leur semblaient, en comparaison, singulièrement piteuses.

Duval rentra au bout de quelques minutes avec son *Indicateur* : il était consterné.

Il laissa la porte ouverte derrière lui, et, en présentant l'*Indicateur* à Manuel Gérard, il sembla hésiter comme s'il avait quelque chose à demander et n'osait le faire.

Au dehors, sur le palier, on entendait un bruit de chuchotements et de pas furtifs; en bas, dans la rue, les cris de : Vive M. le duc!... vive M. le marquis!...

Manuel Gérard prit l'*Indicateur*, remarqua la mine épouvantée de l'hôtelier, et allait lui en demander la raison, lorsque cette peine lui fut épargnée.

Avant que Duval eût dit un mot, la porte, laissée entr'ouverte, fut violemment poussée, et M. le Maire, M. le Curé, tout le Conseil Municipal et Bellanger, Coste, Leboucey, émus, respectueux, anxieux, firent irruption soudain dans la chambre.

Pour être plus sûr du succès, M. le Maire avait amené sa fille avec lui : c'était une grande gaillarde de quatorze ans, avec des yeux en boule de loto, des cheveux blonds filasse, des mains rouges comme des tomates, et qui avait toujours la rage de mâcher un morceau de gomme élastique en regardant le ciel. Elle était vêtue de blanc comme au jour de sa première communion, et, de plus, armée d'un bouquet d'un mètre de circonférence.

La députation fit quelques pas dans la chambre et salua comme un seul homme.

Alors la pauvre fille, poussée par son père qui lui disait dans le dos ; Va donc! va donc! s'avança rougissante et présenta le bouquet.

C'est au vieillard qu'elle l'offrit.

Manuel Gérard se leva, ainsi qu'Horace et Émile, et lui mit la main sur la tête avec bienveillance.

— A qui donnez-vous ces fleurs, mon enfant? — demanda-t-il. — Est-ce à Manuel Gérard ou au duc d'Auvillars?

Cette question n'avait pas été prévue à la répétition —

en costume s'il vous plaît — que M. le Maire avait infli-
gée à sa fille, si bien qu'il lui fallut venir à la rescousse.

Il avait bien préparé un discours, court mais senti, sur
le rôle de la noblesse dans la société, les dangers de
l'anarchie, le régime impérial, le mélange salutaire de
l'ordre et de la liberté, le prix du blé, tous sujets touchant
de près ou de loin au retour du nouveau duc dans ce
pays; mais il perdit quelque chose, cependant, de sa
présence d'esprit au moment critique, et il débuta par
une allusion aux Croisades, parlant, bien entendu, à
Manuel Gérard comme à un descendant des croisés.

Le républicain l'interrompit tout de suite.

— Monsieur le Maire, — dit-il doucement, mais avec
fermeté, — je vous suis très-sincèrement reconnaissant,
à vous et à vos compatriotes, de l'accueil que vous nous
avez fait aujourd'hui à mes fils et à moi; mais je veux
que ce retour que vous avez salué si amicalement ne laisse
point subsister une erreur. Si vous m'avez reçu simplement comme le descendant d'une des plus anciennes
familles du pays, encore une fois, je vous remercie et de
tout cœur; mais si vous ne m'avez bien accueilli que
parce que vous croyez que je viens m'installer ici avec la
pensée d'y jouer un rôle quelconque, je dois vous avertir
de votre erreur. Jamais nous n'aurons ensemble les
rapports que vous avez eus avec feu mon neveu d'Auvillars.

En ce moment, toutes les faibles espérances s'éva-
nouissaient comme un songe.

Il y eut un long murmure avec des chuchotements et
des soupirs.

Seul, Leboucey, le percepteur, s'obstinait, vu sa sur-
dité, à crier:

— Écoutez!... Écoutez!...

Il fut sérieusement rappelé à l'ordre par Bellanger, et
pendant que ce petit épisode se passait dans les derniers
rangs de l'assemblée, près de la porte, M. le Curé, bros-

sant nerveusement son chapeau avec la manche de sa
soutane, lança des regards suppliants à travers les verres
de ses lunettes, fit quelques pas en avant, et voulut plaider la cause de ses malheureux paroissiens.

C'était un brave homme et qui faisait tout ce qu'il
pouvait pour que tout le monde fût content.

L'idée que sa paroisse n'avait point le sou lui était
tellement insupportable, qu'elle l'aurait rendu éloquent
devant un roi. C'est dire que devant un duc, il fut tout à
fait à son aise. C'est de lui, que dépendaient l'avenir, la
prospérité du pays et, par conséquent, de la paroisse.

Il cita les Machabées, le livre d'Ezéchiel, et la parabole
de l'homme qui cacha ses talents dans une serviette.
Il plaça en ligne Saint Thomas d'Aquin, Saint Augustin
d'Hippône, et Saint Jean-Chrysostôme. Il dépeignit, chemin faisant, les souffrances de Saint Siméon-Stylite sur
son pilier, de Saint Laurent sur son gril, et de Saint
André d'Utique qui périt en avalant un hameçon ; il dit
tout cela avec tant d'onction et de zèle qu'il excita la
secrète jalousie du Maire, fit l'étonnement du Conseil
Municipal, l'admiration de Bellanger, de toute la compagnie hormis, bien entendu, Leboucey, qui avait sur le
cœur l'admonition de Bellanger.

Manuel Gérard répondit en peu de mots, mais ces
quelques mots résonnèrent aux oreilles du curé comme
le plus funèbre des glas.

Manuel Gérard n'avait jamais songé à laisser les pauvres
d'Auvillars mourir de faim. Il continuerait de faire son
aumône annuelle de vingt mille francs. Il l'augmenterait
même, s'il le fallait, et donnerait, en conséquence, des
ordres à son homme d'affaires.

Mais il n'en dit pas davantage, et, quand ce fut dit, fit
la mine d'un homme qui ne serait point fâché qu'on le
laissât tranquille.

Il inclina la tête, doucement, poliment, à la façon des
grands personnages qui vont congédier un solliciteur.

Si le Curé, le Conseil Municipal, le Maire, Bellanger, Coste, furent consternés, je n'ai pas besoin de vous le dire.

Quant à Leboucey, qui ne savait point trop pourquoi il avait monté l'escalier, il ne sut pas davantage pourquoi il le descendait.

Chacun salua en s'en allant, fit une belle révérence, tout comme en entrant.

Duval, la tête basse, tenait la porte ouverte.

Trois quarts d'heure après le départ de la députation, les étrangers eux-mêmes étaient partis.

L'express pour Paris partait à huit heures. Pour prendre ce train, ils avaient dîné à la hâte, et le splendide repas que leur avait préparé Duval avait donc été dédaigné, ce qui avait singulièrement froissé l'orgueil de cet honnête négociant.

Le billet de cinq cents francs que lui avait laissé Gérard n'atténuait que très-légèrement les amertumes accumulées de cette funeste journée.

Manuel Gérard et ses fils sortirent à pied pour se rendre à la station; bien que la place du Marché fût encore encombrée, ils ne furent pas salués cette fois comme ils l'avaient été une heure ou deux auparavant.

Les nouvelles apportées par M. le Maire, M. le Curé, et les autorités, s'étaient vivement répandues, et quand les trois hommes parurent à la porte de l'hôtel un individu d'abord, puis un autre qui les avaient aperçus, crurent piquant de faire entendre un miaulement d'abord, et un coup de sifflet ensuite.

La nuit était venue, et il était aisé de siffler sans être vu. On sifflait donc, et ces sifflets isolés ressemblaient à ces pétards qu'on fait partir avant le feu d'artifice.

Graduellement ils devinrent plus répétés, plus clairs, plus hardis, comme les grandes fusées éclatent après les pétards.

— A bas Gérard!... à bas les rouges!... A Cayenne!...

— criait, alors, cette excellente foule, avec la même énergie qu'elle avait mise à crier le contraire un instant auparavant.

En un clin d'œil, le charivari fut général : hommes, femmes, enfants hurlaient, glapissaient, sifflaient à l'envi.

Un jeune hobereau d'Auvillars, trouvant que cette démonstration ne suffisait pas, ramassa une pierre, et la lança sur le groupe.

Elle atteignit Manuel Gérard à l'épaule.

Et la foule hurla :

— A bas les rouges !... à bas les proscrits !...

— Misérables ! — s'écria Horace, faisant volte-face, les poings crispés.

Mais son père retint doucement son bras.

— Devons-nous prendre au sérieux ces fous ! — dit-il. — Ils ne pensent pas un mot de ce qu'ils disent.

— C'est égal, — murmurait le jeune homme entre ses dents, — ceci est ma première leçon de démocratie, et si toutes les foules ressemblent à celle-là....

— Mais elles ne lui ressemblent pas, — dit son père avec gravité.

IV

ANNO DOMINI MDCCCLIV

Le train emporta vers Paris les trois Gérard, et chacun, à sa façon, faisait des réflexions sur ce que vaut la faveur populaire.

Maintenant, jetons si vous le voulez, un coup-d'œil sur cette année 1854, qui devait être le point de départ de l'existence des deux jeunes gens.

En 1854, il y avait déjà plus de deux ans que la France jouissait du second Empire, et les gens qui avaient juré fidélité éternelle aux dynasties vaincues et proscrites avaient eu tout le temps de les oublier.

Les journaux de Paris étaient pleins des trois grands événements du moment : la guerre de Crimée, le drame à sensation des *Cosaques*, de MM. Arnault et Judicis, et le choléra.

Lord Raglan et le maréchal de Saint-Arnauld, l'amiral Hamelin et le vice-amiral Dundas, MM. Arnault et Judicis, déjà nommés, et le docteur Trousseau, à cause du choléra, étaient les sept hommes les plus populaires du moment. M. Jullien, qui avait organisé des promenadesconcerts, à Londres, et composé un quadrille appelé *Les Armées Alliées*, dans lequel on voyait des guerriers en rouge et d'autres en bleu sortir de derrière un rideau, exécuter un mélange de *Rule Britannia* et de *Partant pour la Syrie*, était aussi un homme dont on parlait beaucoup.

Pour la première fois depuis l'invention de l'imprimerie, l'expression de « braves alliés » appliquée aux Anglais, remplaçait celle de « Milord Goddam. »

Il y avait, à la devanture des marchands d'images des deux capitales, des zouaves qui embrassaient chaleureusement des Highlanders écossais, et des cantinières de chasseurs de Vincennes qui donnaient à boire à des horse-guards.

Le surnom de S. M. l'Empereur Nicolas était, à Londres : Old Nick, et à Paris : le Grand Colas. Le prince Menschikoff avait aussi son sobriquet: on l'appelait le Prince Thermomètre, sorte de plaisanterie mystérieuse qui donnait à entendre que les chances du général russe dépendaient plus de la gelée et de la neige que de son génie militaire.

Pour éveiller le patriotisme du peuple, le gouvernement impérial avait pris soin que les bonnes lectures ne lui manquassent point, et il faisait vendre sur les boulevards des chansons et des pamphlets dans lesquels on trouvait des histoires à dormir debout, mais les plus désagréables du monde sur Ivan le Terrible, qui coupait les oreilles de ses courtisans, sur Alexandre qui envoyait les prisonniers de guerre Français travailler dans les mines de l'Oural en les nourrissant de chandelles.

A l'usage du public éclairé, qui aurait pu rester sceptique à l'endroit des chandelles, les éditeurs de feu M. de Custine avaient publié une nouvelle édition de son fameux livre : La Russie; et pour les cercles et les cafés où les flâneurs abondaient, M. Gustave Doré, dont la renommée était alors naissante, avait fait paraître une histoire comique et pittoresque de la Sainte-Russie ; tous les czars qui s'étaient succédé y étaient représentés mourant de la colique, autrement dit empoisonnés.

À dire vrai, cette guerre fut un bonheur pour le nouveau régime, car s'il n'y avait pas eu de Cosaques, pour faire des caricatures, les Français n'auraient peut-être pas manqué de remarquer combien la nouvelle constitution dont on venait de leur faire hommage était féconde en bienfaits.

Et qui sait s'ils n'auraient point employé leur temps à mettre cette constitution en pièces ?

Mais, fort heureusement, les Français s'amusent de peu et ils ne suppriment les constitutions que lorsqu'ils n'ont pas autre chose à faire.

Or, comme en 1854, ils étaient complétement absorbés par la guerre, ils laissèrent la constitution tranquille.

D'ailleurs, la plupart des agitateurs de marque étaient à l'ombre.

MM. Blanqui et Barbès, les héros de l'insurrection du 15 mai 1848, dormaient sous les verroux.

MM. Ledru-Rollin et Louis Blanc étaient à Londres.

M. Victor Hugo, assez majestueux et très-lugubre, contemplait l'Océan du haut de son belvédère de Guernesey et envoyait sous pli, à l'Europe, que cela amusait un peu, les pages vengeresses et brûlantes de *Napoléon le Petit.*

MM. Thiers et Guizot, qui ne s'applaudissaient probablement qu'à moitié d'avoir réduit en copeaux le trône des d'Orléans, songeaient chacun de son côté — l'un dans sa propriété du Val-Richer, l'autre sur les bords du Rhin.

M. Eugène Sue, le socialiste en gants blancs, celui-là même qui avait découvert que, pour être vertueux, il était indispensable de porter une blouse, s'était retiré à Annecy, et le docteur Raspail, lui, qui ne mettait pas de gants blancs, mais qui avait trouvé la pierre philosophale dans le camphre, fumait des cigarettes de cet ingrédient, en affirmant au monde que c'étaient les jésuites qui avaient fait le Coup d'État à Bruxelles.

M. Pierre Leroux, la terreur des dévotes françaises, avait disparu, et personne ne pouvait dire où il était allé.

Les généraux Cavaignac, Lamoricière, et Changarnier, ces Curiaces modernes, joués et vaincus par les Horaces bonapartistes, faisaient une mine des plus longues et se consolaient en chassant le perdreau.

Quant au menu fretin révolutionnaire, on l'avait déporté par milliers à Cayenne, ou à Lambessa. Par révolutionnaire, il faut entendre ici tous ceux qui, à des titres différents, marquaient un goût trop vif pour la loi, qu'avait violée le citoyen Charles Louis-Napoléon Bonaparte; il se trouvait, parmi ces révolutionnaires, beaucoup d'ouvriers parisiens, un peu exaltés, un peu *casse-cou* peut-être, mais aussi de tranquilles bourgeois, des avocats, des avoués, et même des notaires de province, que les gendarmes avaient, une belle nuit, arrachés à leurs familles, à leurs occupations, par cette seule raison qu'ils passaient dans le pays pour républicains.

A vrai dire, ce n'était point là le cas de M. Frédéric Cournet, qui avait commandé la barricade du faubourg du Temple en juin 1848. Il venait d'être tué récemment dans un duel près de Windsor, par son frère en insurrection, Barthélemy, qui avait commandé la barricade du faubourg Saint-Antoine, et Barthélemy lui-même donnait des leçons d'armes à Londres, en attendant qu'il fût pendu à Newgate pour avoir assassiné son aubergiste et un policeman.

C'est ainsi que l'opposition et tout ce qui y touchait de près ou de loin avait heureusement disparu.

Les républicains qui avaient eu la chance de rester à Paris étaient muets.

Il n'y avait guère que le barreau où l'on pût de temps en temps entendre quelque chose de subversif.

Un jeune avocat de vingt-huit ans, nommé M. Émile

Ollivier, se faisait alors remarquer par la véhémence de ses plaidoiries républicaines en faveur de la liberté de la presse.

Néanmoins, comme il fallait que le gouvernement eût une espèce d'apparence régulière, on avait inventé une façon du Corps Législatif composé de trois cents membres, et une autre façon de Sénat composé de cent cinquante membres, qui étaient vêtus, les députés avec des habits bleus et des broderies d'argent, et les sénateurs avec des habits bleus et des broderies d'or.

Ce qu'ils coûtaient à la nation comme traitement, rafraîchissements, etc., pouvait se chiffrer à une vingtaine de millions : ils discutaient environ soixante heures par session, les portes closes ; il était interdit à tout journaliste de venir les troubler ; et, comme ils étaient tous invariablement du même avis, leurs délibérations offraient une harmonie parfaite.

La presse quotidienne, en 1854, n'était plus, grâce à Dieu ! la presse turbulente et indisciplinée qui florissait quelques années auparavant.

Il y avait trois journaux : la *Patrie*, le *Constitutionnel*, et le *Pays*, qui tous les soirs chantaient à grosse voix les louanges de la dynastie impériale.

En cherchant bien, on aurait peut-être découvert trois ou quatre feuilles se refusant à leur chorus ; mais elles avaient peu de tirage et semblaient uniquement être venues au monde pour se faire administrer tous les quinze jours quelques volées de coups de trique par M. de Persigny, ministre de l'intérieur.

Quant au *Charivari*, et à ses confrères en gaieté, ils étaient gais du mieux qu'ils pouvaient.

Vous imaginez-vous un quadrille où chaque danseur aurait une chaîne et un boulet de dix livres rivés à la cheville de sa jambe droite ?

Au point de vue de l'architecture, Paris n'était pas encore la vaste Haussmannville qu'il est devenu depuis. Le grand baron était à peine installé à l'Hôtel de ville; mais déjà la pioche, les maçons, les voitures de moellons commençaient à se mouvoir.

Tout citoyen qui n'était pas requis pour l'extermination des Cosaques, trouvait à s'employer dans la démolition des immeubles.

Les contribuables savaient déjà que la rue de Rivoli devait être prolongée de façon à faire une ligne droite de la place de la Concorde à celle de la Bastille; — qu'un nouveau Tribunal de Commerce allait être bâti au beau milieu de ce qui fut autrefois la Cité, où les sergents de ville des anciens temps ne s'étaient jamais aventurés sans rechigner, — que les anciens théâtres Lyrique et du Cirque allaient être abattus et qu'à leur place s'élèveraient bientôt de nouveaux théâtres réunissant toutes les conditions du luxe moderne, et ayant des fauteuils assez vastes pour permettre au spectateur le plus épais de s'y asseoir; — que M. Alphand, l'ingénieur en chef du nouveau préfet, son *fidus Achates*, avait entrepris de transformer le Bois de Boulogne en un jardin féerique, qui demanderait à peine un malheureux million d'entretien; — les plans de cinq nouvelles casernes, de trois nouveaux boulevards, de sept nouvelles mairies, de quatre nouveaux squares, et de dix-sept nouvelles églises étaient arrêtés, sans souci de la dépense; — on savait encore que, pour payer tout cela, il y aurait probablement un peu plus d'impôts l'année suivante.

Néanmoins, l'effet des coups de trique est si admirable pour assouplir l'esprit humain que personne ne protesta.

Et pourtant, lorsque M. de Rambuteau, qui avait été préfet de la Seine sous Louis Philippe, avait voulu percer cette pauvre rue qui porte son nom, tout Paris avait jeté les hauts cris, et prédit la ruine nationale.

Il est vrai qu'un grand changement s'était opéré dans les esprits dans l'espace de ces trois années, et vous ne faisiez point un pas sans vous en apercevoir.

Si vous entriez dans un café, en l'année 1854, vous n'étiez plus assourdis comme en 1848, en 1849, et en 1850 par les éclats de voix bruyants des citoyens qui discutaient d'une table à l'autre pour savoir si Cavaignac était un plus grand homme que Lamartine, ou Lamartine un plus grand homme que Cavaignac, ou M. Odilon Barrot un plus grand homme que les deux premiers.

Par des motifs de prudence, la recherche de ces intéressants problèmes avait été momentanément suspendue.

On pouvait voir dans ces mêmes cafés des gens marchant la tête haute, avec des petits yeux sournois et perçants, qui se montraient particulièrement désireux d'entrer en conversation.

Malheureusement il avait été remarqué que ceux qui confiaient trop facilement leurs impressions politiques à ces aimables étrangers étaient bientôt appelés à les expliquer plus au long à M. le juge d'instruction, et il est probable que ceci était pour quelque chose dans l'attitude extrêmement réservée qu'observaient ceux qui allaient, en l'an 1854, passer leur soirée au café.

On courait les mêmes dangers dans les cercles. Il n'était point agréable du tout d'être subitement interrompu dans une conversation intime par un monsieur à moustaches cirées, avec un grand nez en bec d'épervier, une rosette rouge à sa boutonnière, qui se levait précipitamment du bout opposé de la salle pour vous dire avec une courtoisie maussade, le chapeau à la main :

— Je crois vous avoir entendu, monsieur, exprimer un jugement désagréable pour le Coup d'État auquel j'ai eu l'honneur de participer ; monsieur voudrait-il avoir l'obligeance de me donner le nom d'un de ses amis ?

Neuf fois sur dix votre adversaire était un ex-camarade et complice de S. M. reconnaissant des faveurs passées et qui espérait par son zèle mériter des faveurs nouvelles.

Il vous conduisait, à six heures, au Bois de Vincennes,

4

et là, vous traversait de part en part, avec une adresse à laquelle il faut rendre hommage, et une satisfaction qu'il dissimulait peu.

Dans ces conditions, il valait donc tout autant éviter de parler politique, et s'en tenir aux nouvelles de la guerre ou aux ravages du choléra, en ayant soin d'ajouter, toutefois, si l'on choisissait ce dernier sujet, que le choléra était beaucoup moins terrible sous le régime actuel que sous les précédents ; ce qui se prouvait d'une façon triomphante.

M. Casimir Perier, premier ministre de Louis-Philippe, était mort du choléra, tandis qu'aucune catastrophe de ce genre n'était arrivé à un ministre de Napoléon III, ni ne devait arriver.

Mais ne soyons pas injustes envers le gouvernement impérial.

Comme conversation, on n'était pas exclusivement voué à la guerre et au choléra : il y avait d'autres terrains sur lesquels on pouvait s'aventurer avec plus ou moins de sécurité.

Par exemple, il était permis de parler du gigantesque Hôtel-du-Louvre, qui allait être terminé, au grand désespoir des hôtels voisins ; — de l'édifice des Champs-Élysées, ressemblant à une grange et destiné à l'Exposition internationale de 1855, et qui (ceci soit dit à voix basse) contrastait défavorablement avec l'édifice de Sir Joseph Paxton, qui ornait Hyde Park, en 1851 ; — de la beauté de la nouvelle impératrice, mademoiselle Eugénie de Montijo, et de l'intention qu'on lui attribuait d'importer la mantille à la cour ; — des modes de l'année, des sciences, des habits à queue de morue, des pantalons à baguettes, des chapeaux à bords retroussés, des robes à trois volants, des cheveux à l'impératrice, de la maigreur de M. Magne, ministre des finances, de la large figure de M. Baroche, ministre de la justice, — de la fureur de porter toute la barbe qui régnait en Angleterre comme une épidémie (ce qui avait tout naturellement porté atteinte au commerce des rasoirs); — de mademoiselle Anna Thillon, de l'Opéra-Comique, de qui les critiques disaient à l'unanimité qu'elle était belle comme un ange et chantait comme un paon, — du docteur Véron, député de Paris et directeur du *Constitutionnel*, de Sophie, son fameux cordon bleu, de ses faux-cols légendaires, plus empesés et plus larges que ceux d'aucun citoyen français, de Dunkerque à Bayonne ; — de M. de Tocqueville, le spirituel et le profond auteur du livre l'*Ancien régime et la Révolution;* — de M. Augustin Thierry, l'érudit occupé à son histoire du Tiers-État ; — de l'Académie française, cette assemblée qui faisait profession de méconnaître Béranger, et qui, dans le cours de cette année, pleura cinq de ses membres : le savant Tissot; Jay, le fondateur du *Constitutionnel*; Ancelot, l'auteur de la *Jeunesse de Richelieu ;* Baour-Lormian, le traducteur du Tasse ; et l'élégant marquis de Saint-Aulaire, l'historien de la Fronde ; — du prix des huîtres, qui coûtaient dix centimes de plus la douzaine qu'en 1853 et de la rareté des truffes sur les marchés du Périgord ; — de M. Scribe, l'auteur dramatique, dont les éternelles jeunes veuves et les simpiternels colonels commençaient à être trouvés rassis, et des nouvelles comédies de madame Émile de Girardin, la *Joie fait peur* et le *Chapeau d'un horloger*, les deux dernières qu'elle ait écrites et que tout Paris courait voir ; — d'Alfred de Musset, dont le génie ne faisait plus rien de bon ; — d'Alexandre Dumas, qui était aussi fécond que jamais ; — de Dumas fils, dont le succès récent de la *Dame aux Camélias* était encore dans toute les bouches, et de madame Doche, qui jouait le rôle de la courtisane Marguerite Gautier d'une façon si touchante, qu'elle faisait pleurer toutes les bourgeoises des premières galeries ; — des répétitions du nouveau chef-d'œuvre de Meyerbeer, l'*Étoile du Nord*, avec Battaille et mademoiselle Duprez, la fille du grand ténor ; — de l'Italie et des Italiens, principalement de

Silvio Pellico, qui se mourait à Turin, épuisé par son emprisonnement au Spielberg et de Daniel Manin, l'ex-dictateur de Venise, qui donnait des leçons de musique à Paris ; — d'un nouveau genre de gants récemment importés d'Angleterre, appelés gants de peau de chien, généralement trouvés hideux, mais portés néanmoins avec enthousiasme, parce qu'ils étaient anglais, et du prix exorbitant des objets en cuir de Russie, à cause de l'interception des relations commerciales ; — de M. de Villèle, le célèbre ministre de Louis XVIII, qui mourut pendant cette année, oublié et presque inconnu, pour avoir passé le quart d'un siècle dans la retraite : *sic transit gloria mundi* ; — de M. le Comte d'Aberdeen, premier ministre en Angleterre ; — de M. Francklin Pierce, l'orateur, qui était Président des États-Unis ; — de certains mots anglais qui faisaient bravement leur chemin à travers le langage français, comme *steeple-chase*, *lunch*, *punch*, et *high life*, ce dernier, comme s'il rimait avec *fig leafe* ; — des vendanges de l'année, qui étaient bonnes et de la moisson qui était moins bonne ; — de l'Alma et de Balaclava, d'Inkermann et de Sébastopol, avec des discussions à savoir si l'on devait dire *Sévas* ou *Sébastopol* ; — des dîners de M. de Morny, et des soupers d'Anna Deslions ; — de Ravel et de Grassot ; de Bressant et de Rachel ; — de la fin du monde, que certain docteur Cumming avait annoncée comme étant irrévocablement fixée au 13 juin 1857 ; — et d'un établissement de bains turcs qui avait été inauguré comme une nouveauté sur le boulevard du Temple, et qu'un journaliste célèbre par son esprit, Nestor Roqueplan, recommandait aux neveux comme remède souverain quand ils voulaient se débarrasser de leurs oncles.

Tels étaient les sujets de la conversation courante des Parisiens, en l'année 1854, époque à laquelle Horace et Émile Gérard arrivèrent à Paris.

V

POLITIQUE BOURGEOISE

— Eh bien ! je crois que notre installation est faite, — dit Horace à son frère, en se reculant un peu pour regarder une grande rangée de livres de droit qu'il venait de placer dans sa bibliothèque.

— Oui, — répondit Émile, — nos deux cabinets de travail sont finis; l'ouvrier vient d'achever de poser les tapis dans nos chambres à coucher; je ne vois pas ce qui reste à faire.

— Où as-tu mis la boîte en fer-blanc ? — demanda Horace.

— La voilà, — dit Émile, en ramassant une petite boîte en fer-blanc, au milieu des débris de journaux, de morceaux de ficelles, de cartons, et de copeaux qui encombraient le parquet. — Que renferme-t-elle ?

— Comment, tu ne le sais pas ! — s'écria l'aîné en le regardant. — Mais les titres de propriété... je les y ai mis quand nous sommes revenus de Pourlans, il y a six semaines.

4.

— Oh! — fit Émile, d'un ton sérieux ; et il ajouta
après un moment : — Que vas-tu en faire ?

— Il faut que nous lui trouvions une place dans un lieu
où nous ne puissions pas la voir tous les jours, — répondit Horace. — Je voudrais sincèrement en être dé-
barrassé. J'en rêve toutes les nuits. C'est une singulière
idée de notre père d'avoir voulu nous faire garder une
chose pareille pendant cinq ans.

— Il y a un tiroir vide à ton bureau, — fit Émile,
sans répondre aux dernières observations de son frère.

Horace tenait la boîte dans ses deux mains, en la
regardant d'un air assez distrait.

— Non, — dit-il, après un moment de réflexion. — Si
tu la gardais, toi... je me sentirais plus tranquille.

Le jeune frère prit la boîte sans souffler mot, et la
porta dans la chambre voisine qui lui servait de cabinet
de travail.

Horace entendit le tiroir qu'on ouvrait et le double
cliquetis de la serrure. Puis Émile reparut une clef à la
main.

— Si ceci peut te mettre l'esprit en paix, — dit-il, —
la chose est faite. Je l'ai placée dans le dernier tiroir du
bas, à gauche. Nous n'y regardons jamais.

Horace laissa échapper un léger soupir de soulagement
et inclina sa tête en signe de remerciment.

Après quoi, voulant voir leur appartement en ordre,
les deux frères se mirent à ramasser les copeaux, les
bouts de ficelle, les journaux, etc., etc. Ils empilèrent le
tout dans des caisses de sapin vides, ayant l'intention de
les faire porter dans une chambre de débarras.

Ceci se passait dans une après-midi du mois de novembre.

Les deux Gérard venaient de s'installer dans un appartement qu'ils avaient pris, rue Saint-Jacques, au quartier
Latin, tout près du Panthéon.

Leur père était, depuis quelques semaines, retourné à

Bruxelles. Le fait est qu'il n'avait fait que traverser Paris ; car, ainsi qu'il le disait avec assez de vérité, la France de 1854 n'était pas faite pour des hommes comme lui.

Manuel Gérard n'avait d'autre fortune personnelle que celle dont il avait hérité à la mort de son neveu ; mais, dans le cours de sa longue et laborieuse carrière d'écrivain politique, il avait suffisamment amassé pour finir ses jours dans l'aisance et lancer ses fils dans la vie.

Il pouvait leur donner à chacun quatre mille francs par an, ce qui est une certaine aisance à Paris pour des stagiaires qui ont des goûts simples ; et comme l'ordre des avocats à la cour d'appel exige que les jeunes avocats aient, avant d'être inscrits au stage, un appartement convenablement meublé, Manuel Gérard avait dépensé une douzaine de mille francs, tant en livres qu'en meubles pour que M. le bâtonnier et M. le rapporteur ne pussent rien trouver à redire.

Les deux frères louèrent un appartement au troisième étage, un de ces vieux appartements bâtis il y a un siècle et demi, avec des murs épais, des armoires profondes, des corridors démesurés, et ne ressemblant en rien aux maisons de carton construites par des architectes de M. Haussmann ; vous savez, les bonnes maisons à tiroir où la fille de la concierge fait monter jusqu'au sixième les notes exaspérantes de la polka qu'elle écorche dans le *salon* de madame sa mère.

Horace et Émile avaient chacun un cabinet de travail et une chambre à coucher ; et pour leur usage commun une cuisine et une salle à manger ; mais comme ils dînaient presque tous les jours dehors, cette dernière pièce avait été convertie en fumoir.

De plus, ils avaient une petite cave, et tout cela leur coûtait, par an, mille francs juste, sans compter les impositions.

Avant 48, cela aurait coûté six cents francs et en 1870 deux mille.

Les cercles étant, à Paris, réservés aux hommes assez riches pour pouvoir s'en passer, les deux frères dînaient et déjeunaient à une table d'hôte du quartier.

Cette table d'hôte n'était ni meilleure ni pire que les autres; mais sa clientèle, composée exclusivement d'étudiants, de stagiaires, d'internes, et de quelques peintres et journalistes, avait attiré Horace et Émile.

La pension coûtait quatre-vingt-dix francs par mois, et, comme disait la maîtresse de la maison : vin compris. Pour ces quatre-vingt-dix francs, on déjeunait avec une omelette, un bifsteak, un dessert, et l'on dînait avec la soupe, le bœuf, un rôti, des légumes, un dessert; et tout cela n'était point trop mauvais.

Les Français sont certainement passés maîtres dans l'art de donner *multum pro parvo*

Il est impossible de se figurer sans terreur le dîner qui serait offert, en Angleterre par exemple, à qui voudrait avoir six entrées *per diem* pour quatre-vingt-dix francs par mois.

Quand nos deux frères s'étaient logés, nourris, chauffés, quand ils avaient donné leur mois au concierge qui faisait leur ménage, payé leur cotisation au secrétariat des avocats, leur abonnement à M. Boc le costumier, pris chaque soir leur demi-tasse, fumé leur panatellas, — les panatellas de 15 centimes triomphaient alors, les londrès restant le privilége de la plus haute aristocratie, — quand ils avaient fait tout cela, ils leur restait encore à chacun un millier de francs, comme argent de poche, ce qui n'est pas mal pour un stagiaire qui sait se borner. De plus, ils allaient au théâtre souvent et sans que cela leur coûtât rien, par cette raison qui fait que tout avocat est toujours l'ami d'une demi-douzaine de journalistes au moins.

La maison dans laquelle Horace et Émile habitaient était celle d'un honnête marchand de nouveautés, du nom de Redureau, qui avait au rez-de-chaussée une boutique considérée comme une sorte de curiosité dans son quartier.

Les Redureau, de père en fils, depuis environ cent soixante-dix ans, avaient occupé la maison où vivaient les Gérard.

Ce fait était si rare, si phénoménal dans les annales du commerce parisien, que certains clients de Redureau avaient comme une sorte d'idée vague que c'était Achille Redureau lui-même, le Redureau de 1854, qui florissait cent-soixante-dix ans auparavant dans le magasin de la rue Saint-Jacques.

Pourtant M. Achille Redureau avait à peine cinquante ans et ne paraissait point plus vieux que son âge. Il était fluet et très-vif, avait la physionomie éveillée, des yeux qui ressemblaient à des groseilles à maquereaux ; de plus, loquace et courtois de cette courtoisie automatique du boutiquier d'il y a quatre-vingts ans, et dont il avait hérité de son père, de son grand-père, et de tous ses ancêtres qui lui avaient également légué leur vénération profonde pour tout ce qui approchait de la couronne, de la noblesse, et du haut clergé.

Rien que pour voir Redureau recevoir un client, lui faire des salutations, on aurait fait le voyage du boulevard à la rue Saint-Jacques.

Il avait conservé les traditions du grand siècle, appelait invariablement les femmes, et quelque fût leur âge : Belle dame !

— Belle dame, j'ai là votre affaire... Belle dame, voulez-vous voir d'autres dispositions ?...

Les femmes aimaient cela, et Redureau s'était fait une excellente clientèle parmi les vieilles filles du quartier.

En politique, Redureau était un énergique défenseur de toutes les institutions existantes, quelles qu'elles fussent.

Aussi, il n'aurait jamais consenti à loger les fils d'un républicain aussi célèbre que Manuel Gérard, s'il n'avait été personnellement son obligé. Il lui avait une grande reconnaissance, et ne se faisait même point faute de le dire à qui voulait l'entendre.

Comme civil, d'abord, puis comme caporal, et finalement comme sergent dans la garde nationale, Redureau avait tiré son coup de fusil dans les trois insurrections de Juillet 1830, Février et Juin 1848, combattant chaque fois du côté de l'ordre, c'est-à-dire du côté du gouvernement.

Ce fut dans la dernière de ces insurrections que, se trouvant sous le même drapeau que Manuel Gérard, il fut sauvé par lui d'une mort certaine.

Au péril de sa vie, Gérard avait ramassé Redureau de dessous une barricade, pour le mettre en sûreté.

L'honnête drapier, qui estimait sa vie à un très-haut prix, n'évoquait jamais ce souvenir sans une admiration émue.

Il avait juré une reconnaissance éternelle à son sauveur et il semblait ne pas oublier son serment, car lorsque Horace et Émile étaient venus avec leur père pour s'informer s'il y avait chez Redureau un appartement libre, il leur avait donné avec joie le meilleur de ceux dont il pouvait disposer.

Il alla même plus loin; il affirma bravement à ses fournisseurs: épicier, charbonnier, et autres, que ses deux nouveaux locataires étaient des jeunes gens en qui on pouvait avoir pleine confiance.

Dans cette après-midi de novembre, pendant que les deux frères étaient en train de mettre en ordre leur appartement, il voulut s'assurer de ses propres yeux s'ils avaient tout ce qu'il leur fallait, et il monta chez eux, sous prétexte de leur remettre une lettre que le facteur venait d'apporter pour Horace.

— Entrez ! — s'écrièrent les deux frères en entendant le bonhomme qui frappait à leur porte

Redureau avec sa lettre, ses gros yeux, et sa langue toute prête au bavardage, parut sur le seuil.

— Une lettre, messieurs, — dit-il ; — je suis venu aussi pour voir si je pouvais vous être de quelque utilité. Mais savez-vous bien que votre appartement est très-joli, il me semble encore mieux depuis que vous y êtes. Ceci est un tapis de Bruxelles, cinq francs vingt-cinq le mètre, n'est-ce pas ? Tout à fait bien vos rideaux ponceau..., tout à fait... C'est du pur Elbeuf... du pur..., cent cinquante la paire, pas moins... Excusez.... Et ceci, c'est le portrait de monsieur votre père, n'est-ce pas ?

— Oui, — dit Horace avec un sourire, en prenant la lettre et en la posant sur la table ; — notre père vous tient en grande estime, monsieur Redureau.

— Pas plus grande que celle que j'ai pour lui, monsieur, — répondit le marchand, du fond du cœur.

Puis il jeta un coup-d'œil dans la chambre voisine, qui était celle d'Émile, et il continua :

— Ceci est, sans doute, madame votre mère ?

Le portrait était celui d'une dame blonde, avec de grands yeux, extrêmement doux.

Les jeunes gens avaient à peine connu leur mère ; quand elle était morte, tous deux étaient encore enfants ; ils inclinèrent la tête en signe d'affirmation et restèrent silencieux.

— Ah ! — continua Redureau, changeant de sujet, avec un espèce de tact, reconnaissons-le, — ces tableaux me rappellent deux des miens, qu'il faudra que je vous montre. L'un est une gravure faite en 1720, c'est-à-dire, il y a cent quarante-quatre ans ; l'autre est de date plus récente : 1780. Tous deux représentent la rue Saint-Jacques, et vous pouvez y voir ma boutique telle qu'elle est aujourd'hui, avec le nom de Redureau sur la porte et l'enseigne Aux trois écus. Il faut que vous sachiez que ces trois écus furent l'origine de notre maison. Ah ! messieurs, c'est une jolie histoire ! Si vous aviez entendu mon grand-père la raconter !... Il la tenait lui-même de son grand-père, le héros de l'histoire ! Il était alors juste aussi âgé que vous, monsieur Horace. Donc un jour que mon aïeul se promenait dans la rue, le hasard lui fit rencontrer une mendiante qui tenait deux enfants dans ses bras. Cette mendiante, dans l'instant même où mon aïeul l'aperçut, venait de voler la bourse d'un gentilhomme qui descendait de voiture. Elle se mit à courir. Mais les domestiques du gentilhomme la rattrapèrent bientôt. Mon aïeul, qui avait bon cœur, s'écria : « Laissez donc cette femme, c'est moi qui ai volé la bourse ! » Son affirmation était d'autant plus vraisemblable que dans son effroi la mendiante avait laissé tomber la bourse par terre. Mais il paraît qu'à ce moment la malheureuse envoya à notre aïeul un regard, mais un de ces regards, disait-il, qu'il est impossible d'oublier quand on vivrait une éternité. Or, dans ce temps-là, on n'était pas tendre aux voleurs, et il s'agissait pour mon aïeul, du gibet, ni plus ni moins. Mais avant de le pendre, on le garrotta, et on l'emmena en prison. Le gentilhomme, qui avait tout vu, laissa faire, pour savoir pendant combien de temps notre aïeul tiendrait bon ; celui-ci n'ayant rien dit de nouveau, ni le lendemain, ni le surlendemain, le gentilhomme le fit mettre en liberté sur un ordre du Roi. Ce fut lui-même qui l'alla chercher au Châtelet, dans sa voiture. C'était un des plus grands personnages de la cour de Louis XIV, et néanmoins, il mit chapeau bas, quand il dit à mon aïeul : « Voulez-vous, monsieur, me faire l'honneur de venir avec moi à Versailles?... Oui... faites-moi cet honneur, je désire vous présenter au Roi. » Ils allèrent tous deux à Versailles à côté l'un de l'autre, mon aïeul et le grand seigneur dans la même voiture. Quand le Roi sut ce qu'avait fait mon aïeul, il lui donna sa main à baiser, et les courtisans firent une souscription qui monta à cinq cents louis, avec lesquels cette maison et la boutique d'en bas furent achetées. Quant à la bourse qui contenait les trois écus, lorsqu'elle avait été volée, elle fut offerte à mon aïeul par le gentilhomme en même temps qu'un bague en diamants. Elles sont toutes deux sous un globe dans notre petit salon du fond, et je puis vous dire, messieurs, que nous ne les regardons jamais sans fierté.

— Il y a de quoi être fier, en effet, — s'écria Émile avec chaleur, — et je ne sais pas de gentilshommes qui puissent montrer un plus noble blason.

— Et la femme, qu'est-elle devenue? — demanda Horace.

— Notre bienfaiteur prit également soin d'elle. Il l'établit dans une petite maison située sur ses terres, et ses enfants sont devenus d'honnêtes paysans. Mais je n'ai pas une trop grande estime pour elle, malgré tout, — ajouta Redureau, avec un sourire assez fin, — car si celui qu'elle volait n'avait pas vu ce qui s'était passé, elle aurait bonnement laissé mon aïeul se balancer dans l'air, ce qui eût été vraiment une mort singulière pour un homme qui était la probité même.

Tout en bavardant, Redureau faisait le tour de l'appartement en tripotant tout ce qui lui tombait sous la main, le reps des chaises, le crin des matelas, la toile ou le coton des serviettes.

— Mais je ne veux pas vous parler de moi, messieurs, — dit-il avec gravité. — Causons un peu de vous. L'histoire de notre vieille famille n'est peut-être pas très-divertissante pour vous, et vous êtes bien aimables de l'écouter. Ah! grand Dieu, qu'est-ce que c'est que cela?

En furetant de tous côtés, Redureau avait rencontré deux tableaux, posés sur le parquet et tournés contre la muraille.

Il en prit un et le retourna.

C'était une gravure du célèbre tableau de David le *Serment du Jeu de Paume*.

Redureau devint tout à coup sérieux.

— Non... non... — dit-il en secouant la tête d'un air triste et en regardant alternativement les deux frères, — non... non... non,.. n'ayez rien à faire avec eux.

I. 5

— Avec qui ?... — demanda Horace gaieme nt.

— Avec ceux-là !

Et Redureau montrait le révolutionnaire Bailly, debout et la main levée, comme il a été représenté par David.

— Ce n'est pas une société pour des jeunes gens comme vous. Vous ne pouvez fréquenter ce monde-là.

— Est-ce que vous parlez des républicains ? — demanda Émile.

— Oui, monsieur, c'est d'eux que je parle.

— Mais voyons, M. Redureau, vous avez été républicain vous-même, et il n'y a pas si longtemps, — remarqua Horace en riant ; — c'est en combattant pour le Gouvernement Provisoire que vous avez reçu ce mauvais coup, qui a fourni à notre père l'occasion de vous être agréable et de faire votre connaissance.

— Oui, monsieur, mais le mauvais coup que j'ai reçu ne prouve pas le moins du monde que j'étais républicain. Quand j'avais dix ans, et que je n'étais pas plus haut que cette paire de pincettes, j'allai à la barrière de Clichy et je jetai des pierres tant que je pus aux Cosaques qui voulaient entrer à Paris, nous ne pouvions pas mieux faire, car nous étions trop petits pour tirer un coup de fusil. Seize ans plus tard, quand M. de Lafayette et sa bande renversèrent Charles X, je fis de mon mieux pour les empêcher. La garde nationale avait été dissoute, mais j'endossai mon uniforme tout de même, et, pendant les trois jours, j'ai tenu bon avec la garde royale, aux Tuileries et au Louvre. En 1848, vint le tour de notre pauvre roi Louis-Philippe, et j'y allai encore de meilleur cœur. Ah ! si tout le monde avait fait son devoir comme les *municipaux*, nous n'aurions pas vu ce que nous avons vu. Nous avons été battus, comme vous le savez ; votre respectable père et ses amis arrivèrent au pouvoir, et il n'y avait pas autre chose à faire que de se rallier à eux pour les empêcher d'être battus à leur tour par la canaille. Voilà pourquoi j'ai combattu pour eux en juin, et pas pour autre chose, mais cela ne prouve pas que je sois républicain, car j'en ferais demain tout autant pour l'Empereur.

— Alors vous pouvez vous vanter d'être d'avance prêt, en principe, à combattre tout ce qui ressemble tant soit peu à un progrès quelconque, — remarqua Horace en riant, mais avec une légère pointe de malice.

— Oui, monsieur, je puis m'en vanter, — répondit Redureau en s'animant un peu, — si vous croyez que le progrès et la révolution ne font qu'un; pour ma part, j'en doute. Voyez-vous, il faut avoir l'ordre d'abord, le reste vient après.

— Pourtant, vous devez avoir une préférence, plus ou moins vague, pour une certaine forme de gouvernement, — dit Émile, qui était un peu surpris de ce qu'il venait d'entendre.

— Oui, je préfère tout à la République, — répondit vivement Redureau. — Voyons, messieurs, soyons de bon compte, de quoi, nous autres boutiquiers, avons-nous le plus besoin... de la paix, n'est-ce pas, et d'un gouvernement qui nous laisse vendre nos marchandises tranquillement et empêche les malfaiteurs de casser nos carreaux? Eh bien, lorsque votre très-honoré père et ses amis étaient au pouvoir, qu'avions-nous?... On dit, je sais bien, c'étaient d'honnêtes, c'étaient de braves gens... Je veux bien...mais après?...L'honnêteté ne suffit pas; c'est comme le beurre sans pain. Il faut de la poigne, il en faut même beaucoup. M. Lamartine, M. Louis Blanc, M. Gérard nous ont fait de très-belles promesses, et je veux bien croire qu'ils voulaient les tenir; mais à quoi cela a-t-il abouti?... En 1848, nous avons payé deux fois plus d'impôts que sous le roi Louis-Philippe; nous étions dehors quatre jours par semaine avec nos fusils pour nous défendre contre les émeutiers, et vous comprenez que cela ne faisait pas aller le commerce. A présent, avec l'Empereur, je ne dis pas que les impôts ne soient pas trop lourds, mais au moins nous pouvons arriver à les payer. Cette année, et malgré la guerre, les affaires ont mieux marché que jamais, et quant aux émeutes, personne n'en entend plus parler.

— Oh! si vous considérez ces questions au point de vue de vos boutiques...— interrompit Émile avec un ton qu'il fit plus méprisant qu'il n'aurait voulu.

— Eh bien, quoi! monsieur, est-ce que tous, tant que nous sommes, nous ne jugeons pas les choses à notre point de vue personnel? — répondit l'honnête drapier avec une certaine rondeur. — Ainsi vous voilà tous les deux qui êtes venus à Paris pour y faire vos débuts dans la belle carrière du barreau, où vous réussirez, je n'en doute pas. Eh! bien, je vous le demande, n'y a-t-il pas dans cette carrière un grand nombre d'hommes qui n'ont d'autre souci en tête, en prêchant la liberté, que de se faire un nom, une réputation... et une clientèle qui les payera bien?

— Ce n'est pas coupable de désirer la réputation! — fit Émile vivement.

— Non, monsieur, pas plus coupable que de désirer vendre ses marchandises, — répliqua le drapier en riant.
— Je vais seulement vous dire quelle est l'erreur de nos hommes politiques. Ils demandent beaucoup plus pour nous que nous n'en souhaitons nous-mêmes, et promettent beaucoup plus qu'ils ne pourront jamais donner.

— Je crois que vous vous faites plus méchant que vous n'êtes, — interrompit Horace, souriant. — Il est impossible que vous soyez aussi peu soucieux de liberté que vous le dites, M. Redureau. Que vous désiriez vendre vos marchandises, cela est assez naturel, mais vous êtes Français et vous devez voir autre chose dans un gouvernement qu'une question de gros sous. N'y a-t-il donc pas quelque satisfaction à être un homme libre dans un pays libre? et n'est-il point humiliant de subir les caprices d'un gouvernement qui nous traite comme des enfants incapables de nous conduire nous-mêmes? Eh bien, sans aller chercher un autre exemple que le vôtre, est-ce que vous ne trouvez pas que vous-même ayez perdu quelque chose à l'établissement de l'Empire? Autrefois, vous aviez des Chambres qui discutaient et votaient librement, vous pouviez vous réunir pour parler de vos affaires quand bon vous semblait, vous aviez une presse libre, vous choisissiez vos maires; en un mot, vous étiez compté comme quelqu'un et aujourd'hui, dans le gouvernement de votre pays, vous ne comptez pour rien.

— Vous me posez simplement la question, et je vous répondrai de même, — répondit Redureau, en fourrant ses deux mains dans ses poches et en regardant les deux frères d'un air vainqueur. — Il y a quelques années, comme vous dites, nous avions tous ces beaux droits que vous venez d'énumérer. Mais en quoi nous ont-ils profité, je vous prie? Durant dix-huit mortelles années, nous avons eu pour tout spectacle M. Guizot essayant de renverser M. Thiers, et M. Thiers essayant de renverser M. Guizot. Est-ce que vous croyez que cela m'intéressait, moi, boutiquier, que ce fût M. Guizot ou l'autre qui fût au pouvoir? A en croire les gens bien informés, ils se ressemblaient tous les deux comme deux gouttes d'eau; la seule différence, c'est que M. Thiers, qui parlait le plus d'un gouvernement parfait, fut celui qui nous le donna le moins; car ce fut sous son ministère que nous eûmes presque la guerre avec l'Angleterre et qu'il nous fallut payer les fortifications de Paris qui ne serviront jamais à rien. Mais vous me direz : la presse était libre. Eh ! oui parbleu, elle était libre! Mais qu'est-ce que vous voulez que cela nous fasse à nous autres que la presse soit libre; et était-ce donc si édifiant de voir une centaine de messieurs qui s'injuriaient comme des crocheteurs dans une douzaine de journaux du soir, pour aller se donner des coups d'épée, ou s'envoyer des coups de pistolet le lendemain, au Bois de Boulogne ? C'était peut-être très-amusant pour les journalistes, mais, comme fort heureusement pour moi, je ne suis pas journaliste, je m'en moque, comme de l'an quarante, de votre liberté de la presse. Et le droit d'élire nos officiers dans la garde nationale, en voilà encore du propre, et c'est cela qu'il fallait voir! C'était à qui serait nommé, et naturellement on ne nommait que ceux qui commandaient en dépit du bon sens. Aussitôt qu'un officier se montrait un peu raide, il était sûr de son affaire, et n'était jamais réélu. Tenez, moi qui vous parle, et je ne suis pas plus méchant qu'un autre, je me souviens d'avoir voté une fois contre mon capitaine, parce qu'il m'avait dit devant la compagnie que mon fusil était sale, ce qui était la pure vérité. Et, puis, il y avait la rivalité entre les commerçants et les avocats, les médecins, ceux qui avaient une profession libérale. Sous prétexte de nommer des gens pas fiers, nous votions pour notre tailleur, notre boulanger. J'ai eu pour lieutenant mon épicier, qui, quand les coups de fusil arrivèrent, nous planta là. C'était pourtant un bon garçon. Et les Chambres libres!... Encore une belle affaire. Ils étaient là-dedans quatre cents bavards, et ils ne faisaient absolument rien que bavarder. On avait besoin d'un égout, d'une rue nouvelle!... ils passaient des semaines entières à se disputer pour-arriver à nous dire que nous n'aurions ni notre égout, ni notre rue, parce qu'il n'y avait pas d'argent. Si vous aviez vu, en ce temps-là, certains quartiers de la Cité.... c'étaient de vrais cloaques. Les gredins y pullulaient, et le soleil n'y avait jamais paru. Eh bien! quand il fut question de donner un coup de pioche à cet amas de bouges et de bicoques pour y apporter la lumière et l'air... ce fut un *tolle* général... Je criais comme les autres sans savoir pourquoi. Et pourtant c'était comme ça... Entre commerçants, nous avions l'habitude de causer entre nous des affaires municipales ; eh bien, dans ces conversations, j'avais adopté un genre que je croyais excellent, c'était de dire *non* d'avance à tout ce qu'on me proposait. Je trou-

vais que cela me donnait l'air *plus politique* que de dire
oui, ou de ne rien dire du tout... ce qui, la plupart du
temps, eût été la seule chose raisonnable. Mais, fort heureusement aujourd'hui, nous n'avons plus le loisir d'être
aussi bêtes que cela... L'Empereur a dit carrément : « Je
suis ici pour gouverner, et je gouverne. » Il fait son affaire et la nôtre sans prendre conseil de personne... et il a
joliment raison ! car voyez-vous, messieurs, il faut que
chacun reste à sa place. Je crois que je m'entends, sans
modestie, à vendre mes draps, mais le diable m'emporte
si je suis en état de faire en politique autre chose que des
sottises...

Émile haussa les épaules et Horace se mit à rire.

— Eh ! voilà qui est le dernier mot de la modestie,
monsieur Redureau — fit-il, — je ne puis dire que vous
m'ayez complètement convaincu ; mais je suis sûr que
nous n'en serons pas moins bons amis.

— Certes ! — répondit Redureau.

—... Seulement, croyez-moi, messieurs, — fit-il en désignant *le Serment du Jeu de Paume*, — n'ayez rien à
démêler avec ces gaillards-là, ils ne sont bons qu'à faire
du désordre dans les rues. Ah ! si tous étaient taillés sur
le même patron que votre respectable père, je ne vous di-
rais pas cela ; mais il s'en faut, et de beaucoup, qu'ils lui
ressemblent. J'ai connu un républicain qui parlait très-
noblement des droits de l'homme et qui est parti sans me
payer son loyer.

Redureau était inépuisable lorsqu'il abordait ce sujet ;
il aurait lancé bien d'autres anathèmes, si un coup
frappé à la porte ne l'avait interrompu à ce moment critique.

Il s'arrêta, et une voix féminine cria du dehors :

— Papa, on a besoin de toi au magasin.

— Ah !... c'est ma fille, messieurs, — dit Redureau.

Et, ouvrant la porte, il montra une jeune fille qui pouvait avoir dix-sept ans environ.

C'était une jolie personne avec des yeux noirs et limpides, d'épaisses boucles comme on en portait en 1854, des lèvres très-colorées, et une toilette assez élégante.

Elle rougit légèrement quand elle vit ces deux jeunes gens, mais ne se montra pas autrement intimidée.

Elle répéta à son père ce qu'elle lui avait déjà dit, et ajouta que c'était maman qui l'avait envoyée : M. Marouzé et sa fille étaient en bas.

Puis elle s'excusa auprès des frères de les avoir dérangés.

— Viens ici, Georgette, et laisse-moi te présenter, — dit Redureau avec un regard d'orgueil paternel. — Messieurs, vous n'avez vu que ma femme et mon fils lorsque vous êtes venus retenir votre appartement l'autre jour. Voici ma fille, qui était alors chez sa tante. Georgette, ce sont les messieurs Gérard, les fils de monsieur Gérard qui, sous le feu des insurgés, sauva la vie de ton père. Fais-leur ta plus belle révérence. Messieurs, c'est ma petite Georgette, ma fille.

Ce fut une présentation en règle. Rien n'y manqua.

Mademoiselle Redureau rougit tout juste autant qu'il convenait.

Horace fit l'aimable, Émile aussi, mais avec une nuance plus sérieuse. Il laissa son frère tourner une façon de compliment, sur un ton timide et grave, qui fut du goût de Redureau, et fit sourire Georgette, qui avait l'air de connaître les compliments plus que de réputation.

— Et maintenant, aux affaires, — s'écria le drapier, — il ne faut pas faire attendre longtemps M. Marouzé et sa fille, vois-tu, mon enfant. Ah ! messieurs, si vous pouviez voir mademoiselle Marouzé, une perle, comme nous disions dans mon jeune temps ; je parierais bien vingt pièces de drap qu'elle épousera sous peu quelque prince régnant. C'est son père aussi qu'il faut connaître !... Quelle tête ! messieurs, quelle tête !... Ce serait un député parfait... Quand il a débuté dans la vie, autant que j'en pus juger, il n'avait pas un rouge liard ; eh bien, voyez, aujourd'hui, il roule carrosse, et le carrosse est à lui.... Je crois bien qu'il ne demeurera pas longtemps dans ce quartier-ci ; il habitera les Champs-Élysées ou la Chaussée-d'Antin. Ce sera très-désagréable pour moi, car cela me fera perdre un de mes meilleurs clients. C'est un homme qui ira loin, messieurs ; n'en doutez pas... Il pense comme moi en politique, Ah ! ce n'est pas lui qui dirait jamais du mal de l'Empereur.

Georgette tirait son père par la manche.

— Père, M. Marouzé est pressé.

— Oui, ma chérie, j'y vais ; il ne serait pas bien de faire attendre M. Marouzé. Messieurs, votre serviteur, et si jamais je puis vous être utile à quelque chose, ne vous gênez pas, je vous en prie. Georgette, mon bijou, fais une autre révérence à ces messieurs.

Georgette fit une autre révérence.

— Quel singulier bonhomme ! — dit Horace en riant, quand Redureau fut parti.

— J'espère qu'à l'avenir il nous privera autant que possible de son éloquence, — répondit le jeune frère un peu trop sèchement peut-être. — Je n'aime pas ces bourgeois-là, sots et cyniques à la fois.

— Oh ! cynique est un bien gros mot, — observa Horace ; — je ne vois rien de cynique dans l'affaire de ce brave homme. Que veux-tu ?... Tout le monde ne peut pas avoir le même avis.

Émile, malgré toute sa douceur, était beaucoup moins tolérant que son frère. C'était, avant tout, un passionné et un enthousiaste.

Il répondit gravement :

— C'est cette espèce de gens qui nous a amenés où nous sommes. Ce sont eux qui ont rendu possible le 2 Décembre et ses suites. Comment s'étonner que la France soit si facilement et si vite la proie des aventuriers et des despotes quand elle pullule de gaillards pareils, qui ne

5.

songent qu'à pouvoir emplir leur coffre et sont prêts à sa-
luer pour maître le premier coquin venu qui leur pro-
mettra la tranquillité et la paix.

— Oh! oh! — dit Horace, — pourquoi voir ainsi les
choses en noir? Que diable! soyons plus libéral, mon
cher. Songe donc comme ce serait ennuyeux si tous les
hommes pensaient de même. La moitié du charme de la
vie s'en irait. D'ailleurs, il me semble qu'un homme qui se
bat trois ou quatre fois et risque sa vie pour ses opinions
a bien droit, si absurdes que soient ces opinions, à quelque respect. Ce n'est pas tout à fait la même chose que de
défendre ses convictions pendant le temps seulement qu'on
est payé pour le faire.

Émile secoua la tête d'un air de doute; mais la discussion ne se prolongea pas, car Horace se souvint de la
lettre que le drapier avait apportée et qui était encore
toute cachetée sur la table.

Il n'en avait pas regardé la suscription, mais en la
prenant, il vit qu'elle était de l'écriture de son père.

— Elle est de notre père, — dit-il en brisant le cachet.

Et Émile lui ayant demandé de la lire à haute voix, il
le fit.

« BRUXELLES, Novembre 1854.

» MES CHERS FILS,

» Je viens de recevoir vos lettres, qui m'annoncent que
» vous êtes presque installés, et, par le même courrier, un
» numéro du *Moniteur*, dans lequel vos noms figurent
» parmi ceux des jeunes stagiaires qui ont prêté ser-
» ment devant la Cour. C'est une grande satisfaction pour
» moi que de vous savoir en mesure d'aborder une car-
» rière où le mérite et le travail sont plus sûrement ré-

» compensés que dans toute autre. Le barreau peut vous
» conduire à tout ; mais il faut que vous n'arriviez au succès
» que lentement. Vous avez d'ailleurs le temps d'attendre,
» et vous êtes trop raisonnables pour ne pas savoir que
» les seules réputations durables sont celles qu'on acquiert
» laborieusement, avec de la patience et de l'énergie. Si
» j'étais resté plus longtemps à Paris, je vous aurais pré-
» sentés au peu d'amis que j'y ai encore ; leur nombre
» s'est terriblement amoindri ; la plupart de nous autres,
» hommes de 1848, nous avons été dispersés aux quatre
» vents. Vous feriez bien d'aller voir Claude Febvre, un
» des maîtres de votre profession, qui m'a toujours té-
» moigné beaucoup d'affection. Il vous recevra certaine-
» ment avec bienveillance et pourra vous être utile.

» Dans la presse, je vous recommande particulièrement
» Nestor Roche, le rédacteur en chef de la *Sentinelle*, qui
» est un de mes vieux camarades. Je l'estime beaucoup.
» Vous le trouverez peut être d'abord un peu raide, mais
» il y a un cœur d'or sous cette rude enveloppe. Il de-
» meure aux bureaux de son journal, rue Montmartre.
» Je crois que mes banquiers, MM. Lecoq et Roderheim,
» seraient heureux de vous être agréables. Ils vous in-
» viteront probablement à leurs soirées. Allez-y, car mes
» rapports avec leur maison ont toujours été bons. J'ai
» entendu dire qu'ils avaient pris un nouvel associé, un
» M. Marouzé. Si c'est le même Marouzé que j'ai connu en
» 1848, il est probable qu'il vous invitera également.

» C'était un homme singulier et que je n'ai jamais pu
» bien comprendre. Il était très-ardent républicain, il a
» fait partie d'un ou de deux de mes comités électoraux,
» et, sous le gouvernement provisoire, il m'a demandé plu-
» sieurs fois de l'aider à lui faire obtenir des marchés
» pour l'armée et la marine. Je mentionne ce détail
» parce que d'une manière ou d'une autre il sut tout ce
» qui concernait l'histoire de notre famille, qui j'étais, et
» le reste. J'ai eu même assez de peine à l'empêcher de

» tambouriner mes affaires aux quatre coins de Paris.
» Son but semblait être de vouloir se montrer mon ami;
» car, bien que je ne l'aie jamais aidé dans sa chasse
» aux fournitures, il s'est toujours donné comme un de
» mes plus chauds partisans... »

— Marouzé... — dit Horace en s'interrompant, — mais c'est le nom du client de M. Redureau, qui l'attendait en bas. Est-ce que ce serait le même ?
— Redureau a dit que son M. Marouzé était bonapartiste.
— Hein ! aujourd'hui, oui; mais il n'a point parlé d'il y a six ans.
— Si les deux ne font qu'un, — remarqua Émile avec calme, — M. Marouzé pourra garder pour lui ses politesses.
Horace ne dit rien, mais reprit sa lecture qu'il avait interrompue :

« ... Parmi mes anciens amis, je n'ai pas besoin de
» vous signaler celui que vous avez vu fréquemment chez
» moi autrefois, je veux dire M. Lacaze, qui est aujour-
» d'hui Ministre d'État. Vous vous souvenez de la lettre
» qu'il m'écrivit le lendemain du coup d'État pour m'an-
» noncer qu'il avait changé d'opinion et m'inviter à
» suivre son exemple; vous n'avez point oublié non plus
» ma réponse. Dans ces circonstances, je doute que
» M. Lacaze prenne plaisir à se rappeler qu'il fut un des
» nôtres, et s'il apprend que vous êtes à Paris, je crois qu'il
» ne vous importunera pas de ses invitations à ses récep-
» tions, qui sont, dit-on, très-courues. Pourtant, on ne sait
» pas. Ma lettre n'était point dure pour lui; elle fut simple-
» ment froide et il serait peut-être possible que par vanité
» ou par bravade ou par tout autre motif, il vous invitât,
» malgré cela, ne fût-ce que pour vous faire voir de près sa
» splendeur actuelle. S'il en était ainsi, j'avoue qu'il me

» serait agréable d'apprendre que vous avez évité cet
» homme comme on évite les malhonnêtes gens. Le
» monde est indulgent pour ceux qui réussissent et excuse
» aisément les bassesses qu'ils ont commises pour réus-
» sir. Mais c'est précisément pour cela que ceux qui
» ne sont pas les complices de cette lâche complaisance
» doivent se montrer plus rigoureux et plus sévères.
» Nous ne pouvons, vous et moi, faire aucun mal à
» M. Lacaze ; alors même que nous le pourrions, nous ne
» lui en ferions pas ; mais nous devons lui refuser nos
» hommages et ainsi marquer, dans notre humble voie,
» que nous ne faisons point de différence entre l'infamie
» qui conduit au bagne et celle qui conduit au porte-
» feuille.

» Donnez-moi de vos nouvelles à tous deux aussi sou-
» vent que possible, et croyez-moi,

» Mes chers enfants,

» Votre affectionné père,

» MANUEL GÉRARD. »

Tandis qu'Horace lisait cette lettre à son frère, Redureau, le drapier, et sa fille Georgette, étaient revenus à
la boutique du rez-de-chaussée offrir leurs services à
M. Marouzé.

Ce personnage, à première vue, ressemblait à une be-
lette, et, après un plus sérieux examen, à un blaireau ;
en le regardant plus attentivement encore, on se demandait assez vite s'il n'y avait pas eu un chimpanzé ou deux
parmi ses ancêtres.

Il était debout devant l'un des comptoirs, parlant avec
une extrême volubilité à madame Redureau, et tenant
une des pièces de soieries du côté de la fenêtre pour s'assurer de la qualité de la trame.

La bonne madame Redureau, forte femme, éclatante

comme une pivoine, avait été mise, par l'entrée de son opulent mais remuant client, dans un état d'émotion et de transpiration extraordinaire.

Marouzé était un de ces hommes qui, en moins de cinq minutes, vous mettent une boutique sens dessus dessous.

A sa demande, M. Alcibiade Redureau, héritier de M. Achille, avait été sommé de descendre ballots sur ballots avec les soies, les velours, les satins, les rubans, puis caisses sur caisses, jusqu'à ce que le comptoir fût complètement encombré.

La personne pour l'édification de laquelle tout ce remue-ménage semblait avoir été fait était mademoiselle Angélique Marouzé.

Mademoiselle Angélique Marouzé était une fillette aux yeux bleus, aux cheveux blonds, et à la figure douce, qui regardait les gens avec une expression constante d'étonnement naïf et qui acquiesçait en toutes choses à ce que lui proposait son père, d'un air heureux et calme, comme si elle appréciait énormément la faveur d'avoir à ses côtés quelqu'un se donnant la peine de penser pour elle.

Quand je dis fillette, il faut nous entendre, elle avait bel et bien ses dix-huit ans sonnés. Elle était, de plus, attifée avec ce luxe particulier qui indique clairement que l'heure du mariage a sonné.

Marouzé fit un salut lorsque le drapier entra, et continua à examiner la soie.

— Bonjour, monsieur Redureau, — dit-il, — j'ai amené ma fille pour faire ses emplettes d'hiver. Voici une soie qui n'est pas mauvaise, mais la nuance ne nous va pas. Quelles nouvelles ?

Dans la bouche de Marouzé « quelles nouvelles ? » n'avait aucun trait à la santé du prochain ou aux faits et gestes du monde politique.

Marouzé, étant le mieux informé des Parisiens, n'avait

sur les choses politiques rien à apprendre de personne, et la santé des gens lui était fort indifférente.

« Quelles nouvelles, » était une façon de se renseigner sur ce que Marouzé appelait des « marchés possibles : » s'il y avait quelque chose à acheter quelque part à perte pour le vendeur, un fonds de commerce après faillite, le stradivarius d'un violoniste mourant de faim, ou la perruche d'une actrice ruinée, Marouzé était un de ces hommes qui saisissent l'occasion aux cheveux.

C'était par cette demande cent mille fois répétée de « quelles nouvelles ? » durant une période de trente ans que Marouzé avait amassé sa fortune morceau par morceau.

— Je ne pense pas qu'il y ait grand'chose à faire dans le quartier, monsieur, — dit le drapier, prodiguant les salutations. — Rien en fait de nouvelles, le commerce va bien, quoique j'aie entendu dire que notre voisin l'armurier était dans une mauvaise passe.

Et s'adressant à sa femme :

— N'est-ce pas toi qui m'a dit cela ?

— Oui, en effet, — répondit madame Redureau en posant sur le comptoir le velours qu'elle venait de montrer à Angélique. — Pourtant, c'est un honnête homme dont les affaires allaient très-bien; mais on dit que son fils n'a pas bien tourné. Son père a été obligé de payer ses dettes et, dame, après ses pertes à la Bourse, il paraît que cela l'a mis bien bas.

— Son nom et son adresse ? — demanda Marouzé.

— Quirot, armurier, marchand de curiosités, au numéro neuf, — dit le drapier.

Et, tout de suite, Marouzé inscrivit le nom et l'adresse de Quirot sur son portefeuille.

— Il y a généralement quelque chose à ramasser chez un marchand de curiosités, — murmura-t-il. — Maintenant, ma chère, as-tu trouvé quelque chose à ton goût ? Du velours merveilleux, madame Redureau, sortant de fabrique cette année même, je puis le dire au toucher. Nous aurons besoin de trois robes de bal, n'est-ce pas, mignonne? Que dirais-tu d'une robe blanche, d'une autre rose et blanche, et d'une troisième bleu clair ? Le bleu est ce qui convient le mieux à la nuance de tes cheveux.

Angélique sourit, et dit:

— Oui, papa.

— Mesurez la soie, je vous prie, monsieur Redureau; et maintenant, vingt mètres de ce velours pour une toilette de dîner; dix de ce satin blanc pour un jupon; et ce qu'il faut de cachemire blanc pour une sortie de bal.

— Quatre mètres, monsieur Marouzé.

— Non, non; un grand manteau, comme un châle, une espèce de burnous comme les Arabes, où l'on puisse s'envelopper complétement; c'est plus chaud et c'est plus *chic*. Il faut que tu dises toi-même à madame Redureau, mon enfant, la quantité de garnitures qu'il te faudra.

Angélique répondit de nouveau:

— Oui, papa.

Elle tourna un regard suppliant vers madame Redureau comme pour lui demander combien de garnitures il faudrait pour quatre robes.

Tandis que celle-ci faisait de son mieux pour la tirer de cet embarras, Marouzé avait demandé, pour la seconde fois au drapier, s'il avait quelque autre nouvelle à lui donner.

Redureau était enfoui jusqu'au cou dans la soie qui était étendue sur le comptoir, et il la mesurait aussi vite qu'il pouvait.

Il était tout joyeux de la bonne chance qui lui arrivait dans cette après-midi, de façon qu'il répondit avec une aimable jovialité :

— Accepterez-vous comme une nouvelle, monsieur, que je vous dise que j'ai deux nouveaux locataires?

— Cela dépend de ce qu'ils font, — répliqua le financier d'un air tout-à-fait sérieux.

— Ils s'appellent Gérard, monsieur.

— Gérard ! — répéta Marouzé vivement. — Sont-ils parents de Manuel Gérard ?

— Ce sont ses fils, monsieur. M. Horace et M. Émile Gérard.

Pour la seconde fois, le portefeuille de Marouzé apparut.

— A quel étage, monsieur Redureau ?... Quel âge ont-ils et que font-ils à Paris ?... Manuel Gérard était un de mes amis les plus intimes ; il a des fonds placés chez nous.... Un caractère original, mais très-bien dans ses affaires.... très-bien.

Un peu étonné, Redureau dit à son client que ses locataires logeaient au troisième, qu'il n'y avait pas longtemps qu'ils étaient dans la maison, que c'étaient des jeunes gens tout à fait tranquilles, et qu'ils étaient avocats.

— Je ne savais pas que vous les connaissiez, monsieur, — ajouta-t-il. — J'étais justement en train de causer avec eux quand Georgette est montée me chercher ; mais ils n'ont rien dit lorsque votre nom a été prononcé.

— Mais je ne les connais pas, — répondit Marouzé, tout en écrivant sur son carnet : *Horace et Émile Gérard, maison Redureau, rue Saint-Jacques.* — C'est leur père que je connais ; mais ses fils et moi nous ferons bien vite connaissance. Angélique, mon enfant, souviens-toi de MM. Gérard et dis à ta tante en rentrant de mettre leurs noms sur notre liste pour la prochaine soirée. Mais attends donc, puisqu'ils demeurent dans cette maison, pourquoi ne monterais-je pas chez eux et n'y laisserais-je pas ma carte, tandis que vous faites notre facture, Redureau ?

Marouzé fouilla dans ses poches pour y prendre une paire de gants de peau noire, qui lui servaient dans ce qu'il appelait « les grands jours. »

— Je suis sûr qu'ils seront ravis de vous voir, monsieur, — observa le drapier.

Le digne homme le disait comme il le pensait; car, en vérité, il lui paraissait impossible que quelqu'un pût ne pas être charmé de voir un homme aussi riche que Marouzé.

Celui-ci tira ses gants, donna un coup à son chapeau avec la manche de son habit, et sortit.

Mais l'ennui de grimper trois étages lui fut épargné, car il avait à peine dépassé la porte de la boutique que les deux fils de son intime ami apparaissaient en personne sous la porte cochère de la maison.

Ils avaient fini leur rangement et allaient faire quelques visites avant dîner.

Redureau les aperçut à travers les carreaux, sortit aussi, et les arrêta au moment où ils passaient, puis, courant après Marouzé, il lui cria :

— Ce sont les MM. Gérard, monsieur, que vous venez de croiser.

Au bout d'une autre demi-minute, Marouzé, avec le sourire le plus gracieux qu'il sut mettre sur son visage rusé et finaud, tendait la main aux deux frères. Il les prit l'un pour l'autre, l'air plus sérieux du cadet et son aspect plus robuste le trompèrent.

— M. le marquis d'Auvillars, je suis vraiment heureux que le hasard m'ait fait vous rencontrer.

Ce fut son début.

— J'espère que votre santé est bonne ; je viens seulement d'apprendre que vous étiez à Paris.

— Je ne m'appelle pas le marquis d'Auvillars, — répondit Émile, sans faire un pas en avant, — Voici mon frère aîné.

— Et moi-même je m'appelle Horace Gérard, — poursuivit Horace, aussi réservé que son frère, mais peut-être avec un peu plus de curiosité dans le ton.

— Ah ! oui, je comprends parfaitement... dédain des titres... préjugé très-respectable d'ailleurs... Je suis moi-même républicain jusqu'à la moelle des os ; votre père et moi nous avons été très-bons amis, monsieur Horace. Je suis Marouzé.

— Ah ! vous êtes M. Marouzé, — dit Horace qui s'amusait de l'aventure.

— A votre service, M. Horace, Marouzé, de la maison Lecoq, Roderheim, et Marouzé, vos banquiers. Mon Dieu ! quelle ressemblance entre le père et les fils ! Faites-moi donc le plaisir d'entrer un moment, M. Horace et M. Émile, et laissez-moi vous présenter ma fille.

Aussitôt qu'il entendit le nom de Marouzé, Émile fit une mine très-pincée, et il ne répondit plus que par monosyllabes.

Horace se laissa conduire par le bras dans le magasin où il fut présenté à Angélique.

Mademoiselle Redureau, qui n'avait pas oublié le compliment d'Horace, leva sournoisement ses beaux yeux du paquet qu'elle était en train de ficeler pour voir s'il allait en publier une seconde édition.

Mais il fut simplement poli.

Peut-être avait-il été trop frappé de la beauté d'Angélique pour trouver quelque chose d'aimable à dire, car ceux qui la voyaient pour la première fois avec son angélique visage, son incomparable douceur, éprouvaient toujours une grande impression.

La façon dont elle salua les deux frères fut d'un genre parfait, et un connaisseur aurait bien vite découvert que Cellarius lui avait donné non-seulement des leçons de danse, mais encore des leçons de maintien.

Marouzé, qui savait l'effet que produisait la beauté de sa fille, profita de l'occasion pour inviter à dîner séance tenante Horace et Émile.

— Nous vivons très-tranquillement, — dit-il avec une solennité qui jurait avec l'expression de sa physionomie. — Je demeure près d'ici, rue de Seine, à côté du Luxembourg. Donnez-moi votre jour, et nous dînerons ensemble, sans façon..... un petit dîner intime, quoi ! Pas plus de douze à table; juste ce qu'il faut pour causer gentiment. J'aurai un ou deux avoués..... vous savez, les avoués, c'est toujours bon à connaître, pour de jeunes avocats.

Bien que l'invitation fût très-cordiale, Horace regretta en termes polis de ne pouvoir l'accepter, tous ses jours étant pris.

Il allait s'en tenir là; mais, après avoir hésité une seconde et regardé Angélique, il promit à Marouzé d'aller lui faire visite.

Émile, lui, ne promit rien du tout.

Pendant les dernières cinq minutes, les doigts de toute la famille Redureau avaient fait une rude besogne, pliant, roulant, empaquetant, ficelant.

Alcibiade Redureau, le caissier de la maison, s'installa alors à son grand pupitre et fit l'addition.

Quand il eut obtenu son total, il le couvrit de poudre en manière de conclusion.

— Faut-il mettre tout cela à votre compte, monsieur Marouzé? — demanda-t-il.

— Non, j'ai soldé mon compte l'automne dernier, — dit le financier. — A l'avenir, je paierai comptant. Faites-moi l'escompte.

Alcibiade ne se le fit pas dire deux fois, et fit l'escompte de 6 0/0; selon la vieille et honnête coutume de la maison Redureau.

La note était lourde, mais Marouzé ne s'en plaignit point.

Il lut tout haut le total, 2,785 fr. 75.; tira fastueusement trois billets de mille francs de son portefeuille et paya sans dire un mot.

La vue de ces billets lui ayant rappelé que Manuel Gérard faisait des affaires avec sa maison, il prit Horace par le bouton de son habit, l'attira à l'écart, et lui dit:

— C'est nous, vous le savez, qui devons vous payer votre pension, mais j'ai été jeune moi-même et je sais ce qui en est. Si jamais vous êtes gêné, n'oubliez pas mon adresse. Ma caisse n'est pas comme la Banque de France, elle est ouverte à toute heure pour mes amis.

— Je vous remercie, je ne fais jamais de dettes, — répliqua Horace d'un ton bref.

Quelques années auparavant, quand il était encore étudiant en droit, cette offre aurait pu le tenter ; à l'heure présente, il était bien près de la prendre pour une impertinence, surtout en se souvenant du passage de la lettre de son père relatif à Marouzé.

Mais celui-ci, qui ne savait rien de ce que Manuel Gérard avait écrit à ses fils, fit la grimace en entendant la réponse un peu raide du jeune homme.

Puis, cherchant un sourire mielleux, il lui dit :

— Sans doute..., sans doute..., M. Horace, c'est cela qu'un jeune homme comme vous devait répondre : ne jamais emprunter, sans une nécessité absolue. Seulement rappelez-vous ce que je vous dis, et si jamais cette nécessité se présente, comptez sur moi. Je vous considère comme mes amis, et je ne vous demanderai d'autres garanties que votre parole.

Et il tourna les talons, ne laissant point le temps aux jeunes gens de refuser une seconde fois.

Angélique s'était levée et se préparait à sortir quand son père y serait disposé.

Ayant aperçu le coupé du financier qui attendait à la porte, Horace ne put pas moins faire que d'offrir son bras à la jeune fille pour la conduire à sa voiture.

D'ailleurs eût-il voulu éviter cette politesse, qu'il ne l'eût pas pu ; Marouzé, qui faisait acquitter sa note, s'écria :

— Je suis certain, ma mignonne, que monsieur Horace aura l'obligeance de t'offrir son bras pour te faire monter en voiture.

Les deux jeunes gens sortirent, précédés des Redureau mâles, lestés tous deux de volumineux paquets.

Angélique effleurait à peine la manche d'Horace de

sa main gantée; et, comme il fit la remarque qu'il ne
faisait point chaud, elle repartit avec une vivacité rela-
tive :

— Oui, monsieur, il fait froid.

Quand elle fut bien emmitouflée dans la voiture, elle
remercia doucement Horace.

Marouzé, à son tour y monta, escorté de toutes les
félicitations, salutations, et bénédictions des Redureau.
Il prit congé des deux frères, mais n'essaya pas de donner
la main à Émile, car il était assez perspicace pour comprendre comment il serait reçu; en revanche, il serra
chaudement celle d'Horace et répéta :

— Rappelez-vous, monsieur Horace, rue de Seine;
toujours charmé de vous voir, Angélique aussi.

Mais comme il n'oubliait jamais les affaires, il dit à son
cocher de s'arrêter au magasin de curiosités de Quirot.

Quand le coupé eut disparu, Horace dit tout de suite à
son frère :

— C'est la plus jolie femme que j'aie jamais vue dans
ma vie; et si elle a autant d'esprit qu'elle est belle, c'est
une merveille.

Précisément au même instant, Marouzé disait à sa
fille :

— Sais-tu bien que ce M. Horace avec sa petite
moustache est un marquis, un vrai marquis qui, à la
mort de son père qui est un peu toqué, et même tout à
fait toqué, sera duc et aura une des plus belles fortunes
de France. Je ne croyais guère le rencontrer dans ces
circonstances, mais puisque nous avons eu cette chance,
il faut en profiter. Je veux qu'il vienne nous voir, tu
tâcheras d'être aimable avec lui, aussi aimable que possible, n'est-ce pas, mignonne ?

Angélique répondit avec un sourire d'obéissance si
sereine, que les anges le lui eussent certainement envié:

— Oui, papa.

VI

UNE PREMIÈRE CAUSE

Horace n'alla pas voir toute de suite, comme il l'avait dit, le financier.

Après avoir pensé deux jours pleins au doux visage et à la main fine d'Angélique, il y pensa de moins en moins, et il s'écoula trois mois avant qu'il revît Marouzé.

Pendant ce temps, celui-ci lui avait écrit lettres sur lettres, répétant ses invitations, insistant, se dérangeant, mais en vain.

Jamais il n'avait pu rencontrer les deux frères.

La vérité est qu'ils travaillaient beaucoup, ayant la très-légitime ambition d'arriver, et aussi de l'ardeur et du courage.

Voici comment ils employaient leurs journées.

A sept heures, ils étaient levés, et faisaient du Droit, rien que du Droit, avec Marcadé, Boitard, Sirey, Dalloz, la *Gazette des Tribunaux* et le *Droit*.

A onze heures, ils déjeunaient lestement, lisaient, en prenant leur café, tous les journaux du matin, et, sur le midi, allaient au Palais, où ils restaient jusqu'à quatre ou cinq heures du soir.

Après dîner, ils passaient généralement leur soirée au Café Procope, à causer, d'un peu de tout, de politique, de littérature, avec les étudiants, les stagiaires, et les artistes, qui venaient là régulièrement.

Rentrés chez eux, ils lisaient une heure ou deux, en prenant des notes dans quelque livre d'économie politique, d'histoire, ou de philosophie.

Mais, au Palais, les deux frères ne restaient pas ensemble, suivant chacun ses goûts. L'un ne quittait pas les chambres civiles, l'autre la cour d'assises ou la police correctionnelle.

Émile suivait avec une attention passionnée les procès civils les plus compliqués, et Horace, au contraire, avouait qu'il ne s'intéressait qu'aux questions de fait.

L'assiduité d'Émile à la 1re Chambre de la Cour fut très-vite remarquée, et les conseillers l'appelaient, entre eux : le jeune homme qui ne dort jamais.

Parmi ses maîtres, il avait déjà choisi ceux qu'il préférait ; c'était d'abord, et avant tous, Me Dufaure, puis venaient Mes Hébert, Liouville, et un avocat, jeune encore, mais dont la parole sévère avait fait une grande impression sur Émile, — Me Bétolaud.

Les juges, qui semblaient surpris de le voir suivre avec tant d'ardeur l'examen des questions de droit les plus délicates, auraient été bien plus surpris encore s'ils avaient su qu'une fois rentré chez lui, il les étudiait encore, et s'ingéniait même à leur trouver des solutions auxquelles la Cour ou le Tribunal n'avaient point songé.

Horace, lui, ne se serait point soumis à un travail aussi rigoureux.

Ce qui l'attirait surtout dans sa profession, c'était l'éloquence, et il n'imaginait rien au monde de supérieur à la gloire d'un Jules Favre ou d'un Berryer.

Aussi, pendant qu'Émile habituait son esprit aux efforts

de la réflexion, Horace n'avait-il souci que d'arriver le plus vite possible à parler au public, et à bien parler.

Il n'avait pas abordé la barre, mais il avait déjà fait ses débuts, et non sans succès, à une petite conférence qui tenait ses séances dans la salle de la 3e Chambre de la Cour le mercredi soir, et qu'on appelait ; la conférence Demante.

Ses camarades lui avaient reconnu de la chaleur, du mouvement.

Seulement le lendemain, au Café Procope, ils avaient dit : « C'est gentil, mais il fera bien de se méfier de Lachaud. Faut du Lachaud, pas trop n'en faut.

Un jour qu'il venait d'entendre un orateur de son école à la Cour d'assises, il se heurta, dans la salle des Pas-Perdus, contre un grand monsieur, très-sec, avec un chapeau étrange, qui marchait sans regarder devant lui.

Il était néanmoins évident que ce monsieur cherchait quelqu'un ; mais le plus curieux de son personnage c'était évidemment son chapeau.

Imaginez un chapeau de soie noir, très-haut de forme, conique, presque pointu, avec des bords démesurés. Dans tout l'Empire Français, il n'y avait point pour sûr deux chapeaux comme cela, et il était également certain que celui qui le portait était un homme au-dessus du qu'en dira-t-on.

Il pouvait avoir une soixantaine d'années. Le visage était rond et fraîchement rasé, en exceptant la moustache qui pendait, grise et inculte, jusqu'au dessous du menton. Les yeux étaient brillants et intelligents, bien que froids et scrutateurs ; le nez, la bouche, le menton, et les lèvres étaient largement et audacieusement dessinés, et révélaient de la naïveté, de l'imagination, de la résolution, et aussi quelque étroitesse d'esprit.

C'était un de ces visages sur lesquels on peut lire comme dans un livre ouvert. Il était habillé avec une espèce d'é-

6

légance négligée : paletot large, col très-rabattu, linge blanc. Ses deux mains plongeaient dans les poches de son paletot.

Il ne fit aucune excuse à Horace, il lui dit :

— Est-ce que Claude Febvre est au Palais ?

Claude Febvre était l'avocat que Manuel Gérard avait conseillé à ses fils d'aller voir, ce qu'ils avaient fait. Ils étaient donc dans les meilleurs termes avec le grand orateur, qui les avait accueillis avec bonté et leur avait promis de les patronner.

Horace répondit à l'inconnu que Claude Febvre se trouvait en ce moment à Bordeaux, où il était aller plaider une assez grosse affaire.

— Il est à Bordeaux ? — dit l'homme au chapeau. — Ah !... au fait, tant pis, mon affaire est simple comme bonjour. Le premier venu peut la plaider.

Il regarda un instant Horace, comme pour voir s'il découvrait en lui les signes d'une valeur quelconque.

— Est-ce que vous plaidez beaucoup ?

Horace ne plaidait pas du tout, et il attendait justement le retour de Claude Febvre pour faire son début dans une petite affaire de dommages-intérêts contre une compagnie de chemins de fer.

Il rougit, mais le sentiment de la dignité de sa profession s'élevant très-haut chez lui, il répondit tranquillement :

— Si vous avez besoin de mon assistance, monsieur, j'ose dire que je suis à même de vous la donner.

— Comment vous appelez-vous ? — demanda l'étranger.

— Je m'appelle Horace Gérard.

— Ah ! je pensais bien avoir vu ces yeux-là quelque part. Venez avec moi, jeune homme ; nous sommes deux amis. N'avez-vous jamais entendu parler de Nestor Roche ?

— Si, vraiment ! — s'écria Horace en l'arrêtant. — Mon

frère et moi, sommes allés deux fois chez lui, nous conformant au désir de notre père, mais il n'y était pas; c'està-dire, — ajouta Horace en souriant, — qu'il y était bien, mais la première fois... il était midi... on nous dit qu'il n'était pas levé et l'autre fois... il était trois heures... qu'il était à déjeuner; et nous avons seulement laissé nos cartes.

— Oui, vous seriez également au lit, à midi, si vous faisiez un journal jusqu'à six heures du matin, — répondit l'homme au chapeau. — Mais donnez-moi la main. J'ai été heureux de trouver vos cartes. Quand vous écrirez à votre père, parlez-lui de moi, et dites-lui qu'il n'y a pas un homme sous la calotte des cieux que j'estime autant que lui. Allons, venez que je vous ennuie de mon affaire.

C'était une poignée de main très-chaleureuse que celle qu'il donna au jeune homme, et qui n'était pas sans rapport avec celle que donnerait un ours.

Puis il glissa son bras sous celui d'Horace et ils s'assirent tous deux dans un coin de la salle.

Horace, bien qu'un peu surpris qu'un homme aussi connu que Nestor Roche portât un chapeau aussi extraordinaire, fut charmé d'avoir rencontré l'ami de son père, et l'espoir de tenir enfin une cause ajoutait tout naturellement à sa satisfaction.

— Voyez, — dit Nestor Roche, tirant de sa poche un numéro de son journal la *Sentinelle*, — mon journal s'est mis dans de mauvais draps; cela n'arriverait jamais, si j'étais seul rédacteur, car, bien que je n'écrive jamais une ligne qui ne soit contre le gouvernement, j'ai la main faite et je sais jusqu'où je puis aller sans trop risquer. Ce n'est pourtant pas commode. Eh bien, l'autre jour, un de mes jeunes gens, le petit Max de Lormay, qui fait les Échos, a fait passer cette note que je n'aurai pas lue à la correction des épreuves, et nous voilà pincés, avec un procès en diffamation sur les bras. Du reste, ce n'est pas de ma faute ; de Lormay ne pouvait pas deviner qu'il commettait le délit de diffamation. Il va sans dire que, nous serons condamnés, et il ne s'agit pas d'essayer de nous faire acquitter. La *Sentinelle*, journal républicain, a dit qu'une canaille de boursicotier impérialiste était un imbécile, elle est sûre de son affaire. De Lormay et moi en aurons chacun pour nos trois mois de prison ; et l'amende et les dommages-intérêts par-dessus le marché. Au fond, ce n'a pas grande importance, ce sont les risques ordinaires du journalisme, comme la casse dans une boutique de porcelaine. D'ailleurs, je pourrai tout aussi bien faire mon journal à Sainte-Pélagie, que rue Montmartre. Mais voici ce que je désire de vous. Il faut que vous affirmiez très-carrément que nous n'avons aucune rancune personnelle contre le bonhomme que de Lormay a blagué, que nous l'avons simplement attaqué parce qu'il appartient à cette triste espèce de tripoteurs qui pousse aujourd'hui en France comme la mauvaise herbe. Faites de l'affaire une question de moralité financière, dites qu'il est du devoir de la presse de démasquer les coquins qui détroussent les passants. Voici la chose... Un très-vilain monsieur, nommé... mais lisez l'article.

Et Nestor Roche montrait du doigt l'article de la *Sentinelle.*

« Nous avons remarqué deux entrefilets très-intéressants dans le *Moniteur* d'hier. Le premier nous apprend qu'un certain M. Isidore Marouzé a été nommé chevalier de l'Ordre Impérial de la Légion d'Honneur, et le second, que M. Isidore Marouzé a été élu comme un des directeurs de la nouvelle Société du Crédit Parisien. Nous n'avons aucun désir de dire quelque chose de désagréable, soit aux membres de la Légion d'Honneur, soit aux actionnaires du Crédit Parisien ; mais avant de féliciter les premiers de leur nouveau collègue et les seconds de leur nouveau directeur, nous avouons que nous serions bien aise de savoir si ce M. Isidore Marouzé est le même Isidore

Marouzé qui fut déclaré en faillite à Paris en 1835, à Londres trois ans plus tard, et à Bruxelles en 1842; — si c'est le même M. Marouzé qui, revenu à Paris en 1843, avec une petite fortune très-coquette, se révéla tout d'abord au monde comme caissier de la *Compagnie Générale du Pavage Départemental*, laquelle Compagnie n'a jamais rien pavé, mais disparut en 1845, c'est-à-dire quelques mois après que M. Marouzé, avec une prévoyance surprenante, avait abandonné sa place de caissier, et, d'après ce que nous avons su, vendu ses actions avec une prime très-avantageuse; — si c'est encore ce même M. Marouzé qui, en 1846, florissait de rechef comme caissier de la *Société de l'éclairage rustique*, laquelle Société fit, en matière d'éclairage, tout juste comme sa devancière avait fait en matière de pavage, et dont M. Marouzé se retira de même en temps utile; — et finalement si c'est ce M. Marouzé qui, en 1848, afficha les maximes du plus pur républicanisme, et obtint du Gouvernement Provisoire la fourniture aux mairies de province des statues en plâtre de la République, lesquelles statues n'ont jamais été vues jusqu'à ce jour, bien qu'il ne soit nulle part fait mention que M. Marouzé ait jamais restitué les vingt mille francs qu'il avait reçus comme à-compte. C'est un honorable correspondant qui nous a donné l'idée de poser ces quelques questions et nous sommes certains qu'elles ne resteront pas sans réponse. Si tous les Isidore Marouzé auxquels nous venons de faire allusion ne sont qu'un seul et même individu, il nous restera la tâche de rechercher quels peuvent être les droits de ce personnage à la croix de la Légion d'Honneur et à la direction d'une Compagnie que nous avions cru jusqu'à présent être une entreprise sérieuse. »

Horace n'avait pu retenir une légère exclamation en lisant le nom de Marouzé, et lorsqu'il eut fini, il dit à Nestor Roche :

— Je connais un peu cet homme ; c'est un associé de la

maison de banque Lecoq et Roderheim, avec laquelle mon père est en affaires.

— Ah ! vous le connaissez... est-ce que cela vous empêche de le traiter de la bonne façon ? — demanda le journaliste.

— Pas le moins du monde, — répondit Horace. — Si tout cela est vrai, cet homme mérite d'être corrigé, et M. de Lormay a eu raison de lui dire son fait.

— Ma foi ! je ne suis pas tout à fait fixé là-dessus, — grommela Nestor Roche en frottant sa tête grise et hérissée d'un air un peu perplexe : — quoi qu'il en soit, il faut placer votre défense sur ce terrain; mais, entre nous, si les journaux se mettaient à démasquer tous les Marouzé, il leur faudrait publier une édition spéciale avec supplément. Je n'aurais pas laissé passer cet entrefilet si, en le lisant, j'avais été éveillé; mais en général de Lormay est doux comme un mouton, et je ne m'attendais pas à lui voir mettre le feu aux poudres à propos de ce drôle. C'est pour cela que j'ai lu son article du coin de l'œil. Mais tout ce qu'il dit est vrai. Je me souviens de ces fameuses Républiques en plâtre, qui devaient remplacer les bustes de Louis-Philippe. Malheureusement cela ne fait rien du tout que le fait soit vrai, vous savez que la loi ne permet pas, en matière de diffamation, de fournir la preuve. Non; c'est une mauvaise affaire pour nous, et il sera inutile de demander une diminution de la peine; mais, si vous le pouvez, je ne serais point fâché de vous voir éreinter à fond Marouzé. C'est lui qui nous met au pied du mur, et il ne serait pas mal au moins qu'il entendît les vérités que nous avons à lui dire.

Horace fut de cet avis, il raconta brièvement au journaliste tout ce qu'il savait concernant Marouzé, ce qui était fort peu de chose en réalité, et demanda quel jour le procès venait à l'audience.

La cause devait être appelée le vendredi suivant, c'est-à-dire à quatre jours de là, puisqu'on était au lundi, mais une remise à huitaine où à quinzaine peut généralement s'obtenir sans difficulté, et cela trois ou quatre fois, il n'y avait donc point de raison que l'on plaidât avant six semaines.

— Si j'étais de vous, je ne voudrais pas demander trop de remises, — observa Nestor Roche. — Les juges sont toujours aussi maussades que possible avec les journalistes; et, d'ailleurs, cela n'a pas bon air de demander une remise pour un cas de diffamation, car le plaignant va crier partout qu'on a peur de lui. Soyez prêt le plus tôt possible... Allez !

Horace, qui n'était point fâché que son premier client fût aussi impatient que lui, promit sur-le-champ qu'il serait prêt à plaider le vendredi matin. Il aurait travaillé sans dormir une heure pendant ces trois jours s'il l'avait fallu.

Nestor Roche lui donna l'adresse de son avoué, en lui recommandant énergiquement d'ailleurs de ne point suivre ses instructions, les avoués étant par nature dévorés du besoin d'obtenir des délais et de reculer indéfiniment le moment de la lutte. Il ajouta qu'on pouvait toujours le trouver, lui, de trois heures de l'après-midi à trois heures du matin inclusivement.

Quand tout fut réglé, il donna une solide poignée de main à Horace, enfouit ses mains dans ses poches, aussi insouciant que s'il venait de commander une paire de souliers, et pourtant il savait à n'en pas douter que trois mois de prison l'attendaient.

Ce jour là, les deux frères firent une croix blanche, et tous tant que nous sommes, nous aurions fait comme eux.

Un premier article ou un premier tableau reçu, une première cause, le premier argent gagné, sont des joies bien faites pour consoler ceux qui ne sont pas dans l'opulence.

Émile était aussi heureux de la chance en son frère qu'Horace lui même. Il ne mettait point en doute que, puisqu'il avait mis le pied à l'étrier, il n'arrivât rapidement à la réputation.

Mais cela n'était pas tout.

Émile ne se contentait pas de banals compliments, il était jaloux de faciliter et d'assurer le succès d'Horace.

Pendant toute la soirée il se plongea dans les nombreux commentaires de la loi de 1819 sur la diffamation, et le lendemain matin il sortit de très-bonne heure sans dire où il allait et resta absent jusqu'à l'heure du dîner.

Lorsqu'il revint, il remit à son frère les notes les plus exactes et les plus détaillées sur Isidore Marouzé.

Il avait passé toute sa journée à la Bibliothèque Impériale, à consulter une masse de journaux officiels français et belges, ainsi que la *Gazette de Londres*, et il avait ainsi acquis la preuve irréfutable des trois banqueroutes du digne financier.

Bien plus; il était allé voir deux membres du gouvernement provisoire de 1848, et tous deux lui avaient affirmé que les détails relatifs au marché pour les statues étaient parfaitement authentiques.

L'un d'eux avait ajouté que la malheureuse *Sentinelle* s'était placée sur un mauvais terrain, car les banqueroutes suspectes, les jeux de bourse suspects, et les marchés suspects n'étaient considérés comme déshonorants que lorsqu'un homme s'y était ruiné.

C'était également la manière de voir de Manuel Gérard.

Horace lui avait écrit pour le mettre au courant de l'affaire, et, le matin même du jour de l'audience, il recevait une réponse dans laquelle le vieux tribun lui disait :

« Je ne suis pas plus fâché, mon cher enfant, de te voir gagner tes éperons en défendant mon vieil ami Nestor Roche, que je ne le suis de te savoir obligé d'attaquer Marouzé, quoiqu'il se donne comme un de mes partisans. Mais laisse-moi t'avertir qu'au point de vue du monde, tes clients sont dans leur tort. La société, et sur-

tout la société du Second Empire, sera toujours indulgente à un homme qui a réussi. Rien de tout ce que tu
pourras dire contre Marouzé ne compromettra sa réputation. Il sortira du Palais la tête haute, empochant les
dommages-intérêts du pauvre Nestor Roche avec autant
de calme que si cet argent lui appartenait. »

Il y avait une autre personne qui, en matière de diffamation, avait aussi ses petites opinions; c'était l'excellent
Redureau.

La veille du procès, comme il rentrait chez lui, après
avoir reçu les dernières recommandations du journaliste,
Horace fut arrêté par l'honnête drapier, qui l'entraîna
jusque dans sa boutique, et lui dit d'un ton navré:

— Mon Dieu! qu'ai-je entendu, monsieur Horace, vous
allez plaider contre M. Marouzé?... Ce n'est pas possible,
n'est-ce pas?

Et madame Redureau, derrière son comptoir, s'écria
avec une espèce d'attendrissement:

— Un jeune homme aussi bien élevé que vous, monsieur Horace; je suis certaine que vous ne voudrez dire
du mal de personne.

Il fallut un certain temps pour faire comprendre au
brave couple qu'on pouvait sans crime attaquer un
homme aussi extrêmement respectable que M. Marouzé.

C'était Georgette qui avait découvert d'abord dans le
journal l'entrefilet relatif au procès:

« La plainte en diffamation portée contre le journal la
» *Sentinelle*, par M. Marouzé, de la maison de banque
» Lecoq, Roderheim, et Marouzé, sera appelée, vendredi
» prochain.

Me Lacaussade, plaidera pour le plaignant et Me Ho-
» race Gérard pour la *Sentinelle*.

» Le rédacteur en chef, M. Max de Lormay et l'impri-
» meur, sont poursuivis. »

Pendant un certain temps, Redureau avait espéré que
cette nouvelle était inexacte, ou qu'il y avait deux Ho-

race Gérard, ou que les noms avaient été intervertis.

C'était Me Lacaussade qui devait plaider pour les prévenus, et Me Gérard pour le plaignant; mais quand Horace avoua sans rougir que cette nouvelle était parfaitement vraie, Redureau se souvint des conseils solennels qu'il avait donnés aux deux jeunes gens à la vue du tableau de David! Ses plus tristes pressentiments allaient donc se réaliser!

La seule fréquentation des républicains pouvait avoir entraîné un jeune homme bien élevé et naturellement raisonnable à se liguer avec un imprimeur subversif contre un honnête homme qui payait argent comptant et qui avait, ainsi qu'on l'affirmait, au moins cinquante mille livres de rentes.

Il espérait qu'il n'en résulterait aucun mal, mais il savait par expérience que de mauvais commencements conduisaient généralement à une mauvaise fin.

C'est ainsi que parlait Redureau; sa femme l'approuvait, et si ce n'avait été pour Georgette, Horace aurait été condamné sans rémission par les dignes époux.

Mais Georgette Redureau, qui s'était habituée à dire sa façon de penser et qui d'ailleurs s'intéressait aux deux jeunes avocats, — comme toute jeune fille s'intéresse à deux jeunes gens qu'elle voit passer plusieurs fois par jour devant sa fenêtre, — Georgette affronta tranquillement la colère de son père.

— Mais, — dit-elle, — si ce monsieur Marouzé mérite qu'on dise du mal de lui, pourquoi M. Horace ne le ferait-il pas aussi bien qu'un autre?

Douce question qui obligea Redureau à se tenir tranquille et à répondre avec toute la dignité dont il put être capable:

— Mademoiselle, je suis surpris que vous puissiez vous joindre ainsi aux ennemis d'un des meilleurs clients de votre père. Quand vous avancerez en âge, vous apprendrez que ceux qui réussissent sont toujours poursuivis par les envieux. Qu'il vous suffise de savoir que M. Marouzé jouit de mon estime personnelle et de celle de son souverain, qui l'a justement récompensé dernièrement en lui donnant la croix d'honneur.

Georgette continua à piquer son ouvrage, en baissant la tête, mais ne fut pas convaincue.

Il faut confesser, cependant, que ni les prédictions de son père, ni les lamentations de Redureau, ne parvinrent à ébranler beaucoup Horace.

De tous les bonheurs qui pouvaient arriver à un avocat, en 1854, le plus enviable, assurément, était de plaider dans un procès politique.

A une époque où les réunions publiques étaient interdites, où les débats parlementaires même étaient secrets, c'était quelque chose pour un jeune homme que d'avoir l'occasion de parler librement sur les sujets les plus prohibés.

Beaucoup d'avocats auraient évidemment recherché une pareille aubaine ; car, en sachant en profiter, on pouvait arriver à la réputation, aux honneurs, peut-être à la fortune.

Il n'était point nécessaire d'avoir un grand talent, ni même d'avoir de talent du tout ; cela n'exigeait absolument que de l'audace.

Le talent n'est pas nécessaire quand une cause est évidemment bonne ; à plus forte raison quand le résultat est connu d'avance.

Or, en 1854, c'était le cas de tous les procès de presse.

Les avocats acceptaient la défense des journalistes poursuivis, sans aucun espoir d'obtenir un acquittement ; ils savaient que c'eût été une folle illusion, mais ils plaidaient tout de même, n'eût-ce été que pour faire des discours à sensation et se mettre en vue.

Horace savait comme tout le monde, à quoi s'en tenir sur le résultat du procès, et plus il y réfléchissait, plus il

voyait clairement que Nestor Roche avait jeté sur sa route
une occasion merveilleuse.

Il est vrai que le procès dont il était chargé n'était pas,
à proprement parler, un procès politique ; ce n'était,
en réalité, qu'une action intentée par un simple particulier.

Mais le mot politique est élastique en France, et quand
l'un des plaideurs est bonapartiste, et l'autre républicain,
le juge qui les empêcherait de faire de la politique serait
un phénix.

Est-il nécessaire de dire qu'Horace était levé avant
l'aube, quand arriva le fameux vendredi, et faut-il le blâmer d'avoir surveillé sa toilette avec un redoublement de
scrupule.

Très-soigné, élégant même, par goût, il se mit cette
fois tout en noir, avec un col extraordinairement empesé,
espérant avoir par là plus de gravité et même d'autorité.

Il n'avait pas dormi de la nuit, pas plus qu'Émile du
reste.

Ce dernier était resté à travailler longtemps après minuit, et avait préparé vingt feuillets de notes avec des di-
visions, des subdivisions, des citations, des résumés à n'en
plus finir.

— Tu aurais mieux mené cette affaire que moi, — dit
Horace affectueusement, en jetant un coup d'œil sur le
travail de son frère.

Émile n'avait rien négligé : les notes étaient écrites li-
siblement et de l'encre la plus noire ; il avait laissé beaucoup de blancs de façon qu'elles pussent plus facilement
sauter aux yeux pendant la chaleur de la plaidoirie.

Au moment où les deux frères allaient sortir un peu
après neuf heures, Georgette montait précitpitamment
l'escalier avec une lettre.

Ce n'était point son habitude de monter les lettres,
mais il arrivait au facteur, quand il était pressé, de laisser

au magasin toute la correspondance de la maison au lieu
de la remettre au concierge.

Georgette alors, avec la permission de son père, portait
elle-même aux locataires les lettres qui leur était adres-
sées. On l'accueillait par des paroles comme celles-ci :
« Oh ! que vous êtes bonne de prendre cette peine ! » ou
bien : « Nous sommes vraiment honteux de vous déran-
ger ainsi » ; ce qui la faisait souvent se dire à elle-même
que ces MM. Gérard, et principalement l'aîné, étaient des
jeunes gens très-bien élevés.

La lettre que Georgette venait d'apporter était assez
curieuse : elle venait de l'imperturbable Marouzé.

« MON CHER MONSIEUR HORACE,

» Je viens d'apprendre que vous étiez choisi pour dé-
» fendre la *Sentinelle*. Mauvaise affaire pour Roche. Il
» sera écrasé sous de très-forts dommages-intérêts et les
» frais seront énormes ; mais je suis bien aise d'avoir un
» aussi noble adversaire. Il va sans dire que toute l'his-
» toire de la *Sentinelle* est un mensonge ; mais je ne vous
» demande pas de me croire. Je vous écris seulement
» pour vous prouver que je n'ai pas de rancune. Ceux qui
» ont fait fortune sont toujours insultés par ceux qui n'ont
» pas le sou... Je ne dis pas cela pour vous mais pour
» Roche.

» Je vous serre cordialement la main.

» ISIDORE MAROUZÉ. »

» A propos, vous n'êtes pas encore venu nous voir.
» Vous savez que j'ai votre promesse. Nous avons démé-
» nagé. Nous demeurons 294, Avenue des Champs-Ély-
» sées. Vous trouverez aisément la maison. Il y a au-

I.   7

» dessus de la porte deux statues d'enfants nus, avec des
» pieds de biche, qui jouent de la flûte. »

Horace froissa cette singulière épître en riant et la jeta
au feu.

— Le drôle paraît assez tranquille, — dit Émile avec
un sourire.

Et les deux frères partirent ensemble pour le Palais.

VII

LA PREMIÈRE PLAIDOIRIE

Une salle de quarante pieds de long sur vingt de large en boiseries de chêne clair, avec un papier vert moucheté d'abeilles d'or.

Douze rangées de banquettes en bois, de chaque côté d'un passage transversal qui conduit à une estrade élevée de deux pieds au-dessus du sol.

Sur l'estrade, une table recouverte d'un drap vert et trois fauteuils.

A droite de l'estrade, une petite tribune pour le ministère public; à gauche, un peu élevé, le banc des accusés; au bas de l'estrade, celui du greffier.

Sur les murs, en guise d'ornements, une horloge et un buste en plâtre du souverain ; — le buste est en face du banc des accusés et l'horloge fait face à la tribune.

Au-dessus de l'estrade, un tableau représentant Jésus-Christ sur la croix ; il étend ses bras d'une blancheur cadavérique et la tête est ensanglantée par la couronne d'épines.

Ajoutez à cela un poéle près de la porte, trois encriers

en plomb qui reluisent, trois buvards sur la table de l'estrade, un quatrième encrier et un quatrième buvard sur la petite tribune, et vous aurez un aperçu de la salle de la Sixième Chambre de la Police Correctionnelle tenant ses séances au Palais de Justice, à Paris.

Pendant cinq jours de la semaine, de onze heures et demie à cinq heures de l'après-midi, les voleurs et les escrocs viennent pour régler leur compte avec la société.

Les vendredis, ils n'obtiennent audience que jusqu'à une heure ; alors ce sont les journalistes qui leur succèdent ; ils en ont généralement pour jusqu'à six heures.

Parfois, une après-midi ne suffit pas pour juger dignement un délit de presse; dans ce cas, on leur réserve spécialement le mercredi.

La justice montre ainsi son respect pour la presse en faisant faire antichambre aux voleurs.

De 1852 à 1860, les procès de presse se plaidaient à huis clos, c'est-à-dire que personne autre que les défenseurs, les plaignants, les témoins, et les membres du barreau ne pouvait assister aux débats.

Les choses se passaient tranquillement, en famille, et quand le procès était fini, il était permis aux journaux de publier le jugement, mais non les plaidoiries ou les dépositions.

Cette dernière mesure n'avait d'autre but que de mettre le public en garde contre lui-même et contre ses entraînements irréfléchis.

En France, à tort ou à raison, on est assez volontiers favorable aux journalistes poursuivis ; permettre au public d'entendre ou de lire l'accusation et la défense, le réquisitoire du Procureur Impérial et la plaidoirie de l'avocat, en un mot le pour et le contre, n'eût-ce pas été favoriser l'esprit de partialité qui se manifeste déjà bien assez à l'endroit de la presse.

Donc, aux beaux temps de l'Empire, on jugeait portes closes, et rien de ce qui se disait dans l'enceinte du tribu-

nal n'était répété au dehors; on pouvait publier le jugement, mais c'était tout.

Aujourd'hui, il n'est plus ainsi, et l'on peut tout à l'aise
aller voir combien la justice est tendre pour la presse.

Ainsi, en 1854, le procès Marouzé contre Roche devait
se plaider devant trois juges, l'Avocat Impérial, et quelques avocats désœuvrés qui composaient l'auditoire.

C'est ainsi que le voulait la loi, et c'est ainsi que l'entendaient les gardes de Paris qui, armés de petits coupe-
choux, gardaient la porte et empêchaient inflexiblement
les curieux d'entrer; on avait beau les prier, les supplier,
les flatter, user de tous les moyens de corruption, c'était
peine perdue.

En France, et de tout temps, les lois ont été plus faciles
à faire qu'à exécuter.

Il y avait un moyen par lequel on pouvait éluder et la
vigilance des gardes de Paris et celle des huissiers.

Ce moyen consistait simplement en ceci : se faire raser
la barbe et les moustaches, si l'on possédait ces appen-
dices, louer une toque, une robe, et un rabat au vestiaire
du Palais.

Comme les gardes de Paris ne pouvaient connaitre tous
les avocats, la chose allait toute seule.

Des favoris, la toque, et la robe étaient les signes auxquels on reconnaissait les avocats, et on ne pouvait leur
interdire la porte; donc, ainsi affublé le premier venu
pouvait entrer.

Les procès de presse avaient un si grand attrait pour un
grand nombre de journalistes, qu'ils étaient constamment
rasés de façon à pouvoir pénétrer le vendredi à la Sixième
Chambre pour y entendre condamner leurs confrères.

Les juges faisaient plus que de soupçonner l'infraction,
mais ils étaient obligés de fermer les yeux.

L'un d'eux, homme des plus désagréables, avait essayé
d'empêcher ces abus; mais, malgré toute leur bonne volonté, les gardes de Paris ne firent que des sottises, fer-

mant la porte au nez des avocats, et laissant passer les
avocats de contrebande.

Cela avait presque amené un conflit.

Le conseil de l'ordre des avocats avait fait des observations et demandé des excuses.

Les juges n'avaient pas à s'excuser; et il fallut laisser
les journalistes rasés de frais maîtres de la situation.

Les après-midi du vendredi, la Sixième Chambre était
toujours comble.

Lorsque Horace Gérard y arriva à midi sonnant avec
son frère, il la trouva si remplie qu'il n'y aurait pas eu
de place pour une souris.

Vous pouvez être bien sûr que son cœur battait bien
fort en traversant le corridor qui, de la salle des Pas-Perdus, conduit à la police correctionnelle, où se lisait au-
dessus de la porte ces vers significatifs :

> Hic scelerum ultrices pœnæ posuere tribunal;
> Sentibus unde timor, civibus unde salus.

Il lui semblait que tout le monde le regardait; et, en
fait, bon nombre de ses jeunes confrères enviaient son
sort, se demandant néanmoins avec une pointe de mal-
veillance s'il en était digne.

Le procès avait attiré non-seulement une foule de journalistes, mais encore une énorme quantité de boursiers,
de tripoteurs d'affaires, qui, eux aussi, avaient endossé la
robe de Berryer.

Il y avait aussi dans le vestibule un groupe nombreux
de journalistes, de curieux, de flâneurs, qui, plus timides
ou plus fiers, n'avaient point voulu porter un costume auquel ils n'avaient pas droit.

Tout ce monde bavardait, plaisantait, ricanait, émettait
son opinion.

Cela faisait beaucoup de bruit.

Les journalistes abordaient les boursiers en leur tapant

sur le ventre, leur disant : « Te voilà, vieux filou ? » A
quoi les autres ripostaient invariablement, avec des mines stupides : « Bonjour, petite canaille. »

Une fois le rédacteur en chef d'un journal qui ne vivait
que de scandales, et qui ne s'en portait du reste que
mieux, ayant risqué une phrase sur la haute mission de
la presse, ce fut un tolle général.

Au milieu d'un des groupes les plus bruyants, les deux
frères découvrirent le chapeau phénoménal de Nestor
Roche, ses habits flottants, et sa figure naïvement grima-
çante.

Le rédacteur en chef de *la Sentinelle* parlait de la guerre
de Crimée, et témoignait la plus suprême indifférence pour
ce qui pourrait lui arriver personnellement dans cette
après-midi.

Néanmoins, en apercevant les Gérard, il tendit une
main à chacun d'eux et les présenta sans autre préambule
à un jeune homme d'assez bonne tenue, en le désignant
comme le coupable.

C'était Max de Lormay.

Les deux frères étaient allés plusieurs fois aux bureaux
de *la Sentinelle*, et avaient complété leur connaissance
avec Nestor Roche ; mais ils n'avaient jamais rencontré
de Lormay, qui ne se mettait pas au travail avant dix
heures du soir.

De Lormay ôta son chapeau et remercia Horace avec
effusion de la peine qu'il allait prendre en le défendant ;
mais malgré cela il ne semblait pas que la perspective
d'aller en prison l'effrayât beaucoup.

Max de Lormay était devenu depuis son article une
sorte d'oracle aux yeux de ses confrères, qui le jugeaient
comme un homme très-fort depuis qu'il avait compromis
son journal.

Non cuivis contingit adire Corinthum : ce n'est pas à
tout le monde que les rédacteurs en chef offriraient la
chance de comparaître devant la Sixième Chambre.

De Lormay n'ignorait point cela ; et il y avait une expression de modeste satisfaction répandue sur ses traits, qui montrait bien qu'il avait conscience de l'importance de sa personne.

Nestor Roche prit Horace par le bras et l'attira à l'écart.

— De Lormay n'avait point du tout l'intention de faire du mal à ce drôle de Marouzé, — murmura-t-il. — Il a publié les questions d'un correspondant sans savoir qu'elles feraient ce tapage. Cependant, tâchez de vous maintenir sur le terrain de la moralité commerciale et n'épargnez pas l'animal. Il faut que politiquement cette affaire nous serve à quelque chose.

Il dit cela simplement, et alla reprendre sa conversation sur la guerre.

Mais quelques minutes après, la tête d'un huissier parut à la porte de la salle d'audience et annonça que le tribunal entrait en séance.

Les témoins se rendirent à la salle d'attente, et les prévenus et leurs défenseurs prirent place dans le prétoire.

La foule s'ouvrit pour laisser passer Horace et son frère ; Nestor Roche et Max de Lormay les suivirent, et derrière eux marchait un petit monsieur très-exigu et d'allure très-mélancolique ; c'était l'imprimeur.

Horace se raidissait de son mieux contre son trouble, mais la vérité est qu'il n'en pouvait plus.

L'anxiété, l'impatience, l'attente, l'avaient surexcité au dernier degré.

Aux yeux des hommes du métier, le procès de presse que l'on allait plaider était le plus insignifiant du monde, mais pour lui la Sixième Chambre apparaissait comme une sorte de maison de jeu où il allait jeter les dés pour la première fois.

De dix heures à midi, il avait arpenté la salle des Pas-Perdus, répétant les passages principaux de sa plaidoirie avec Émile et luttant, contre son inquiétude nerveuse qui le dominait, avec l'énergie de son orgueil et son désir d'arriver. Une poignée de main aimable de quelques amis, un salut et un sourire encourageant de l'un des gros bonnets du barreau qui lui avait dit :

— C'est votre première affaire, Gérard ?... Alors, bonne chance.

Et les murmures flatteurs :

— C'est le jeune Gérard... c'est lui qui va défendre la *Sentinelle,* — qu'il avait entendus, dans le vestibule, l'avaient remonté et maintenu à la hauteur de la situation.

Il ne reprit pas complétement le calme et la possession de soi avant de s'être assis, son frère à sa droite, l'avoué de Nestor Roche à sa gauche, les trois juges de la Chambre Correctionnelle siégeant en face de lui sur l'estrade.

Un profond silence se fit, et les débats s'ouvrirent immédiatement.

Pas un moment ne fut perdu en vaines formalités.

Le Président, la figure empourprée, la croix d'officier de la Légion d'Honneur sur la poitrine, leva une main blanche, armée d'un porte-crayon en or, et dit d'une voix très-cassante :

— La première affaire est celle du journal la *Réforme,* pour excitation au mépris et à la haine du gouvernement, Les parties sont-elles présentes ?

Un petit avocat très-maigre, qui était placé à côté d'Horace, se leva en bondissant et demanda la remise ; il invoqua des motifs qui ne pouvaient guère être compris que de lui.

Le crayon du Président traça une marque sur le rôle, et sa voix reprit :

— A huitaine. C'est votre troisième remise, Maître Jollivet, nous ne vous en accorderons plus d'autre. La seconde affaire est la *Gazette des Boulevards* prévenue du délit de fausses nouvelles.

Le rédacteur qui avait parlé de la haute mission de la presse, se pencha tout à coup en avant, et murmura

7.

quelque chose à l'oreille d'un avocat à la face rubi-
conde.

Celui-ci se leva avec solennité, et répondit qu'il n'était
pas prêt, n'ayant eu le dossier qu'au dernier moment.

Sur quoi, une voix aigre, qui appartenait à un personnage osseux assis sur le siége du ministère public, s'é-
cria :

— Je m'oppose à la remise.

— M. le Procureur Impérial s'oppose à la remise, vous
entendez.

— Alors nous laisserons prendre jugement, — répliqua
l'avocat, — nous ne pouvons pas plaider si nous ne
sommes pas prêts.

Il y eut un fou rire général, car c'était un avocat farceur, et son client, le rédacteur de la *Gazette des Boulevards*, était l'enfant gâté des badauds de la Bohême.

Mais le Procureur Impérial se fâcha encore.

— Maître Balutaud, — dit-il, — votre client, M. Lombard,
est à l'audience ; s'il ne se présente pas pour plaider, je
prendrai des conclusions.

— Huissier, que personne ne sorte de l'audience! — dit
le Président d'un air maussade.

Le rire cessa.

L'avocat se leva alors et exposa en termes doucereux :
qu'il savait très-bien que M. le Procureur Impérial avait
le droit de conclure séance tenante contre son client, mais
qu'il comptait sur la courtoisie très-connue de M. le Procureur Impérial et sur son sentiment d'équité universel-
lement apprécié pour lui accorder encore la remise qu'il
lui demandait.

M. le Procureur Impérial, ayant fait acte d'autorité, ce
qui probablement était tout ce qu'il désirait, se montra
satisfait de céder devant l'humilité de Me Balutaud. Il
annonça que, pour cette fois, il consentait à la remise sollicitée, mais qu'il ne voulait pas que ce fût considéré
comme un précédent.

Le Président fit une seconde marque sur le rôle avec son porte-crayon en or, et, pour la troisième fois, dit :

— L'affaire suivante est celle de Marouzé contre Roche, de Lormay, et Dutison ; plainte en diffamation ; les parties sont-elles ici ?

On ne répondit pas tout de suite, car Me Lacaussade, avocat du plaignant, avait pensé qu'il était de sa dignité de rester à causer au dehors de façon à se faire attendre.

Un huissier dut sortir pour l'appeler, et au bout d'une minute il entra essoufflé comme quelqu'un qui aurait fait dix kilomètres à l'heure, essuyant son front avec un mouchoir de batiste, et suivi d'une foule de jeunes avocats avec leurs serviettes.

— Je me présente pour le plaignant, Monsieur le Président, — dit-il à haute voix, en ôtant légèrement sa toque et en la remettant presque aussitôt sur sa tête.

Horace Gérard se leva, et, de sa voix la plus ferme, dit :

— Et moi, je suis le défenseur des prévenus.

— Je vais procéder à l'interrogatoire des prévenus, — dit le Président.

Et il commença tout de suite. C'était un homme d'expérience. Il mena les choses rondement.

A Nestor Roche :

— Levez-vous, monsieur : votre nom ?

— Nestor Roche, journaliste ; 44, rue Montmartre.

— Pourquoi avez-vous diffamé un honnête homme ?

— Je n'ai jamais diffamé un honnête homme.

— Je vous prie, monsieur, de ne pas jouer sur les mots avec moi. Vous avez calomnié un honnête homme, chevalier de la Légion d'Honneur, directeur de l'une des plus grandes sociétés financières de Paris ; je vous conseille, si vous espérez obtenir l'indulgence du tribunal, de vous en excuser et non pas de le nier. En consultant vos antécédants, je trouve que vous avez été quatre fois condamné à la prison pour des délits de presse : deux fois sous le régime actuel, et deux fois sous le précédent. Qu'avez-vous à dire pour votre défense ?

— Que ce que vous appelez de la diffamation est un rapport exact de...

— Monsieur Roche, je ne puis permettre que vous apportiez devant le tribunal les calomnies que vous avez déjà publiées dans votre journal. Vous aggravez par là le délit qui vous est reproché. Asseyez-vous.

Max de Lormay se leva. Mais il s'était mis en tête de mettre, comme on dit, les pieds dans le plat.

— Monsieur de Lormay, vous avez vingt-cinq ans, vous êtes fils unique, et votre mère a essayé de vous élever comme un homme honorable. Quand vous êtes venu à Paris, il y a cinq ans, la bienveillance de M. le Préfet de la Seine vous valut une place d'employé à l'Hôtel-de-Ville; mais l'année dernière vous avez perdu votre place. Est-ce que vous n'avez pas été renvoyé pour inconduite ?

M. de Lormay répliqua vivement :

— Certainement non, monsieur le Président; qui a osé dire cela? J'ai quitté mon emploi parce que je ne gagnais que deux mille francs par an et que je pouvais gagner le double avec ma plume.

— Précisément. Vous avez préféré les gains malhonnêtes que vous pourriez vous procurer en diffamant vos supérieurs au modeste salaire que pouvait vous procurer votre travail dans une carrière honorable. Ne m'interrompez pas, monsieur, je sais ce que je dis. Est-ce le rôle d'un jeune homme de votre âge d'insulter ceux que leur position sociale et leur valeur personnelle doivent rendre respectables pour tout le monde? Vous pouvez vous asseoir. Votre attitude prouve suffisamment que j'en appellerais en vain à votre conscience pour obtenir de vous la plus légère marque de repentir.

Max de Lormay dut s'asseoir. Il mourait d'envie de dire quelque chose, mais il ne dit rien.

Ce fut au tour de Dutison.

Il fit observer tristement que sept journaux quotidiens et huit journaux hebdomadaires s'imprimaient dans ses ateliers, et qu'avec la meilleure volonté du monde il ne pouvait les revoir tous.

Voici comment le Président accueillit cette explication :

— Monsieur Dutison, je vous ai dit, la dernière fois que vous avez été appelé devant nous, que cette excuse était pitoyable. Un imprimeur devrait passer un temps infini sur chaque ligne manuscrite avant de la mettre sous presse. C'est lui qui devrait être le censeur de tous les écrits qui lui sont confiés.

— Oui, ce serait le meilleur moyen de voir tous ses clients s'en aller se faire imprimer ailleurs, — dit Dutison avec une pointe de mélancolique ironie.

— Monsieur, un imprimeur honnête serait consolé de la perte de ses clients par le sentiment du devoir accompli.

Dutison sembla considérer cette consolation comme insuffisante ; mais il n'avait rien à gagner à insister, il s'assit donc.

Le Président appela alors Marouzé, et le plaignant s'avança, irréprochablement habillé, ganté, fraîchement rasé, et représentant ainsi l'incarnation vivante de l'honorabilité.

A la dernière boutonnière de son habit brillait un petit ruban rouge tout neuf.

Il jeta un rapide coup d'œil autour de la salle, retira insoucieusement un de ses gants, et, apercevant Horace, lui fit un signe amical de la tête comme s'ils avaient déjeuné ensemble.

Le Président s'adoucit sensiblement.

— Monsieur Marouzé, voulez-vous avoir l'obligeance de décliner vos noms, profession et qualité ?

Marouzé ne fit aucune objection à fournir toutes les explications qu'on lui demandait ; il établit brièvement qui il était, fit entendre qu'il possédait une fortune peu commune, et insinua doucement qu'il était au-dessus de ce que les envieux pouvaient dire de lui.

Le juge n'avait certainement pas l'intention de tenir longtemps sur ses jambes un homme de cette importance, et il allait le prier de s'asseoir; mais Émile, dont la figure ordinairement placide avait pris l'expression du mépris le plus hautain, se pencha vers son frère et lui dit à l'oreille:

— Interroge-le à ton tour.

Horace avait depuis dix minutes supporté les tentatives d'apaisement de l'avoué placé à sa gauche qui, se désespérant à la vue de la jeunesse de l'avocat de son client, répétait avec une inquiétude douloureuse:

— Modérez-vous... soyez prudent... monsieur Gérard... Modérez-vous... soyez prudent!...

A la voix de son frère, Horace, se levant d'un bond, regarda le plaignant bien en face, et lui dit:

— Monsieur Marouzé, est-il vrai, oui ou non, que vous ayez fait trois fois faillite? que vous ayez obtenu une fourniture qui...

Il n'alla pas plus loin, car M. le Procureur Impérial s'écria aigrement:

— Je proteste. Ces questions ne peuvent être posées; je m'y oppose.

Les deux juges, irrités, surpris, murmurèrent aux oreilles du Président:

— Il faut rappeler à l'ordre ce jeune homme.

Le Président ne se le fit pas dire deux fois.

— Maître Gérard, je vous rappelle au respect que vous devez au Tribunal; vous savez très-bien qu'il est contraire à la loi d'interroger un témoin autrement que par l'intermédiaire du Président.

Le pauvre Horace fit des excuses. Il avait, en réalité, complétement oublié ce détail important. Rougissant et un peu penaud, il reprit:

— Monsieur le Président voudrait-il demander au plaignant si...

— Je ne ferai point une chose pareille, monsieur,— dit le Président avec indignation.

Le Procureur Impérial se leva de nouveau, et dit :

— J'ai le regret de dire que cette nouvelle question est également déplacée. La loi de 1819 dit formellement qu'en cas de diffamation il ne sera point permis au défendeur d'apporter les preuves de ses diffamations; d'ailleurs, — ajouta-t-il avec une logique triomphante, — alors même que les défendeurs le pourraient, cela leur serait complétement inutile, car nous sommes entièrement convaincus que leurs assertions sont fausses, et qu'ils ont odieusement et sciemment calomnié le plaignant.

— Précisément, — fit le Président, en donnant son as- sentiment, — cet article est fait dans le plus déplorable esprit.

Émile devint pâle et se mordit les lèvres avec rage.

Quant à Horace, le sang lui était monté à la tête; il fit quelques pas en avant, et pendant un moment on crut qu'il allait encourir une peine disciplinaire; mais l'avoué le tira par sa robe et lui dit :

— Oh! soyez prudent, monsieur Gérard, soyez pru- dent.

Horace se retourna vers Nestor Roche qui était assis derrière lui et lui demanda fiévreusement :

— Que dois-je faire ?

— Ne faites rien, — répondit l'écrivain froidement ; — attendez que vous ayez la parole, et alors ne vous gênez pas, dites tout ce que vous voudrez.

Horace se laissa reconduire à sa place. L'indifférence de Nestor Roche le décourageait. Tandis qu'on pesait sa li- berté dans les balances de la justice impériale, le rédacteur faisait tranquillement son Premier-Paris sur son porte- feuille avec un petit bout de crayon.

Aucune des parties ne faisant appeler des témoins, Mᵉ Lacaussade exposa la plainte de Marouzé et donna un échantillon de son éloquence.

Il remercia le tribunal de son impartialité, déclara avec magnanimité qu'il ne conservait aucune rancune contre son jeune ami et adversaire, Me Gérard, d'avoir fait une tentative infructueuse pour envenimer le débat. Il ajouta même avec une douce malice :

— Il faut passer bien des choses à la jeunesse.

Comme ceci est un récit de la vie et des aventures des deux Gérard, et non une histoire de l'éloquence au barreau, nous ne ferons qu'une mention passagère des belles paroles prononcées par Me Lacausssade et de toute cette partie du procès comprenant l'interrogatoire du plaignant et des prévenus.

Pour ceux qui savent comment ces choses se passent, il est inutile d'expliquer que Me Lacaussade, qui était bonapartiste, ex-candidat officiel aux élections, s'éleva avec une grande véhémence contre le bas esprit d'envie qui s'attaquait à des hommes rapidement arrivés à la fortune à force de travail, d'activité et d'énergie.

Pourtant il n'abusa point trop de déclamations, car c'était un homme d'esprit, — quoique sa principale fonction au Corps Législatif fût de crier : Bravo! bravo! quand les ministres parlaient.

Il passa en revue en quelques mots bien sentis la carrière industrieuse et sans tache de son client, il parla de l'estime dont il jouissait dans le monde financier et également auprès de S. M. l'Empereur lui-même, ainsi que M. le Président en pouvait juger en le voyant paraître devant le tribunal avec le signe de l'honneur sur la poitrine.

Il fit alors une courte allusion à la Société récemment fondée du Crédit Parisien, qui allait répandre ses inappréciables bienfaits sur l'humanité, et dont les actions faisaient déjà trois cents francs de prime, et il conclut par une protestation pleine de dignité contre la licence de la presse : c'était à la justice qu'il appartenait de sauvegarder le sanctuaire de la vie privée, et elle ne pouvait mieux y réussir qu'en condamnant les prévenus à payer à son client une forte somme de dommages-intérêts pour le préjudice que lui avaient causé de basses et lâches calomnies.

Mᵉ Lacaussade s'assit, et quelques-uns des boursiers qui s'étaient introduits avec des toges d'emprunt ébauchèrent des « très-bien! » tandis que les journalistes en robe répondaient sournoisement en faisant entre leurs dents : « Chut!... chut!... »

Après Mᵉ Lacaussade, M. le Procureur Impérial prit la parole.

Ce magistrat est censé n'apporter dans les débats auxquels il se mêle ni passion ni parti pris; c'est au nom de la loi qu'il parle, et la justice est sa seule préoccupation. Les plaideurs sont donc tous égaux devant lui, il ne fait pas de différence entre le riche et le pauvre, entre l'homme chamarré de décorations et le mendiant couvert de haillons, entre les amis du gouvernement et ses ennemis; M. le Procureur Impérial est inaccessible à toutes les influences, il ne suit que les inspirations de sa conscience, et sa conscience puise ses inspirations aux sources les plus élevées et les plus pures.

Il était donc tout naturel que M. le Procureur Impérial, après avoir attentivement et scrupuleusement examiné cette affaire, fit entendre des paroles sévères contre les prévenus.

— Car, en réalité, — dit-il avec une honnête colère, — y a t-il quelqu'un parmi nous qui ne serait révolté à l'idée de voir sa vie passée, ainsi mise à jour. Où serait donc la sécurité pour un homme honorable, s'il était permis aux journaux de révéler tout ce qu'il a dit ou fait dix ou vingt ans auparavant? La presse, messieurs, devient de jour en jour plus dangereuse, et votre devoir est de protéger la société contre ses attaques et ses violences. Quant à moi, je n'en doute pas, Marouzé sortira de cette enceinte avec les plus ardentes sympathies de tous les esprits sensés et droits, tandis que ses calomniateurs seront confondus et punis comme l'exigent la justice et la sévérité de la loi.

Enfin, le moment où Horace Gérard allait avoir la parole arriva.

Le Procureur Impérial s'était de nouveau assis et enfoui dans sa tribune, très-satisfait de son petit réquisitoire.

Il y eut, comme il arrive toujours après un réquisitoire ou une plaidoirie, quelques murmures, quelques chuchotements, quelques bruits vagues, mais le silence se rétablit bien vite.

La défense est l'épisode par excellence d'un procès de presse, et il faut dire aussi que, dans cette circonstance, ceux qui connaissaient le nom de l'avocat étaient un peu curieux de voir comment se tirerait d'affaire le fils de Manuel Gérard.

L'exorde ne fut pas heureux.

Pour la première fois de sa vie, Horace éprouva cette sensation gênante de voir tous les yeux fixés sur lui.

Jusqu'au moment où il ouvrit la bouche, il ne s'attendait pas à ressentir une aussi profonde émotion : il bégayait au point de souhaiter que la terre s'entr'ouvrît pour l'engloutir.

Il avait compté sur un succès facile, car il était plein de son sujet; mais en se levant et en entendant le bruit de sa propre voix et en sentant le poids de ses deux bras qu'il eût cru de plomb et dont il ne savait que faire, il lui sembla que toutes ses idées l'abandonnaient, comme si elles eussent été balayées de son cerveau.

Pour ajouter à son embarras, le Président avait saisi l'occasion de lui faire entendre qu'il espérait vivement qu'il serait aussi bref que possible.

Ce fut Émile qui sauva son frère de son trouble et de son affolement, en lui criant aux oreilles :

— Très-bien!... C'est cela!.. Parfait!... Marche!

Cette interruption attira à Émile de vives réprimandes

de la part du tribunal; mais il n'importe : elle fut la bienvenue, car elle aida Horace à surmonter la première an-
goisse; puis l'horrible crainte de rester court et d'être
ridicule, agissant comme cordial, fit le reste.

La voix de l'orateur, qui jusque-là avait été peu sou-
tenue et avait parcouru toutes les notes de l'octave, prit
de la fermeté; les idées lui revinrent une à une.

Il ne quitta pas des yeux ceux de ses amis assis en face
de lui, et les changements d'expression qu'il lisait sur
leur physionomie l'éclairèrent et le guidèrent comme un
phare.

Il s'échauffa graduellement, petit à petit; tous les atouts
étaient dans sa main, et les arguments commencèrent à
lui venir abondants et précis.

Un petit murmure d'approbation lui dit bientôt qu'il
avait pris la vraie voie et qu'il avait conquis la sympathie
de son auditoire.

Le dernier vertige d'émotion l'abandonna. Il parla nettement, simplement, et sans crainte.

Les juges, qui s'étaient d'abord enfoncés dans leur fauteuil, levèrent le nez ; ils paraissaient surpris, embaras-
sés; le Procureur Impérial, qui avait affecté de se préparer
à faire une petite sieste, lançait des regards inquiets à
travers ses lunettes bleues. Il ne s'attendait guère, il y a
quelques minutes, à entendre un pareil langage.

Encouragé, enhardi, Horace quitta le terrain de la discussion et du droit, et lança une sorte d'appel qui trouve
toujours un écho chez les Français, et qui, en temps d'oppression, les enflamme comme de la poudre.

Il parla avec émotion et noblesse des libertés perdues, et
il y eut un long frisson dans tout l'auditoire.

L'orateur le plus plat peut être éloquent avec un pareil
sujet; Me Gérard n'était point plat, il s'en faut : il y avait
dans sa parole une chaleur et une sincérité qui pénétraient
ses auditeurs jusqu'à la moelle.

Il y a des foules qu'on ne peut arriver à émouvoir que

difficilement ; il y en a d'autres qu'on transporte avec un rien.

Il semblait à quelques-uns des spectateurs, presque tous gens d'imagination, nerveux, impressionnables, que ce jeune orateur, si enflammé, si virulent, était comme l'image vivante de la génération naissante, qui se levait et protestait contre la lâcheté de ses pères, qui avaient livré la France au despotisme.

Une violente explosion de murmures salua une maladroite tentative du Président pour arrêter l'orateur.

Le Président resta un instant interloqué, et à partir de ce moment le succès d'Horace fut un fait accompli. Les bras ne pendaient plus lourdement comme tout à l'heure ; le geste était ample, nombreux, méprisant, superbe ; le visage était animé, les cheveux rejetés en arrière ; sa parole vibrait, flétrissait, s'indignait.

Tout à coup, sur un mot éclatant et profond, il s'arrêta, et des applaudissements frénétiques éclatèrent dans toute la salle.

Le Président, debout, très-pâle, essayant de se contenir, s'écria :

— Ces manifestations sont inconvenantes. Si elles se renouvellent, je ferai immédiatement évacuer la salle. — Puis, plus calme : — Maître Gérard, veuillez retirer les dernières paroles que vous venez de prononcer.

Nestor Roche s'était élancé de sa place ; il embrassait Horace sur les deux joues ; Émile, avec des larmes aux yeux, serrait la main de son frère et disait :

— Bravo ! Horace... bravo !

— Vous m'avez entendu, Maître Gérard, — répétait le Président ; — retirez ce que vous venez de dire. Vous avez osé parler « de juges corrompus ; » tout le monde sait que la magistrature française est à l'abri du reproche de corruption ; quoi qu'il en soit, nous ne pouvons laisser se produire en plein tribunal une accusation aussi odieuse. Encore une fois, je vous invite à vous rétracter immédiament.

— Mais j'ai donc prononcé le mot de juge corrompu, monsieur le Président?... — demanda Horace.

C'était en réalité de très-bonne foi qu'il faisait cette question, car, au prix de sa vie, il n'aurait pu dire ce qu'il avait dit.

— Vous l'avez dit, et je vous le répète pour la dernière fois, il faut vous rétracter!

Se rétracter dans un pareil moment, s'excuser lorsque toutes les mains étaient tendues vers lui et que la salle retentissait sous les bravos, c'était au-dessus des forces d'un orateur de vingt-cinq ans.

Il hésita un instant, devint extrêmement pâle, puis d'une voix sifflante, mais claire, il dit :

— Je maintiens ce que j'ai dit.

Le Procureur Impérial se leva aussitôt, et s'efforçant d'être calme s'écria :

— Maître Gérard s'est rendu coupable d'outrages envers le tribunal. Malgré les bienveillantes exhortations de M. le Président, il refuse de rétracter ses paroles ; bien plus, il les maintient, c'est-à-dire il les aggrave. Je requiers donc contre lui l'application sévère des dispositions de la loi.

Le Président suspendit l'audience, se leva, et sortit ; les trois juges le suivirent et se glissèrent en dehors de la salle par la porte qui se trouve derrière l'estrade ; le tribunal allait délibérer.

Impossible de décrire le tableau qu'offrait la salle pendant cette suspension d'audience : les avocats, les journalistes, quittaient leurs siéges et grimpaient sur les pupitres et les bancs pour arriver à Horace et lui serrer la main.

Une demi-heure auparavant c'était un simple petit stagiaire parfaitement obscur ; à l'heure présente c'était un héros.

— C'est enlevé, allez! Votre plaidoirie est un chef-d'œuvre. Vous avez appelé le coup d'État un crime, et vous avez bien fait. Serrez-moi la main.

Et, sincères, nerveuses, les félicitations succédaient aux félicitations.

La salle était transportée.

Ce fut en vain que les huissiers cherchèrent à faire faire silence ; le bruit était assourdissant.

Il faut avoir été témoin d'une scène pareille pour s'en faire une idée.

Au milieu de tout cela, calme comme un Dieu, Marouzé fendit la foule jusqu'à Horace, lui prit la main comme tout le monde, et lui dit :

— Mon jeune ami, l'admiration ne connaît point d'adversaire ; votre plaidoirie est splendide, j'ai toujours dit que vous feriez votre chemin.

Cette attitude chevaleresque du financier attendrit les cœurs les plus rebelles, et excita l'enthousiasme de la foule qui la crut sincère.

Au bout de vingt minutes, le tribunal rentra à l'audience.

Horace savait parfaitement qu'il ne serait pas épargné et qu'il serait condamné au maximum, mais il n'en était pas ému le moins du monde.

Sa belle harangue n'avait peut-être pas non plus été très-utile à son client ; mais cela encore ne le préoccupait pas.

Il ne fut pas nécessaire de demander le silence ; il se fit instantanément, et lorsque les juges s'assirent sur leurs siéges, on aurait entendu, comme on dit, voler une mouche.

D'une voix haute et stridente, le Président donna lecture du jugement suivant :

« Attendu que le journal *la Sentinelle* a publié, dans son numéro du 15 avril 1855, un article commençant par ces mots : *Nous avons remarqué dans le* MONITEUR *d'hier*, et finissant par ces mots : *Une entreprise honorable* ;

Attendu que ledit article contient une série d'imputations qui, toutes, sont de nature à porter atteinte au caractère et à la réputation de Marouzé; que le délit de diffamation reproché aux prévenus est dès lors incontestablement établi;

Attendu, d'un autre côté, que ledit Marouzé n'a jamais donné sujet de juste offense au prévenu, qu'il est donc évident que la diffamation ne peut provenir que d'un esprit déréglé et méchant;

Attendu que le prévenu Max de Lormay a fait cet article, sachant qu'il était diffamatoire;

Que le prévenu Nestor Roche, rédacteur en chef, l'a inséré dans le journal *la Sentinelle*, sachant également qu'il était diffamatoire;

Que le prévenu Dutison, imprimeur, s'est rendu complice du délit de diffamation en imprimant ledit article;

Le Tribunal,

Ouï, en leurs conclusions et plaidoiries, Mᵉ Lacaussade, avocat de Marouzé; Mᵉ Horace Gérard, avocat des prévenus;

Conformément aux réquisitions de M. le Procureur Impérial;

Condamne :

Nestor Roche à six mois d'emprisonnement et cinq mille francs d'amende;

Max de Lormay à six mois d'emprisonnement et cinq mille francs d'amende;

Dutison à deux mois d'emprisonnement et deux mille francs d'amende;

Et, tous trois, solidairement, à payer vingt-cinq mille francs de dommages-intérêts à Marouzé;

Les condamne, en outre, aux dépens. »

Puis il lut presque tout de suite cet autre jugement :

« Attendu que Mᵉ Horace Gérard, avocat à la Cour Impériale de Paris, plaidant à l'audience du 25 mai 1855, pour les sieurs Roche et de Lormay, prévenus de diffamation, a poussé l'oubli de ses devoirs professionnels et du respect qui est dû à la magistrature, jusqu'à commettre le délit d'offense et d'outrage envers les juges auxquels il s'adressait...

Attendu que ledit Mᵉ Gérard appelé à rétracter ses paroles et à faire des excuses s'y est absolument refusé;

Le Tribunal,

Conformément aux réquisitions de M. le Procureur Impérial,

Condamne,

Mᵉ Horace Gérard à être exclu du barreau de toutes les Cours et Tribunaux de l'Empire Français pendant une période de six mois. »

Le même soir, Horace Gérard était l'homme dont on s'occupait le plus dans tout Paris.

VIII

DOUCEURS ET AMERTUMES DE LA POPULARITÉ

La popularité à Paris ne vous vient et ne vous quitte pas à demi ; elle vous enveloppe ou vous abandonne avec la soudaineté d'un changement de vent.

Avant la plaidoirie d'Horace, les deux frères avaient mené une vie très-retirée, faisant peu de visites et n'en recevant pas, si ce n'est d'un ou deux jeunes avocats de leur âge qui avaient été leurs camarades quand ils étaient étudiants.

Le lendemain de l'affaire Marouzé, il n'y avait pas un café dans Paris, pas un cercle, pas un salon où l'on ne parlât d'Horace.

Pour le moment, il supplantait Sébastopol, où les alliés faisaient de leur mieux, mais sans succès.

Il peut sembler singulier que la première plaidoirie d'un jeune avocat ait pu produire une telle émotion ; mais des choses plus étranges que celle-là arrivaient à cette époque.

En la jugeant avec calme, cette plaidoirie n'était pas, en somme, un chef-d'œuvre ; elle manquait essentiellement de logique et de mesure, et, au point de vue de la défense

8

et de l'intérêt des prévenus, elle était désastreuse, car elle avait certainement fait élever la peine qui les avait frappés.

Mais Horace avait eu le mérite rare de dire la vérité tout haut, à un moment où personne n'osait la dire même tout bas.

Ce fut là, à proprement parler, la principale cause de son succès.

Ce qui gagna également à Horace la faveur du public, ce fut d'avoir été condamné par le tribunal à six mois de suspension.

Voir ses clients condamnés à six mois d'emprisonnement au lieu de trois, ce n'est déjà pas mal ; mais être condamné soi-même par-dessus le marché à six mois de suspension, c'est encore mieux.

Selon l'usage d'une époque où ceux qui s'avouaient républicains étaient si peu nombreux qu'ils se croyaient tous amis, Horace reçut les visites de félicitations des hommes les plus marquants du parti.

Les dix-neuf vingtièmes des membres du barreau, presque tous les étudiants de l'École de Droit, et une quarantaine de journalistes de l'opposition déposèrent leurs cartes chez lui.

Ce fut une procession qui dura trois jours, à la consternation de Redureau, qui n'en revenait pas de voir tant de factieux monter son escalier.

Mais, d'un autre côté, le brave homme s'inclinait devant le succès, et il sentait toute l'importance de posséder un locataire qui marchait si vite à la gloire.

Puis, vinrent les cartes de visite, les lettres, les demandes d'autographe.

Les femmes surtout y mettaient un zèle enragé !

Enfin, et ce fut le bouquet, un journal amusant illustré demanda à Horace la permission de faire son portrait avec une tête trois fois grosse comme son corps.

C'était le dernier mot de la gloire, car lorsqu'un monsieur vous demande la permission de faire votre portrait avec une grosse tête, sachez bien que la renommée ne peut plus rien faire pour vous.

Il ne faut pas oublier non plus le billet de cinq cents francs offert par Nestor Roche et refusé par Horace, qui se conforma, du reste en ce point, à l'usage du barreau.

C'est, en effet, une tradition au Palais que les avocats ne reçoivent pas d'honoraires dans les procès de presse, ou tout au moins les procès politiques.

A ce propos, Nestor Roche avait même envoyé à son avocat une lettre très-affectueuse dans laquelle il lui disait :

« Ordinairement, mon cher Horace, ce sont les avoués qui se chargent de régler cette question ; mais j'aime mieux ne pas faire de façons avec vous. Je vais payer trente-neuf mille francs au tribunal : douze mille pour l'amende, vingt-cinq mille pour les dommages-intérêts, et deux mille pour les dépens. Je serais très-content si je pouvais vous les envoyer avec ce qui se trouve sous ce pli ; mais je confesse que cela me serre un peu le cœur d'enrichir le citoyen Marouzé. Votre plaidoirie a été un fameux coup pour *la Sentinelle*; notre tirage de ce matin a monté de vingt mille exemplaires. »

Néanmoins, Horace ne voulut rien entendre, ni rien accepter qu'un excellent dîner chez Magny, dans le petit salon de l'entresol, avec deux ou trois avocats et toute la rédaction de *la Sentinelle*.

Ce fut d'ailleurs un dîner charmant, où l'on porta plusieurs douzaines de toasts à la République, à Manuel Gérard, à son fils, à *la Sentinelle*, à tous les bons patriotes.

Mais, si ceci était le beau côté de l'affaire, il y en avait un qui était moins beau.

Horace était assis devant son bureau, deux ou trois jours après son triomphe, lorsqu'un coup frappé à la porte, plus rapide et plus sec qu'à l'ordinaire, le fit tressaillir.

Il était seul, Émile était au Palais; il venait de terminer une lettre pour son père, et il ne l'avait encore point pliée.

En allant ouvrir la porte, il fut assez surpris de se trouver face à face avec Georgette.

— Oh! monsieur Horace, — dit-elle en rougissant, — j'ai monté bien vite pour vous dire que je crois que la police vient chez vous pour y faire une perquisition.

— La police!

Horace fit entrer Georgette dans son cabinet de travail en fermant la porte derrière elle.

— Oui!... oui!... — continua-t-elle avec vivacité, — depuis le jour de votre plaidoirie, il y a deux hommes qui rôdent sur le trottoir en face, deux hommes à moustaches, avec des cannes. Ils sont vilains comme tout. Je crois qu'ils ont pris les noms des personnes qui sont venues vous voir ces jours-ci, et hier au soir, quand vous et M. Émile étiez dehors, ils sont venus avec M. Louchard, le commissaire de police, et ont voulu monter dans votre appartement; mais papa n'a pas voulu les laisser faire.

— Pourquoi ont-ils besoin de faire des perquisitions chez nous?

— Je ne sais pas, monsieur Horace, — répondit Georgette, en le contemplant avec une terreur ingénue. — M. Louchard disait que vous et M. Émile étiez des gens dangereux et qu'il avait reçu des ordres du Préfet, et lorsque papa refusa de leur donner la clef, il a dit qu'il reviendrait aujourd'hui lorsque vous seriez chez vous; il a fait promettre à papa de ne rien dire; mais je n'ai pas promis, moi : car M. Louchard ne savait pas que je l'entendais.

— C'est charmant, mademoiselle Georgette, de me prévenir ainsi, — dit Horace, — mais je ne pense pas que la police puisse trouver rien de dangereux ici.

— N'avez-vous point de lettres d'amis, point de livres contre l'Empereur? — demanda Georgette.

Horace hésita un moment, puis il se frappa le front.

— Oh! mon Dieu! où avais-je l'esprit?... — s'écria-t-il; — je vous remercie un million de fois de m'y avoir fait songer.

Et il montra un rayon de sa bibliothèque, qui était à moitié rempli de livres prohibés, livres venus de Bruxelles, et aussi désagréables que possible pour l'Empereur, sa famille et ses amis.

Il y avait aussi des journaux belges rapportés par les deux frères lorsqu'ils étaient venus en France, et qui n'étaient pas plus tendres au régime impérial.

Horace étendit une serviette sur le parquet, y mit toute cette littérature antidynastique, vida un tiroir plein de lettres de son père qu'il y joignit, et fit un paquet du tout. Mais, lorsqu'il eut fini :

— Et maintenant, où vais-je mettre tout cela? — dit-il d'un air embarrassé. — Nous n'avons point de cachette qui puisse échapper à la méfiance du sieur Louchard.

— Donnez-moi le paquet, — reprit Georgette en le regardant, — je le cacherai dans ma chambre; ils ne viendront point y fouiller.

Horace fixa ses yeux sur la jeune fille et lui dit avec un peu d'étonnement :

— Qu'ai-je donc fait, mademoiselle Georgette, pour que vous vous montriez si bonne avec moi?

— Pourquoi ne vous éviterais-je pas des ennuis, si je le puis? — répondit-elle sur un ton qu'elle voulait rendre indifférent, mais dont l'émotion se trahissait.

Elle ramassa le paquet et ajouta sans le regarder :

— Il faut que je m'en aille à présent, monsieur Horace... Adieu...

Un instant après, elle avait disparu.

Horace ne bougea pas tout d'abord; il resta pendant quelques instants à sa place, regardant celle où était Georgette; puis retourna à son bureau et plia lentement la lettre qu'il avait écrite.

6.

Il faut que cette simple opération lui eût pris un grand temps, car il y était encore occupé lorsqu'un coup très-dur, frappé à la porte extérieure, lui fit supposer que le Louchard annoncé était arrivé.

Il ne se trompait pas, et cette fois, il se trouva nez à nez avec trois individus boutonnés jusqu'au cou et d'une triste mine.

C'était le commissaire et ses deux aides, MM. Jaquet et Boulogne, de la sûreté.

Horace, en les voyant, fit la grimace la plus méprisante, la plus dédaigneuse qui se puisse voir.

— Je suis le commissaire de police, — dit Louchard.

— Ce renseignement est superflu, je l'avais bien vu, — répondit sèchement Horace. — Je suppose que vous venez pour bouleverser mon appartement. Voici mes clefs, faites votre besogne aussi vite que possible.

Jacquet et Boulogne eux-mêmes, qui étaient assez habitués à se voir malmener, restèrent interloqués de la façon dont Horace les recevait.

Celui-ci n'avait point remis ses clefs à Louchard, mais il les avait jetées à terre pour qu'il eût à les y ramasser.

Le commissaire, qui était un homme bien élevé, rougit.

Ils suivirent tous les trois Horace dans son cabinet de travail avec leur chapeaux sur la tête.

— Découvrez-vous chez moi! — fit impérieusement le jeune homme.

Ce n'était pas l'habitude de ces honnêtes personnages de se découvrir dans l'exercice de leurs fonctions; mais Horace n'avait point, à ce moment, l'air très-doux, et comme, de plus, la police évite autant que possible les batailles, ils ôtèrent leurs chapeaux.

Sans trop penser à ce qu'il faisait, Horace se remit à son bureau pour plier et cacheter sa lettre, opération dans laquelle il avait déjà été deux fois interrompu.

D'un bond, Louchard s'abattit sur lui, saisit la lettre, et la lui arracha.

— Je vous demande pardon ; c'est une lettre et j'ai ordre de saisir toutes les lettres.

— Ah!... c'est bien... — répondit Horace avec indifférence.

Et se jetant dans un fauteuil, il prit un journal qu'il se mit à lire sans s'occuper davantage de ses hôtes.

En France, les citoyens ont cet agrément de pouvoir recevoir à propos de rien une visite domiciliaire, et voir mettre tout chez eux sens dessus dessous, sans avoir seulement le droit de se plaindre. Et c'est une besogne dont ceux qui en sont chargés s'acquittent en général en conscience.

Louchard, Jacquet et Boulogne restèrent plus d'une heure à fureter dans la chambre à coucher et dans le cabinet de travail d'Horace.

Ils retournèrent les coins des tapis, sortirent les tiroirs des bureaux et des commodes, sondèrent les matelas, les oreillers, les rideaux, et firent un paquet non-seulement de toutes les lettres qu'ils purent trouver, mais de tous les chiffons de papier qui contenaient une seule ligne d'écriture ; ils n'exceptèrent même pas les notes des fournisseurs.

Le but d'une perquisition est d'obtenir tous les détails possibles sur les habitudes, les relations de la personne incriminée, et une facture peut être un document aussi instructif qu'un autre.

Il y avait une feuille de papier buvard sur laquelle Horace avait griffonné une liste des amis qui lui avaient envoyé leurs félicitations et auxquels il fallait répondre.

Louchard s'en empara.

Il y avait aussi une coupe en vrai Japon où il avait mis les nombreuses cartes de visite qu'il avait reçues après sa plaidoirie. Le jeune avocat était naturellement fier de ces signes visibles de la sympathie qu'il avait inspirée, et il eût été heureux d'en garder le souvenir.

Mais Boulogne prit la coupe et en vida tout le contenu

dans son mouchoir de poche, le noua, et le mit dans la poche de son paletot.

Horace ne bougea pas.

Seulement, au bout d'une heure, lorsque les trois représentants de la justice impériale eurent suffisamment inspecté son appartement, ils firent mine de vouloir se rendre dans celui d'Émile.

Pour le faire, ils étaient obligés de passer sur le corps d'Horace, dont la chaise était placée de façon à barricader la porte, qui faisait communiquer les deux appartements.

Au premier qui s'avança, Horace se leva et dit :

— Où allez-vous ?

— Visiter les autres pièces, — répondit Louchard.

— Ces pièces sont celles où habite mon frère,—répartit Horace avec calme.

— Monsieur, nous avons des ordres pour faire des perquisitions chez votre frère aussi bien que chez vous.

— Si mon frère veut bien vous permettre de visiter son appartement, je n'ai rien à dire,— répondit Horace,—mais en son absence, je vous déclare que personne n'entrera chez lui tant que je serai là.

— Voulez-vous dire que votre intention est de résister par la force? — demanda Louchard, pris au dépourvu.

Horace s'empara des pincettes qui étaient à portée de sa main.

— Oui! — répondit-il froidement.

Pour rendre justice à Louchard et consorts, ce n'était point la peur des coups qui les fit hésiter.

Si Horace avait été un rebelle ordinaire... un journaliste, par exemple... tous trois seraient tombés sur lui, l'auraient terrassé, garrotté, *hic et nunc*, et l'auraient mené dans un fiacre jusqu'au poste voisin sous l'inculpation de tentative d'assassinat sur les agents de la force publique dans l'exercice de leurs fonctions.

Mais un avocat est un adversaire délicat. Les avocats à la Cour de Paris forment une corporation puissante, et quand l'on frappe l'un des leurs, le conseil de l'ordre, le bâtonnier à sa tête, s'émeut, et sait obtenir justice et réparation.

Louchard était assez perspicace pour pressentir que sa révocation serait, selon toute probabilité, la conclusion de l'affaire, s'il l'engageait trop brutalement. Il pensa qu'il était prudent de temporiser.

— Monsieur, je ne fais que mon devoir, — observa-t-il.

— Et moi le mien, — ajouta Horace. — Mais il est inutile d'insister davantage. Deux moyens sont à votre disposition : attendez le retour de mon frère, ou bien allez le trouver au Palais et dites-lui que vous avez besoin de lui pour faire chez lui ce que vous venez de faire chez moi.

Louchard n'eut pas un sourire ; mais il se décida à attendre Émile.

Quand celui-ci rentra, il trouva son frère qui fumait une cigarette d'un air attentif, avec une paire de pincettes à portée de la main, et les trois représentants de la loi, assis en face de lui, qui le regardaient avec une curiosité extraordinaire.

Après avoir été mis au courant de ce dont il s'agissait, Émile jeta ses clefs avec le même dédain que l'avait fait Horace, et Louchard, Jacquet et Boulogne recommencèrent leur touchante besogne.

Cependant, il se passa dans la chambre d'Émile quelque chose qu'Horace n'avait point prévu ; car, en visitant le tiroir du haut à gauche du bureau, l'agent Jacquet tomba sur la boîte en fer blanc qui contenait les titres de propriété de Pourlans.

Émile s'interposa, affirmant que c'était des papiers de famille : mais ce fut une raison de plus pour que Louchard s'en emparât.

Il parut même tout à fait heureux d'avoir enfin mis la main sur un document qui, à ses yeux, pouvait avoir du prix.

— Mais qu'en voulez-vous faire? — dit Horace plus souriant qu'indigné, — je vous dis que c'est un titre de propriété.

A ce mot : titre de propriété, Louchard serra avec plus d'énergie encore la boîte en fer-blanc et se persuada qu'il avait fait une merveilleuse découverte.

Il se plaça tout près de la porte, décidé à s'enfermer à clef si la moindre tentative était faite pour lui ravir cette précieuse boîte ; puis il pressa ses hommes d'en finir.

Cette injonction eut pour effet d'abréger les recherches d'une demi-heure au moins.

Dix minutes ne s'étaient pas écoulées depuis la découverte de Jacquet que les deux frères se trouvaient seuls.

Louchard, Jacquet et Boulogne étaient retournés à la Préfecture où ils s'étaient empressés de déclarer que Me Horace Gérard était un homme des plus dangereux, et, à un moment donné, capable de tout. Observations qui furent scrupuleusement mentionnées sur l'illustre et mystérieux registre où sont inscrits les noms de tous ceux qui, à n'importe quelle époque de leur vie, ont été signalés à la police.

Cette visite domiciliaire devait avoir plus tard des conséquences graves pour la carrière des deux Gérard ; mais le seul effet immédiat qu'elle eut fut d'amuser beaucoup les deux frères et d'élever Horace de quelques coudées encore sur le piédestal de sa jeune renommée.

Les exploits de Louchard fournirent naturellement un précieux sujet d'article à *la Sentinelle;* les républicains du boulevard furent indignés, et le gros public se dit que ce jeune avocat devait être un homme bien redoutable, pour que le gouvernement le traitât avec tant de rigueur.

Ce qui prouve un peu que le despotisme fait l'affaire de ceux qu'il essaie de persécuter.

Émile profita du triomphe de son frère.

Au moment même où Louchard, Jacquet et Boulogne saisissaient les papiers d'Horace, il était retenu pour trois ou quatre procès de presse au Palais de Justice.

Ces affaires seraient certainement venues à Horace s'il n'avait point été suspendu ; mais les journalistes, qui avaient choisi Émile, étaient persuadés qu'il suivrait les traces de son frère et qu'il serait aussi violent, aussi audacieux que lui.

En cela, cependant, ils furent désappointés.

Lorsque le premier de ces procès vint à l'audience, la salle était comble au point de crouler, et les prévenus, dont le journal ne s'était guère vendu dans les derniers temps, espéraient une bruyante condamnation à l'amende et à l'emprisonnement qui quadruplerait leur vente et leur donnerait la douce occasion de se poser en martyrs.

Mais la plaidoirie d'Émile fut si simple, si parfaitement sage, que tout le monde en fut surpris.

Il n'y avait point de mouvements oratoires, point de généralités, point de rhétorique, point d'allusion au coup d'État.

C'était un morceau d'argumentation simple et lucide, substantielle et sensée, et exprimée dans le langage le plus sobre et le plus mâle.

Les juges, certes, n'acquittèrent pas les accusés; mais ils ne les condamnèrent qu'à quinze jours de prison, sans amende.

Le résultat parut admirable aux avoués qui étaient à l'audience, et ils prirent tout de suite le nom d'Émile Gérard, avec l'idée de lui envoyer des dossiers.

Les journalistes, par contre, n'étaient pas contents, et, en descendant l'escalier, ils se disaient entre eux :

— C'est bien fait, si vous voulez... Mais, c'est égal, il n'a pas le talent de son frère.

IX

HORACE JOURNALISTE

Il semblait probable qu'après la façon dont il avait été traité par l'avocat de Nestor Roche, Marouzé aurait renoncé à toutes relations avec les Gérard.

Mais Marouzé avait une âme fermée à la rancune.

Sachant à n'en pas douter qu'Horace était l'héritier d'un duché, et qu'il était appelé à avoir un jour une fortune de cinq cent mille francs de rentes, le financier s'était plu à caresser un projet de mariage entre ce fortuné jeune homme et sa fille, et ce n'était point les rebuffades d'Horace qui pouvaient le faire renoncer à son projet.

C'était un principe pour Marouzé que, lorsqu'on veut, l'on peut.

Or, il voulait devenir l'ami d'Horace Gérard.

Quel profit devait-il tirer de cette amitié, quand il l'aurait obtenue, et dans quel sens devait-il agir pour arriver à son but ?

C'était là des points sur lesquels il n'était pas fixé,

n'ayant pas encore eu l'occasion d'entrer en relation avec l'un ou l'autre des deux frères.

Mais il guettait le moment propice avec la prudence et le flair d'un vieux chasseur.

Dans la semaine qui suivit le procès, les deux Gérard reçurent une invitation à une soirée dansante de madame Roderheim, femme d'un des associés de la maison Lecoq, Roderheim et Marouzé.

Si cette invitation était arrivée par la poste ou si ç'avait été un des domestiques de madame Roderheim qui l'eût apportée, Horace, selon toute probabilité, aurait endossé son habit noir et serait allé boire une tasse de thé et bavarder un quart d'heure dans le salon de madame Roderheim.

Mais le malheur voulut qu'il apprit que c'était Marouzé lui-même qui avait apporté la carte, et ce fut de Georgette qu'il l'apprit.

Georgette, bien entendu, fut enchantée d'avoir occasion de monter chez Horace pour lui remettre cette carte.

C'était le lendemain de la visite du commissaire, et elle était impatiente de rendre au jeune avocat son paquet de livres et de journaux qu'elle avait caché dans un de ses cartons à chapeaux pendant un jour et une nuit.

Avec un léger battement de cœur qui s'expliquait par le nombre de marches qu'elle avait à monter et aussi par la crainte d'être rencontrée avec ce paquet compromettant, Georgette frappa à la porte, comme elle l'avait fait le jour précédent.

Il était environ quatre heures.

Horace était seul comme la veille, mais il se disposait à sortir.

Le jeune homme aurait expliqué assez difficilement pourquoi il rougit quand la fille du marchand de nouveautés parut; mais il rougit, et Georgette rougit également.

— Voici vos livres, monsieur Horace, et une lettre, — dit-elle.

I. 9

Elle allait se retirer, mais Horace l'arrêta.

— Vous savez, mademoiselle Georgette, et j'y ai songé toute la nuit, que vous m'avez rendu un véritable service. Si ces livres avaient été trouvés ici, cela aurait suffi, grâce aux douces prévenances de la loi de sûreté générale, pour me faire coucher à Mazas.

Elle ne chercha pas à cacher l'éclair de plaisir qui brilla dans ses yeux, mais elle répondit avec candeur :

— Vous m'avez déjà remerciée hier.... Je suis heureuse d'avoir pu vous être utile, mais.... — et elle leva les yeux sur lui, — mais pourquoi vous exposer à aller en prison ?

— Oh ! la prison n'est pas bien terrible, — s'écria-t-il en souriant.

— Alors le service que je vous ai rendu n'est donc pas si grand, — répliqua-t elle en mordant ses lèvres vermeilles et en souriant à son tour.

— Je veux dire, — dit Horace en continuant à rire, mais avec un peu d'embarras, — je veux dire que la prison n'évoque pas en nous l'idée de la paille humide des cachots. Je sortais précisément pour aller voir des détenus, lorsque vous êtes entrée. Je suis certain d'avance de les trouver très-confortablement logés. Mais la perte de la liberté est toujours dure, mademoiselle Georgette.

— Je suppose que vous allez voir ces messieurs que vous avez défendus?.. — fit observer Georgette, cédant à un petit mouvement de curiosité pour un sujet aussi nouveau pour elle que l'emprisonnement de journalistes.

Georgette lisait, à l'occasion, le *Moniteur officiel*, seul journal que Redureau jugeât convenable de recevoir, eu égard à ses opinions.

Horace inclina la tête.

— Je vais à Sainte-Pélagie voir M. Roche et M. de Lormay, qui ont dû se constituer prisonniers aujourd'hui. Puis-je leur dire que vous compatissez à leur infortune ?

— Vous pouvez le leur dire, si cela vous plaît ! — répondit Georgette gravement, — quoique je croie que vous feriez mieux de leur recommander de ne plus dire de mal de M. Marouzé. Pourquoi lui en voulez-vous si fort ? — continua-t-elle en cédant au plaisir de causer, une fois, avec une personne dont l'âme n'était pas tout entière absorbée par les draps et le calicot. — Je le croyais un de vos amis, monsieur Horace ?

— Non, mademoiselle. Je sais fort peu de choses de lui et ce que j'en sais n'est pas à son avantage.

— Il a une très-jolie fille, — dit Georgette en regardant Horace avec une certaine fixité.

— En effet, — répliqua Horace, se rappelant les beaux cheveux et l'air séraphique d'Angélique, — mais la fille ne change pas le père. Il serait très-courageux et peu fier, l'homme qui l'épouserait et accepterait la dot que lui donnerait monsieur son père.

Ces paroles ne parurent pas déplaire à Georgette, mais elle répondit cependant :

— Êtes-vous bien sûr, monsieur Horace, que tout ce qu'on dit sur M. Marouzé soit vrai ? Mon père a une si haute idée de lui... il est toujours si bon pour nous ! Bien qu'il demeure maintenant à l'autre bout de Paris, il est venu aujourd'hui même, et a offert à papa des actions de cette nouvelle société de Crédit Parisien qui fait tant de bruit.

— Ah ! M. Marouzé est venu ici aujourd'hui, dites-vous ? — s'écria Horace.

— Mais oui, cette lettre vient de lui, ou tout au moins c'est lui qui l'a apportée.

Horace ouvrit la lettre, avec une évidente curiosité, mais il parut s'amuser de ce qu'il y trouvait, et dit :

— Vous semblez avoir pour vocation de me tirer d'affaire, mademoiselle Georgette ; hier, vous m'avez sauvé de la prison ; aujourd'hui, vous m'empêchez de tomber dans un piége.

— Quel piége ?... — demanda Georgette naïvement.

Horace eut envie de tendre la main à Georgette, mais, se ravisant, il répondit d'un air aimable :

— Ce serait trop long à vous expliquer, et je ne pense pas que cela vous intéresserait beaucoup.

Georgette parut surprise, mais elle commençait à s'apercevoir qu'elle était chez Horace depuis quelque temps.

Néanmoins, elle attendit encore cinq bonnes minutes avant de descendre, et, quand elle entra au magasin, son frère, Alcibiade était en train d'attraper des mouches.

Il fut le premier à voir qu'elle était un peu pâle et qu'elle tenait à la main un petit paquet, qu'elle alla immédiatement montrer à sa mère.

Voici comment Georgette était devenue propriétaire de ce paquet.

Au moment où elle allait quitter Horace, celui-ci ouvrit un tiroir et y prit un nécessaire à ouvrage, qu'il avait acheté la veille au soir.

C'était un de ces coquets brimborions qu'on ne peut trouver qu'à Paris, un petit rien en palissandre avec coins et poignées d'argent, doublé d'un satin bleu de ciel, où s'enfonçaient doucement des bobines d'ivoire et un dé d'or.

— Vous me ferez plaisir, mademoiselle, en acceptant ce petit souvenir, — dit Horace avant même que la jeune fille eût compris son intention.

Georgette rougit, pâlit, et fit avec tristesse :

— Un souvenir ?... Êtes-vous donc sur le point de partir ?

— Non, je ne pars pas, mais il me serait agréable de vous voir accepter ce souvenir, pendant que votre prévoyante bonté d'hier est encore fraîchement présente à notre mémoire à tous deux. Ne refusez pas, je vous en prie, — ajouta-t-il, en voyant que Georgette, un peu confuse, hésitait. — Je dirai à madame Redureau qu'en vous offrant cette babiole, j'ai voulu vous montrer que je suis touché de la peine que vous prenez en me montant mes lettres. Si vous refusez, je vous l'offrirai en sa présence, — dit-il gaiement ; mais il ajouta plus sérieusement : — Acceptez-la comme je vous l'offre, mademoiselle, sinon vous me ferez croire que j'ai commis une impertinence.

Mais ce fut long, et il fallut qu'Horace lui mit pour ainsi dire, malgré elle, le nécessaire dans la main, pour qu'elle consentît à le garder.

— Vous auriez tort de penser cela... — murmura-t-elle doucement.

Il se présenta heureusement une circonstance qui aida à la convaincre.

Le paquet de livres et de journaux d'Horace avait été, nous l'avons dit, caché par Georgette, dans un carton à chapeaux.

Quelques fleurs artificielles étaient restées au fond du carton et l'une d'elles, un bouton de rose moussu, s'était accrochée à la serviette qui enveloppait les livres.

Georgette, qui ne s'en était pas aperçue, l'avait laissée.

Horace détacha cette rose et dit :

— Ne puis-je pas aussi avoir mon souvenir?... Ne me permettrez-vous pas de garder cette fleur ?

Ces mots firent soudain disparaître les scrupules de Georgette.

Elle regarda une dernière fois le jeune avocat avec une expression de reconnaissance et de plaisir, et s'enfuit.

Mais son émotion n'avait pas encore disparu quand elle entra au magasin, ce qui fait qu'Alcibiade put s'apercevoir de cette émotion.

Redureau fut, lui, enchanté du cadeau.

Il y a des commerçants, — et des plus honorables, — qui auraient dressé l'oreille en apprenant que leur fille avait reçu un nécessaire à ouvrage du jeune homme « du troisième » ; mais Redureau était de la vieille école : il croyait encore aux distinctions sociales, et, comme il eût

jugé présomptueux de songer à marier sa fille à un homme
appartenant à un monde plus élevé que le sien, de même
il avait l'honnête et généreuse confiance que nul homme,
dans la position d'Horace Gérard, ne voudrait jouer avec
l'affection de son enfant.

Madame Redureau, quoique moins modeste dans ses
espérances matrimoniales, fut de même ravie. Elle aurait
soupçonné quelque chose de compromettant dans une
broche ou un médaillon; mais une boîte à ouvrage lui
semblait être le présent fraternel par excellence.

Quant à Alcibiade, il se creusa la cervelle toute la nuit
pour savoir le prix qu'avait pu coûter un aussi beau cadeau, et, s'il avait su ce prix, il serait tombé de son haut
à l'idée que sa propre sœur pouvait posséder un objet qui
avait coûté si cher.

Il était, lui, de la nouvelle école.

— Georgette, mon enfant, — dit Redureau, — nous
devons en retour offrir quelque chose à M. Horace. C'est
un vrai malheur qu'un jeune homme aussi charmant soit
républicain; mais il se comporte en gentilhomme.
Voyons, que pouvons-nous faire pour lui? Ah! j'ai mon
affaire. Alcibiade, mesure pour ta sœur quatre mètres de
la plus fine batiste, marque de Cambrai, et elle étrennera
son nécessaire en ourlant pour M. Horace une douzaine
de paires de manchettes pour aller au bal des Tuileries.
Car il aura beau dire, il ne peut manquer d'aller un soir
ou l'autre au bal des Tuileries. En attendant, donne-moi
mon chapeau et mes gants. Il faut que j'aille le remercier
moi-même.

Les remerciements de Redureau furent tout ce qu'on
pouvait désirer.

Il rencontra Horace sur l'escalier, et lui fit un salut que
n'aurait pas désavoué ce fameux marchand de dentelles
du prince de Condé, qui avait la réputation de mieux sa-
luer que le prince lui-même.

Et, sur l'heure, Georgette se mit à l'œuvre, cousant, pi-

quant, brodant avec une ardeur dont la vue laissa Alcibiade perplexe.

Maintenant, faut-il conclure de tout cela qu'Horace
Gérard, l'héritier des d'Auvillars ou mieux le jeune
orateur, dont le nom commençait à être connu de tout
Paris, était amoureux de la fille du marchand de nouveautés?

Les jeunes filles de l'âge de Georgette sont portées à
s'imaginer qu'une parole ou un sourire aimable sont des
preuves évidentes de l'amour, et la pauvre Georgette, en
ourlant ses manchettes, faisait probablement beaucoup de
beaux rêves, qui se seraient évanouis si elle avait pu voir
avec quelle tranquillité Horace se rendait à Sainte-Pélagie
pour voir ses amis.

Les amoureux n'ont certainement pas cette placidité-là.

Il marchait sur le pavé de Paris avec une insouciance
superbe comme un homme dont le sang circule librement
et qui ne changerait pas son sort pour un empire.

Ah! qu'il était loin de penser à Pourlans, alors, et
comme il aurait ri si quelque diseur de bonne aventure,
soulevant les voiles de l'avenir, l'avait montré...

Mais n'anticipons pas sur les événements... Contentons-
nous de suivre notre avocat.

Sainte-Pélagie est un beau bâtiment destiné, comme la
Sixième Chambre de la police correctionnelle, à recevoir
les voleurs et les journalistes.

Les voleurs occupent les bâtiments du fond, les journalistes ceux qui sont sur le devant.

Cependant, rendons justice au gouvernement impérial,
quand un écrivain était condamné à la prison, il n'était
pas appréhendé au corps à l'audience même et conduit
en prison dans une voiture cellulaire, comme cela se fait
dans certains pays jouissant d'une plus grande liberté.

Il avait la faculté de se constituer prisonnier, à peu près
à sa convenance, sauf quelques cas exceptionnels; — il
pouvait prendre quinze jours ou un mois, quelquefois, il

en prenait trois; — et quand enfin, il s'était décidé, il se
rendait à destination dans un fiacre avec ses malles, sa
valise, ce qu'il lui fallait pour écrire; — il prévenait ses
amis, qui venaient le voir, à peu près comme s'il avait
été dans un établissement hydrothérapique pour y suivre
un traitement de quelques mois.

Comme de raison, le gouvernement n'était pas obligé
de se montrer aussi régulièrement aimable, et dans certaines occasions, quand il était de mauvaise humeur, il
pouvait donner des ordres pour que tel écrivain prisonnier fût traité aussi durement que possible et pour que
toutes communications avec le monde extérieur lui fussent interdites.

Mais ces exemples de rigueur n'étaient pas communs...
On se souvenait, en effet, que le journaliste, aujourd'hui
prisonnier, pouvait être ministre demain : le journalisme
étant une carrière qui mène à tout... à la condition d'en
sortir.

La visite d'Horace à Sainte-Pélagie avait un double
objet.

Il voulait d'abord remplir un devoir de politesse, puis,
comme il ne faisait rien, grâce à l'arrêt de suspension
qui l'avait frappé, il se proposait de demander à écrire
dans la *Sentinelle.*

Il trouva Nestor Roche installé dans une chambre qui
ressemblait plus à celle d'un hôtel garni qu'à une cellule.

Elle était assez grande, il y avait du papier sur les murs
et un tapis sur le plancher.

Deux ouvriers étaient même occupés à clouer les rayons
d'une bibliothèque que Roche avait obtenu la permission
d'apporter avec lui, ainsi qu'un bureau, deux fauteuils,
une immense ottomane, et un appareil à douches.

A une patère, au-dessus d'un petit lit de camp, était
accroché le chapeau monumental du prisonnier, qui attirait l'œil comme le casque d'un chevalier retiré dans un
cloître.

Quant au prisonnier lui-même, il était assis devant une table, fumant une pipe d'écume, et corrigeant les épreuves qu'un apprenti, les pieds juchés sur les bâtons de sa chaise, attendait pour les porter à l'imprimerie.

— *Salve, puer !* —s'écria Roche en tendant la main. — J'ai fini dans une minute. Mais va donc dire bonjour à de Lormay... Il est chez lui, la porte à côté.

Max de Lormay n'était pas arrivé depuis plus d'une heure, et il était debout, en bras de chemise, au milieu d'un amas de porte-manteaux et de sacs de nuit dont il retirait des bouteilles d'eau de Cologne, des brosses à cheveux, des pots de pommade, des rasoirs, et tous les accessoires d'une table de toilette bien approvisionnée.

Max était profondément reconnaissant à Horace de lui avoir obtenu six mois de prison.

Depuis sa condamnation, la valeur de sa signature s'était augmentée d'une façon considérable sur le marché littéraire. Toute une collection d'articles, de romans, de variétés, dont il n'avait jamais su que faire, quand il était libre, avaient été triomphalement publiés par plusieurs grands journaux depuis qu'il était passé martyr.

En outre, il avait obtenu de l'augmentation à la *Sentinelle*, ayant quitté la chronique départementale pour les articles de fond.

Encouragé par ces résultats, Max se sentait de force à affronter tous les genres de persécution dans l'intérêt de la vérité.

Il serra chaleureusement la main d'Horace, le fit asseoir, et lui offrit un cigare.

—Vous resterez pour dîner avec nous, j'espère ? Je crois que nous dînerons bien. Roche et moi, deux rédacteurs du *Siècle*, Jules Potin, de la *Gazette des Boulevards*, et trois nigauds qui se sont fait pincer, pour société secrète; bien entendu le grand Albi en est... nous devons tous dîner dans la chambre de Roche. Le dîner sera apporté d'un petit boui-boui d'en face; ça nous coûte trente sous

9.

par tête, et ce n'est pas trop mauvais... Eh! l'ami, descendez à la cantine et allez nous chercher une bouteille de Cognac, deux citrons, du sucre, et de l'eau chaude...; tenez, voici de l'argent.

L'homme auquel il parlait avait l'air d'un ouvrier. Il rangeait les effets de Max dans les tiroirs d'une commode.

Comme les deux ouvriers que nous avons vus travailler chez Nestor Roche, il était habillé de gris et portait les cheveux coupés ras.

— C'est un homme très-intelligent, — fit observer Max de Lormay quand il fut parti. — Le directeur, vous le savez, nous donne quelques-uns de nos co-détenus de l'autre bâtiment pour nous servir. Nous en avons un à trois. Ils sont choisis parmi ceux qui se tiennent tranquilles. Vous devez avoir vu les deux qui sont dans la chambre de Roche. Il y en a un qui est ici pour avoir détérioré le physique d'un sergent de ville, l'autre pour avoir cassé les carreaux d'un marchand de vin qui ne voulait pas lui faire crédit. Le mien était cocher et avait l'habitude de se tromper en rendant la monnaie aux bourgeois et de leur flanquer des gifles quand ils risquaient des observations. Il jure qu'il ne le fera plus quand il sera dehors.

Le cocher qui envoyait des gifles aux bourgeois revint avec le cognac, les citrons, etc., et déclara qu'il savait faire le grog comme personne.

Bientôt après, on entendit la voix de Nestor Roche criant qu'il avait fini, et Max suivit Horace, chacun apportant son verre.

L'apprenti, un enfant qui n'avait qu'un œil, mais un œil d'une vivacité enragée, avait glissé à bas de sa chaise et recevait les remontrances de Roche, qui lui disait de ne pas flâner dans les rues avec les épreuves. Il reniflait à chaque instant, en se grattant l'oreille, mais il ne devait se moucher que dans de très-rares occasions.

— Avez-vous de la copie, m'sieu de Lormay ? — demanda-t-il lorsque celui-ci entra.

Max n'avait pas de copie; mais il posa la main sur la tête chevelue du petit cyclope, et lui demanda de dire son nom à Horace.

L'enfant fixa son œil unique sur Horace, et répondit effrontément :

— Mon nom est Tripou, mais on m'appelle Gachette.

— Et maintenant dis à monsieur pourquoi l'on t'appelle Gachette.

— On m'appelle Gachette, — répondit le jeune Tripou, en grasseyant et en se redressant, — parce qu'en 51, quand j'avais sept ans, je pris le fusil d'une sentinelle du Louvre qui regardait en l'air et que je lui cassai la figure.

— Amour d'enfant ! — s'écria Max, — avec le temps cela fera un citoyen.

Cet horoscope encouragea Gachette à ajouter, pour l'édification de l'étranger :

— Le fusil éclata et voilà comment j'ai perdu un œil.

La présence des deux détenus empêchant que la conversation fût intime, on ne fit, pendant un quart d'heure, que boire et fumer.

Mais quand les rayons de bibliothèque furent fixés au mur, l'appareil hydrothérapique dressé comme il fallait, l'ottomane roulée près de la cheminée, les deux hommes s'éclipsèrent et Horace entra brusquement en matière.

— Je suis venu pour vous demander de me prendre avec vous à la *Sentinelle*, monsieur Roche.

— Hum !... — grommela le directeur du journal en lançant une bouffée de fumée. — Notre métier vous paraît-il donc si charmant, que vous vouliez en tâter ?

— Oui, si vous m'en jugez digne, — répondit modestement Horace.

— Cela ne fait pas l'objet d'un doute, — fit Roche en secouant les cendres de sa pipe. — Vous avez un nom, et le public voudra lire tout ce que vous écrirez. Seulement, laissez-moi vous dire que le journalisme n'est pas une chose aussi facile que vous pouvez le penser.

Max de Lormay confirma cette observation, en déclarant, d'un air sérieux, qu'il lui était arrivé souvent de rester assis toute la nuit à travailler sur des notes, sans pouvoir arriver à donner à son travail la forme définitive d'un article, — souvenir qui, évidemment, lui donnait une haute opinion des difficultés de la littérature.

— Oui, mais ce n'est pas ce que je voulais dire, — reprit Roche avec douceur. — Ce que je veux dire, c'est qu'il y a deux genres de journalisme : l'un, auquel tout homme qui sait écrire est bon ; l'autre, le vrai, le pur journalisme, qui a l'attrait furieux d'un tourbillon. Voyez-vous, mon cher ami, ceux qui mettent les pieds dans cette galère-là, et qui s'y trouvent bien, ne fût-ce qu'un jour, ne la quittent plus jamais. Ils en ont pour la vie. Une fois que ça y est, ça y est. Il n'y a plus à en démordre. Je ne veux pas vous dégoûter, mais songez-y bien, une fois que vous aurez pris goût à la chose... bonsoir... et vous pouvez être sûr que vous ne serez pas long à jeter votre robe aux orties. Car, voyez-vous, il faut en convenir, c'est beaucoup plus amusant de bâcler un article, d'y jeter n'importe comment sa pensée, sa passion, que de tripoter pendant des heures un dossier avec ses griffonnages, ses assignations, ses conclusions, et tout ce qui s'en suit. Mais si c'est plus amusant, rappelez-vous bien ceci, c'est aussi beaucoup plus éreintant, ou, pour dire le mot, plus tuant. Voyez-vous, les cerveaux les mieux conditionnés n'y résistent pas. En un rien de temps ils sont usés, desséchés, comme une orange dont on a sucé le jus. Ah ! je sais bien ce que vous me direz ; vous me citerez une douzaine de journalistes qui sont sur la brèche depuis cinquante ans... Eh bien, mon ami, regardez leurs articles, et vous verrez que cela ne prouve rien, absolument rien, car ces articles sont la reproduction identique, parfaite, d'autres articles écrits dans le temps, bien avant votre naissance. Leurs

auteurs, allez, ne se donnent pas grand mal pour les faire,
car ils ont renoncé, de longue date, à trouver des idées
nouvelles, ils disent et redisent à satiété les mêmes ren-
gaines, comme ces métiers qui fabriquent chaque jour
mécaniquement leur pièce de cotonnade, de même longueur, de même largeur, de même couleur, et de même
tissu. Et ne vous y trompez pas, il faut ne pas être une
bête pour faire une besogne pareille. Elle exige une tête
solide, toujours prête, et qui soit hermétiquement fermée
à tout ce qui ressemble de près ou de loin à l'enthousiasme, à la foi. Quand ces journalistes-là travaillent, ils
sont aussi tranquilles qu'un épicier qui vend ses pru-
neaux ; c'est que le journalisme pour eux n'est pas une
vocation, mais bel et bien un métier, et ils le font comme
ils auraient fait des bottes, s'ils étaient nés dans une condition à faire des bottes. Mais vous, Horace, je crois que
vous ne prendrez point les choses de cette façon. Si je ne
me trompe, vous vous mettrez à l'œuvre avec toutes vos
forces, l'ambition, la vanité, la conviction. De plus, vous
aurez du talent, et c'est pour cela, mon ami, que le journalisme vous usera jusqu'à la moelle, à moins, — ajouta
Nestor Roche avec une nuance de tristesse, — à moins
qu'il ne vous conduise à une préfecture ou à un ministère.
Mais, entre nous, je ne vois pas grande chance à cela, car
vous n'êtes pas de l'étoffe dont on fait les traîtres, et je
n'ai pas assez d'illusions pour espérer que, vous et moi,
nous assisterons à l'avènement de notre République.

— Et pourquoi pas ? — demanda Max de Lormay,
étonné de cette décourageante prédiction.

— Parce que nous sommes une nation de perroquets,
Max, — répliqua Nestor Roche en faisant tomber les cendres de sa pipe.

Il n'arrivait pas souvent à Nestor Roche de faire de
longs discours. Il était habituellement très-bref. Mais son
estime pour son vieil ami Manuel Gérard était si grande,
qu'il en accordait une part à Horace et à Émile, et il par-

lait plus longuement avec eux qu'avec qui que ce soit, si ce n'est sa femme et sa nièce qui tenaient sa maison.

Horace répondit sans beaucoup d'hésitation :

— Je n'ai jamais pensé à faire du journalisme comme profession. Tout ce que je veux, c'est une occupation qui m'empêche de me rouiller, jusqu'au moment où je pourrai plaider.

— Dangereux !... très-dangereux ! — murmura Nestor Roche. — Je suis entré dans le journalisme, il y a trente-cinq ans, en attendant une clientèle, et j'y suis encore. Mais faites à votre guise, *la Sentinelle* vous est ouverte, apportez-moi ce que vous voudrez. Seulement dans six mois je vous rappellerai ce que vous venez de dire, et j'espère bien que vous retournerez tranquillement au Palais. Cela vaut mieux, allez, et puis, voyez-vous, on ne fait pas deux métiers à la fois.

Quelques minutes après, Nestor Roche tira un crayon de sa poche et dit :

— Écoutez : Voici la situation exacte de *la Sentinelle* à l'heure présente. Nous vendons quarante mille numéros par jour depuis le procès ; à trois sous le numéro, cela fait cinq mille six cents francs ; déduisez six centimes par numéro pour timbre, reste trois mille deux cents francs. Les frais d'impression sont de treize cents francs ; la mise en vente et les remises aux agents : huit cents francs ; la distribution : quatre cents francs. Ceci nous laisse sept cents francs auxquels nous pouvons ajouter huit cents francs pour les annonces. Sur ces quinze cents francs, vous devez soustraire sept cent cinquante francs pour les frais de rédaction, et les sept cent cinquante francs restant peuvent être considérés comme constituant les bénéfices, qui sont supposés devoir être partagés également entre mon associé et moi. Je paie néanmoins à mon associé, qui est un homme d'argent, en outre de sa part dans les bénéfices, la somme de deux mille cinq cents francs par an, représentant l'intérêt des cinquante mille francs qu'il a été obligé de déposer au Trésor, comme cautionnement, lorsque le journal a paru. En outre, c'est sur moi que retombe la responsabilité des amendes et des dommages-intérêts, comme par exemple les trente-neuf mille francs de l'autre jour. Cet exposé doit vous démontrer que *la Sentinelle* est, au moment actuel, une affaire d'une certaine importance; mais, d'un autre côté, vous ne devez pas perdre de vue que le tirage normal n'est pas de quarante mille numéros, mais seulement de vingt mille; que *la Sentinelle* a déjà reçu deux avertissements du gouvernement, et qu'au premier grief, elle peut être suspendue pour deux mois, et après cela supprimée complétement, dans lequel cas je serais obligé, par traité, à payer à mon associé cent mille francs. M'avez vous suivi?

— Oui! — répondit Horace, un peu surpris.

— Eh bien! donc, — reprit Roche en remettant son crayon dans sa poche et en reprenant sa concision habituelle, — donc, vous ne vous étonnerez pas quand je couperai ou supprimerai vos articles. Si *la Sentinelle* était supprimée, je serais un homme ruiné, et, ce qui est également sérieux, il y aurait un journal de l'opposition de moins à Paris, car vous n'ignorez pas qu'il faut une autorisation spéciale du gouvernement pour publier un nouveau journal, et que cette autorisation le gouvernement la refuserait.

— Coupez, rognez, supprimez tout ce que vous voudrez, — répondit Horace en souriant, — je me soumets d'avance.

Ce fut de cette façon que notre jeune avocat fut officiellement reçu rédacteur de *la Sentinelle*.

Le soir même, il écrivit son premier article.

X

NOUVEAUX AMIS. — VIE NOUVELLE

Un avocat est libre d'aller dans le monde ou de n'y pas aller ; c'est, comme on dit, son affaire ; mais pour un journaliste politique, ce n'est pas du tout la même chose.

En très-peu de temps, Horace Gérard se trouva engagé dans des relations quotidiennes avec un grand nombre de personnages qu'il n'avait pour la plupart jamais vus, un groupe d'éminents libéraux dont la *Sentinelle* était l'organe.

Ces messieurs représentaient des nuances diverses de l'opinion républicaine, et sous un gouvernement libre, quelques-uns d'entre eux se seraient cordialement détestés.

Mais le despotisme a ceci de commun avec la chasse au renard, de réunir des gens qui, autrement, ne se seraient jamais rencontrés.

Les légitimistes, les orléanistes, et les républicains formaient, dans cet heureux temps, une heureuse famille, rapprochée par sa commune haine du pouvoir exécutif.

Comme, grâce à la loi sur la presse, le nombre des journaux d'opposition était extrêmement limité, quelque honneur s'attachait à faire partie de la rédaction d'un journal indépendant.

C'était quelque chose comme de faire partie d'un cercle de bonne compagnie.

Tous les membres de la presse opposante étaient très-unis, formaient une sorte de franc maçonnerie d'où étaient sévèrement exclus les journalistes de la presse officielle ou officieuse, que l'on considérait à peu près comme des domestiques à gages.

Nuturellement, ceux-ci en éprouvaient un vif ressentiment et affectaient de rendre à leurs confrères le mépris que ceux-ci leur prodiguaient.

Il en résultait une inimitié qui apparaissait dans les plus petites choses.

Ils fréquentaient des cafés indifférents, se promenaient les uns sur le côté droit, les autres sur le côté gauche des boulevards.

Ils adoptèrent même des argots différents.

En 1855, le café favori de l'opposition était le *Café des Variétés* ; celui de la presse gouvernementale était le *Café des Princes*, qui était en face.

A chaque instant c'était des échanges de cartes, des querelles, des soufflets, et même des batailles.

En ce temps-là, Grisier et Pons, les maitres, comptaient un fort grand nombre d'élèves dans la littérature courante.

Horace fut reçu très-cordialement au *Café des Variétés*, la première fois qu'il y parut, à l'heure de l'absinthe, c'est-à-dire vers cinq heures de l'après-midi, au bras de M. Hector Chevrier, le secrétaire de la rédaction de la *Sentinelle*.

Précédé de sa jeune renommée, il fut accueilli comme une précieuse recrue.

Personne ne demanda s'il écrivait bien, ce qui, dans

l'opinion des journalistes, est une considération secondaire, mais s'il pensait bien.

Il semblait avoir une haine sincère et ardente pour le gouvernement.

Cela suffisait.

Lombard, le directeur pansu de la *Gazette des Boulevards*, qu'il avait déjà vu une fois à la police correctionnelle, lors de l'affaire Marouzé, lui tendit la main et lui cria avec une effusion qui le surprit d'abord :

— Vous avez joliment raison d'essayer de la presse, mon petit, je vous prédis que vous y ferez merveille, et je m'y connais.

— Oh ! je ne suis qu'un passant, — répondit modestement Horace. — La *Sentinelle* m'a pris à son bord, mais ce n'est que pour une traversée.

— Voulez-vous vous taire ! .Vous verrez comme c'est plus gentil de faire des potins, dans les journaux, que de débrouiller un dossier. Vous savez, si vous ne vous arrangez pas avec la *Sentinelle*, venez chez nous, et, vous verrez, c'est une bonne boutique.

En ce moment, Lombard tira un immense pressado d'un porte-cigares en cuir de Russie et enveloppa sa grosse face d'un nuage de fumée.

— Je suis orléaniste, — continua-t-il, — mais mon journal est avant tout un journal de liberté. Mes collaborateurs ont l'opinion qu'ils veulent, je m'en moque, pourvu qu'ils soient amusants.... Voyez-vous ce petit bonhomme là-bas, qui prend un punch glacé avec une paille? c'est mon secrétaire de rédaction... il est joliment bien mis, hein !... Eh bien, il est républicain comme vous, il est même plus enragé que vous. Asseyez-vous donc. Je vais en prison la semaine prochaine, ou du moins, aussitôt que le numéro 9 de Sainte-Pélagie sera vacant. J'ai été condamné hier, mais j'aime mes vieilles habitudes, et quand j'ai appris que le numéro 9 était occupé, j'ai demandé au ministère public de me laisser me promener tant qu'il ne sera pas libre. Il faut vous dire que ce numéro 9 est comme un petit pied-à-terre que j'aurais dans ce quartier-là, j'y suis allé cinq fois, et chaque fois j'y ai laissé des chemises et des chaussettes... Vous savez il est très-gentil le Procureur Impérial, très-gentil ; il se mettra en quatre pour vous être agréable si vous savez le prendre. J'ai été le voir en habit noir et en cravate blanche, et ç'a l'a touché... Vous fumez la cigarette ?.... quelle drôle d'idée !.... Essayez donc de ces pressados... La paix est faite, n'est-ce pas, avec Marouzé ?... c'est un bon garçon, mais *roublard*. On mange très-bien chez lui, aux Champs-Elysées. Il faut soigner ça, mon petit, et d'autant mieux que sa fille est jolie comme un cœur... C'est dommage qu'elle joue du piano... Vous avez été assez dur pour le Crédit Parisien l'autre jour, c'est pourtant une belle affaire, vous savez, vous pouvez m'en croire : j'y ai mis de l'argent, et je ne m'en plains pas ; — valeur nominale des actions de 500 francs, émises à 360 francs, — elles sont maintenant à 800 francs et montent toujours. Ce Marouzé est positivement très-fort.

Ainsi parlait Lombard, en envoyant des tapes sur le marbre de la table.

Horace s'était attendu à plus d'austérité de la part d'hommes qui se posaient comme les défenseurs de la moralité publique.

Mais il découvrit bientôt que les opinions libérales et une très-indulgente tolérance pour les capitalistes heureux marchent très-bien ensemble.

Le républicain lui-même, celui qui prenait son punch glacé avec une paille, reconnaissait parfaitement qu'il y avait peu de valeurs comme les actions du Crédit Parisien, et, quoique professant le mépris des richesses, il en avait acheté vingt-cinq.

L'excessive rigidité n'était pas de mode au *Café des Variétés*, et il n'y avait que Nestor Roche dont l'âme fût tout d'une pièce.

Ce fut le seul qu'Horace jugea incapable de transiger

sur les principes qu'il regardait comme inséparables de la foi républicaine.

Il avait coutume d'aller voir chaque jour Nestor Roche pour lui soumettre ses articles, et ces visites lui fournirent l'occasion de se rendre compte de ce qu'il faut dépenser de talent réel pour bien faire un journal.

Nestor Roche parlait peu, et ce qu'il disait aurait trompé, sur le fond même de sa pensée, ceux qui l'auraient pris au pied de la lettre.

Il se donnait, dans la conversation, un ton indifférent et sceptique qui ne correspondait pas du tout à sa nature, car il était imbu jusqu'à la moelle de ses théories républicaines, et il chérissait avec la vénération d'un enfant la foi politique dans laquelle il avait été élevé.

On en voyait aussi paraître quelque chose quand il corrigeait les articles de ses rédacteurs; d'un seul mot ajouté ou retranché, il lui arrivait de changer tout le ton d'un article qui ne concordait point assez avec sa passion ou sa croyance.

On est rarement un bon journaliste avant trente ans, et les articles d'Horace gagnèrent beaucoup à la sévère discipline à laquelle ils étaient soumis. Ils sortaient plus forts, plus vivants, plus formés des mains du directeur, et pourtant les corrections qu'il faisait étaient en apparence si peu de chose, que la vanité littéraire la plus ombrageuse ne pouvait s'en émouvoir.

Horace était souvent étonné de la belle figure que faisaient ses articles une fois imprimés, et il n'en revenait pas de se trouver à lui-même tant de talent.

Il fut bientôt remarqué parmi ses confrères; on lui trouva de l'éloquence, de la sincérité.

La vérité est qu'il n'écrivit ni mieux, ni plus mal que la plupart des jeunes gens de vingt-cinq ans qui ont du goût et ont fait de bonnes études; c'eût même été le sentiment du public sur son compte, si ses articles n'avaient pas été revus par son directeur.

Les invitations commencèrent à pleuvoir comme grêle.

La société ne court pas après ceux qui l'évitent, mais elle adopte vite ceux qui lui font quelques avances.

Ses confrères qu'il rencontrait au café, au cercle, au théâtre, dans les bureaux de journaux, le présentèrent à leurs familles, quand ils avaient une famille.

Puis il fut de même présenté aux hommes d'État qui avaient servi les gouvernements déchus, et qui jugeaient de bonne politique de s'entourer de tous les jeunes gens d'avenir de la presse et du barreau.

Il fut choyé non-seulement dans le monde républicain, mais aussi et peut-être plus dans le monde orléaniste.

Une fois même il fut invité à une soirée dans le faubourg Saint-Germain, où il rencontra d'ailleurs des représentants de tous les partis.

Il était reçu partout comme un grand homme en herbe. Ses bonnes façons, ses mérites oratoires et littéraires (recommandations toujours très-puissantes en France) auraient suffi seuls pour lui ouvrir bien des portes; mais l'intérêt qu'il inspirait était encore accru par le mystère avec lequel il dissimulait son véritable nom et sa haute naissance.

Au *Café des Variétés*, peu de gens connaissaient cette particularité de sa vie, ou attachaient la moindre importance à la question de savoir s'il était noble ou s'il ne l'était pas; mais il en allait tout autrement auprès des femmes.

Un beau jour, Horace découvrit, sans une mauvaise humeur excessive d'ailleurs, que ses titres n'étaient un secret pour personne, et que le fait de les dédaigner comme il le faisait lui était compté comme une preuve d'austérité et de désintéressement peu commun.

En réalité, il n'aurait jamais soupçonné ce qu'il y a de dur à ne pas porter un titre qui vous appartient, s'il n'avait pas entendu plus d'une fois des gens s'émerveiller qu'un jeune homme pût préférer le nom plébéien de Gérard au noble nom de d'Auvillars.

Un soir, après s'être entendu appeler M. le marquis, par cinq ou six personnes, dans le cours d'une heure, il laissa voir un peu d'impatience à une dame avec laquelle il causait et dit :

— Pourquoi cette insistance à m'affubler de ces titres absurdes ?

C'était dans une soirée, donnée dans l'hospitalière maison d'un homme illustre, le petit et éloquent M. Quarre, lequel avait été premier ministre sous Louis-Philippe et n'avait pas peu contribué à amener la chute de la dynastie de son cœur.

La dame avec laquelle Horace était en conversation était la très-charmante baronne de Bussières, femme d'un banquier orléaniste.

— Pourquoi absurdes ? — repliqua-t-elle, — je porte très-bravement le mien, et je serais très-désolée de ne pas le posséder.

— Je ne dis pas qu'ils sont absurdes pour tout le monde, — répondit-il en rougissant. — Bien qu'à la rigueur je pusse fort bien vous dire, à vous-même, à quoi diable cela vous sert-il ? Mais en tous cas il est absurde de me les infliger à moi, qui n'en veux pas, et ne saurais en vouloir, puisque je suis républicain.

— Le blâme doit en retomber sur vos amis, — dit la baronne avec une certaine nuance de malice. — Ils chantent si haut vos louanges, qu'il faut vous attendre à ce qu'on vous rende les honneurs qui vous sont dus.

— Quels amis ?... Quelles louanges ?... — demanda Horace fort innocemment.

— Oh ! mais vous avez beaucoup d'amis, monsieur Gérard ; et pour n'en citer qu'un, M. Marouzé. En voilà un qui vous aime ! Il parlait ce matin encore, à mon mari, de vos innombrables vertus, de vos grands principes, de votre générosité. A l'en croire, vous êtes quelque chose comme un demi-dieu.

— Marouzé, mon ami! — s'écria Horace, d'un air de doute, — mais c'est l'homme contre lequel j'ai plaidé l'autre jour.

— Il est certain, alors, qu'il n'en a pas moins bonne opinion de vous, — répliqua la baronne; — mais pourquoi avez-vous plaidé contre lui?... Bien certainement vous ne croyez pas un mot de toutes les méchantes histoires qui ont couru sur lui.

— Je ne saurais dire si j'y crois ou si je n'y crois pas, — répondit Horace, — mais, il me semble qu'on juge Marouzé avec une bien plus grande indulgence que s'il avait échoué au lieu de réussir.

La baronne haussa légèrement les épaules.

— Le succès n'est-il pas la meilleure pierre de touche du mérite ?... Je crois, pour ma part, qu'il est également la pierre de touche de l'honnêteté.

— Oh! l'honnêteté !... — répéta Horace avec surprise.

— Oui, c'est aussi l'opinion de mon confesseur. Il affirme que Dieu ne permettrait pas que les hommes méchants prospérassent, et cela fait que, lorsque nous voyons un homme très-riche, nous pouvons être certains qu'il a mérité sa bonne fortune.

— Voilà un moraliste bien commode, — fit Horace en souriant, — un homme à consulter lorsqu'on a envie de faire un mauvais coup.

— Oui, en vérité, — répondit naïvement la baronne, qui ne brillait point par l'esprit d'à-propos, — vous devriez faire sa connaissance... C'est le père Glabre, de la Société de Jésus.

— J'aurais deviné qu'il appartenait à la Société de Jésus... — répondit Horace. — Je gage qu'il est bonapartiste. Il doit considérer le succès du coup d'État comme inspiré par Dieu.

— Le père Glabre ne parle jamais politique, — répondit
madame de Bussières. — Il dit que l'un des apôtres nous
ordonne de nous soumettre à l'autorité établie.

Horace, qui ne voulait pas commettre la bévue d'engager une discussion politique avec une femme, dit
gaiement :

— Tout ce qui m'étonne, madame, c'est que vous vous
exposiez à vous trouver en face d'un ennemi aussi déclaré de l'Empire que notre hôte.

— Oh ! je viens ici à cause du monde qu'on y rencontre,
— dit la baronne, en jouant avec son éventail. — C'est
ennuyeux, mais il est évident que si l'on désire voir les
hommes qui ont une valeur quelconque dans les arts, la
littérature, ou la politique, c'est dans les salons de l'opposition qu'il faut les chercher. C'est une des grandes
erreurs de l'Empereur, de s'être fait une cour exclusivement composée d'inconnus.

— Je crois bien qu'il n'avait pas le choix, — murmura
Horace un peu sèchement. — Il n'aurait pas été fâché de
faire venir aux Tuileries les hommes de talent, mais malheureusement ceux-ci ne s'y sont point prêtés.

— Alors vous croyez que ce sont eux qui se tiennent à
l'écart ?

— Mais assurément, madame ; n'en avons-nous pas la
preuve dans M. Quarre lui-même ?

— Oh ! comme c'est beau d'être jeune et d'avoir toutes
ses illusions ! — murmura-t-elle avec un ton de raillerie où
perçait cependant quelque sympathie pour son jeune interlocuteur. — Ne voyez-vous pas, monsieur Gérard, que
ce qui a tant arrêté tous vos grands amis, est d'avoir été
joués ? Leur vanité est exaspérée, voilà tout. Ils considé-
raient comme impossible qu'un gouvernement s'établît
jamais sans leur aide, et la manière dont l'Empereur s'en
est passé a montré clairement au pays qu'ils n'étaient pas
indispensables, et c'est cela qu'ils ne lui pardonneront
pas. Notre hôte, M. Quarre, est un homme très-illustre,

mais on prétend qu'il aime les hommages presque autant que nous autres femmes. Il se croit nécessaire et l'Empereur l'oblige à croire le contraire. Soyez certain que, si on lui offrait un ministère demain, il l'accepterait avec joie. Il considérerait cette offre comme un aveu de faiblesse, cela chatouillerait agréablement son amour-propre, et, voyez-vous, l'amour-propre passe toujours avant les principes.

— Vous avez une triste opinion de la nature humaine, — dit Horace en souriant.

— J'ai l'opinion que vous aurez vous-même, quand vous aurez vécu dix ans, comme moi, dans le monde, — répliqua madame de Bussières en affectant d'étouffer un soupir. — Vous arriverez, je le crois, monsieur Gérard, mais si vous aspirez à conduire vos contemporains, il ne faut pas les estimer beaucoup.

Le même soir, en rentrant chez lui, Horace repassait ces derniers mots dans son esprit avec la désolante conviction qu'une société qui se montre indulgente à des êtres comme Marouzé ne mérite vraiment pas qu'on la tienne en bien haute estime.

Pour une raison ou pour une autre, il sentait néanmoins s'affaiblir son mépris pour Marouzé.

Quelque suspect et quelque peu sympathique que vous soit un homme, il est difficile d'être tout à fait indifférent à l'idée qu'il passe son temps à reconnaître vos sentiments à son égard, en criant vos louanges aux quatre coins de l'univers.

Il était beaucoup plus de minuit quand Horace arriva chez lui.

Il monta tout doucement sur la pointe des pieds pour ne pas éveiller son frère.

Quelque chose comme un remords le mordait au cœur en pensant à Émile.

Les deux frères se voyaient de moins en moins chaque jour.

10

Depuis qu'Horace était entré dans le journalisme, ils suivaient chacun une route différente.

Ils ne déjeunaient ni ne dînaient plus ensemble à leur modeste table d'hôte.

Horace fréquentait les restaurants du boulevard Montmartre et du boulevard des Italiens; il se levait rarement avant dix heures du matin; il passait ses soirées dans le monde ou au théâtre; et, quand il rentrait chez lui vers une heure du matin au plus tôt, il trouvait Émile au lit.

Cette fois pourtant son jeune frère était encore levé: il était à son bureau et écrivait.

Horace se glissa sans bruit derrière lui, et lui passa son bras autour du cou.

— Tu es bien tard au travail, mon cher, — dit-il affectueusement.

— Oui, Horace, — répondit Émile en lui serrant la main.

Et, montrant du doigt deux ou trois dossiers bourrés de pièces attachées avec du fil rouge, il ajouta:

— J'ai été chargé d'une affaire qui demande vraiment du travail.

Émile ne disait point les choses comme elles étaient, car son bureau était littéralement chargé de dossiers.

Depuis son début, il était très-goûté des avoués, qui étaient tout heureux de trouver un homme de talent sans vanité, sans turbulence, sans ambition, et qui n'entendait pas se faire un nom sur le dos de ses clients.

De plus, laborieux, scrupuleux, dur au travail, Émile réalisait le type de l'avocat désintéressé et probe.

Il était un peu pâle et paraissait fatigué; aussi Horace, après avoir causé avec lui quelques instants, le pressa-t-il d'aller se mettre au lit.

Ils se souhaitèrent affectueusement une bonne nuit; mais avant de se retirer dans sa chambre, Horace passa dans son cabinet pour voir s'il n'avait pas de lettres.

Il y en avait plusieurs sur son bureau, pour la plupart

des lettres d'invitation et parmi elles un petit paquet noué avec des faveurs bleues.

— Qu'est-ce que c'est que ça? dit-il, — en retournant dans la chambre de son frère, avec le paquet qu'il avait dénoué et qui contenait une douzaine de manchettes de batiste et autant de mouchoirs délicatement brodés à son chiffre.

— Ah! j'oubliais de te dire... — s'écria Émile, qui était déjà au lit, — c'est la petite Georgette qui a apporté cela.

— Bonne petite Georgette! — s'écria Horace.

— Elle est charmante, — continua Émile, — mais j'ai rencontré son père aujourd'hui, il n'est pas content d'elle. Elle devient, paraît-il, trop sérieuse, parle moins. Le brave homme croit qu'elle est malade.

XI

AMOUR ET BATAILLE

Georgette en effet, depuis quelque temps, n'allait pas bien.

L'excellent Redureau, sa femme, et même Alcibiade, étaient un peu inquiets et ne comprenaient pas pourquoi la pauvre enfant était devenue soudain si mélancolique et si pensive.

Quand on l'interrogeait, elle se bornait à dire :

— Mais je n'ai rien.

Et pourtant elle avait quelque chose.

Plusieurs semaines s'étaient écoulées depuis qu'Horace lui avait offert la boîte à ouvrage. Elle avait fini les manchettes, et voulant que son cadeau fût complet, elle y avait ajouté une douzaine de mouchoirs, ce qui avait pris du temps ; car ce n'est pas du jour au lendemain que l'on peut broder douze fois les lettres H. G., surtout lorsque entre chaque point on se met à rêver éperdument.

Durant ces longues semaines pendant lesquelles elle avait brodé les deux initiales, elle avait vu Horace passer tous les matins devant le magasin, ôter son chapeau, et lui sourire lorsqu'il allait à son journal.

Elle avait appris son entrée dans le journalisme et ses succès dans cette nouvelle carrière.

Par considération pour son locataire, et quoique répudiant avec indignation les doctrines défendues par cette feuille, Redureau s'était fait un devoir de prendre un abonnement à *la Sentinelle*. Et quand Georgette s'en allait se coucher, elle emportait chaque soir le journal, qu'elle lisait avec une attention émue, dans son lit, en toilette de nuit, à la clarté fatigante d'une bougie.

Elle ne comprenait pas les articles d'Horace tout de suite, mais elle les relisait trois, quatre fois, et si elle ne comprenait pas encore, elle se mettait, pour se consoler, à répéter à haute voix la signature, s'imaginant avec une volupté étrange que les lettres de cette signature avaient été écrites de la propre main d'Horace, et que c'était quelque chose de lui qu'elle s'assimilait en disant ainsi son nom avant de s'endormir.

Elle rangeait soigneusement tous les journaux dans le tiroir de sa commode, ce qui faisait quelquefois dire à Alcibiade:

— C'est drôle, je ne sais pas où passe le journal.

Elle ne montait plus les lettres aux deux frères, quand elles étaient par erreur laissées au magasin.

Un instinct secret l'avertissait sûrement qu'il ne fallait plus le faire, mais elle examinait avec soin leur enveloppe, se demandant chaque fois si c'était une écriture de femme.

Le jour où le facteur n'apportait rien pour Horace, elle se sentait plus heureuse.

Elle avait remarqué avec cette promptitude du coup d'œil des femmes qui leur rend tant de bons et de mauvais services, qu'Horace prenait des habitudes de plus en plus élégantes.

Il avait un lorgnon, un stick, s'habillait chez Dusautoy, se coiffait chez Pinaud, était toujours ganté de frais,

10.

fumait de longs cigares blonds et secs, au lieu de ses
cigarettes d'étudiant, et revenait toujours chez lui le soir
en voiture.

Georgette entendait la voiture s'arrêter dans la rue,
puis le bruit de ses pas quand il montait l'escalier. Jamais
elle ne s'endormait avant d'avoir entendu ces pas, ce qui
la faisait souvent veiller jusqu'à quatre heures du
matin.

Un jour Horace était entré au magasin et leur avait
apporté une loge pour l'Opéra. Elle avait dit une fois, en
sa présence, qu'elle aimait la musique. On donnait *Robert
le Diable*, et Horace fit les choses en vrai gentilhomme.

Il avait loué chez Brion une voiture pour la soirée qui,
après avoir amené ces dames, devait venir les rechercher, et dans le second entr'acte il vint faire visite avec
deux superbes bouquets, l'un de camélias blancs pour
Georgette, l'autre de rouges pour sa mère, et aussi des
fondants et des oranges glacées, qu'il était allé chercher
lui-même chez Boissier.

Au lever du rideau, comme Raimbaud et le chevalier
Bertram commençaient à échanger des pensées diverses,
il s'était discrètement retiré.

Alcibiade, qui avait de la pommade au citron jusque
dans les oreilles, fut littéralement abruti, quand il vit
les nonnes gigotter et lever les jambes en l'air comme
des cabris. Il était rouge et suait comme un bœuf.

Redureau avait calculé qu'il y avait au moins cent
mètres carrés de toile dans le rideau.

Madame Redureau, fort impressionnée, le fut davantage
encore quand la princesse Isabelle entonna l'air de :
Grâce !

Quant à Georgette, elle n'avait vraiment remarqué
qu'une chose, c'est qu'Horace, en retournant à sa stalle,
avait salué plusieurs belles dames et qu'après le troisième
acte il avait paru dans la loge de l'une d'elles, créature
magnifique, blonde, avec des yeux noirs, ruisselante de

diamants, que Redureau reconnut pour une marquise du noble faubourg.

Quand elle fut seule dans sa chambre, après la représentation, et son bouquet à la main, la pauvre enfant frissonna et sentit un flot de larmes lui monter au visage. L'humilité de sa condition lui apparut avec une amertume douloureuse, et elle pensa :

— Que suis-je donc pour lutter contre des marquises ! Hélas ! c'est trop clair; monsieur Gérard n'a jamais eu une pensée pour moi.

Pourtant il y avait pour elle des moments moins durs.

Le lendemain, quand Horace, qui avait trouvé son cadeau sur sa table, descendit la remercier de sa voix timbrée et mâle, elle rougit d'aise en l'entendant. Il tira un des mouchoirs, légèrement imprégné d'eau de Lubin, admira la broderie du chiffre qui était réellement très-bien faite, et dit en plaisantant qu'il garderait ce superbe mouchoir pour les grandes occasions.

— Pour le jour de mes noces, par exemple, — dit-il, — si je me marie jamais.

A ces mots, Georgette redevint pâle.

Il est probable qu'Horace ne remarqua pas cette pâleur, mais il s'aperçut que Georgette avait changé depuis la dernière fois qu'il lui avait parlé.

Il lui dit combien il avait été peiné d'apprendre qu'elle ne se portait pas bien, ce qui lui arracha cette réponse faite d'une voix tremblante, qu'elle se sentait en parfaite santé.

Cette fois, il fut frappé du ton avec lequel elle lui dit cela; il y pensa plusieurs fois dans la journée, et une ou deux fois dans la semaine, quand il passait devant le magasin, il remarqua que les yeux de Georgette se baissaient sous son regard, avec une expression singulière.

Puis cette impression s'effaça de son esprit sous l'influence de préoccupations plus graves.

Il subit le sort commun des journalistes parisiens, il se

trouva engagé dans une polémique violente avec un confrère du camp ennemi.

Ce n'était pas de sa faute, ni de celle de son adversaire, mais bien de la faute du système politique sous lequel ils vivaient tous deux.

Les conditions de la presse française étaient telles alors, que les journalistes pouvaient difficilement éviter d'en venir aux mains.

La malheureuse loi Tinguy-Laboulie, ainsi appelée du nom de deux vieux députés qui en avaient été les promoteurs, en imposant l'obligation, à tout auteur d'un article, de le signer de son nom, avait complétement désorganisé l'ancienne presse anonyme, en substituant les questions de personnes aux polémiques d'opinions.

La rédaction d'un journal n'était plus une compagnie disciplinée, mais une bande de tirailleurs dont chaque individu était personnellement responsable.

Si la presse avait été libre, les discussions n'auraient pas nécessairement dégénéré en querelle, car il n'est pas dans les habitudes des hommes bien élevés de s'injurier, quand ils ont de bons arguments à faire valoir.

Les journalistes de l'opposition se laissèrent aller à cette tendance fâcheuse de substituer les questions de personne à la discussion des idées; mais les journalistes officieux de l'Empire leur ripostèrent sur un ton plus provoquant encore: comme la raison, la logique, leur faisaient défaut, ils les remplacèrent par l'invective et la violence.

Quelques-uns d'entre eux se surpassèrent même dans ce genre de polémique.

Il y avait notamment un journal impérialiste nommé le *Pavois*, dont la rédaction avait été confiée à M. Gaston de Chalabaird, petit homme blond, menu et sec comme un clou, qui avait tout l'aplomb et toute l'audace des hommes médiocres.

Ce jeune homme qui, comme on dit, n'en voyait pas

plus long que son nez, avait cependant, pour les ennemis
de l'Empire, la haine sincère, mais sans grandeur, du
bouledogue pour les rats.

Il aimait l'Empire sans savoir pourquoi, mais il l'aimait.

Ses proches assuraient que cette passion lui était venue
en contemplant, quand il était petit, le tambour-major
de la grande armée qui défilait en se dandinant superbe-
ment dans les pièces militaires du Cirque.

Il ne fut pas long à prendre comme offense personnelle
le succès d'Horace.

Il dit franchement : Cela m'ennuie d'entendre toujours
le nom de ce monsieur.

Il commença donc contre Horace une série d'attaques
qui firent la joie des lecteurs du *Pavois*.

C'étaient de bonnes grosses épigrammes, bien vulgaires,
plus tapageuses que fines, et qu'aurait trouvées le premier
imbécile venu.

Néanmoins elles impatientèrent Horace, qui tout de
suite voulut envoyer des témoins.

Nestor Roche le détourna de cette idée, en disant qu'il
valait mieux ne pas avoir l'air de faire attention à des
bêtises pareilles.

Chalabaird, croyant découvrir qu'Horace répugnait à
l'idée d'un duel, le prit pour un poltron et eut l'impru-
dence de chanter victoire trop tôt.

Un jour, quelques semaines après le commencement
de la polémique du *Pavois*, Horace fit un article dans la
Sentinelle, sur le secret des délibérations parlementaires.

C'était un article assez modéré, quoique un peu mordant, et il avait été soigneusement revu par Nestor Roche,
qui lui avait donné de la substance et de la force.

Plusieurs journaux étrangers et la plupart des organes
de la presse libérale de province l'avaient reproduit; et,
comme la loi qui privait le public de ce qui se passait au
Corps Législatif était un sujet toujours brûlant, Horace

reçut les félicitations de tous les politiques du boulevard.

C'était l'occasion qu'attendait Chalabaird.

Chalabaird bâcla son article en douze minutes, le fit aussi injurieux, aussi *criard* que possible.

Horace était chez son directeur, à la prison de Sainte-Pélagie, quand le numéro du *Pavois* lui tomba sous la main.

Nestor Roche, Max de Lormay, et un autre détenu journaliste, nommé Jean Morel, de la *Gazette des Boulevards*, étaient assis à une table et écrivaient.

Gachette, qui avait apporté tous les journaux du matin, était juché sur une chaise, les jambes pendantes, son œil unique bien ouvert. Il attendait de la copie.

Horace était étendu sur l'ottomane et lisait.

Il se leva tout à coup, le visage empourpré, l'œil en feu.

— Regardez cela, monsieur Roche, — dit-il, et il se mit à marcher à grands pas dans la chambre en se mordant les lèvres. — Il est temps que cela finisse... J'enverrai mes témoins à ce drôle, dans l'après-midi.

— Non, attendez jusqu'à demain, — dit Jean Morel,— je serai libre.

Nestor Roche parcourut rapidement l'article et répondit :

— Oui ! mon ami, il faut vous battre. C'est une des bêtises de notre métier... mais il faut vous battre. Mais cela ne va pas nous empêcher de répondre au drôle comme il le mérite. Pour cette fois seulement, nous allons nous servir de ses propres armes.

Et les quatre journalistes se mirent à discuter, assis autour de la table, avec le numéro du *Pavois* ouvert devant eux.

Ce qu'il leur fallait, c'était de trouver le point faible du sieur de Chalabaird.

Cela ne fut pas long, car ce nom ronflant de Chalabaird dont il s'affublait n'était pas le sien; — il s'appelait

Martin tout court, et M. son père pour le mieux lancer dans le monde, avait cru faire merveille en lui substituant le nom d'un pays où il avait demeuré quinze jours quand il était jeune.

Ceci étant, il fallait vraiment que M. Gaston Martin de Chalabaird eût le diable au corps pour avoir écrit l'article dirigé contre Horace.

En voici un échantillon :

« Nous sommes fixé maintenant sur les desseins de la valetaille républicaine qui fait son sale métier dans la *Sentinelle*, en cachant soigneusement le nom de ses pères. Il est assez naturel, quand on y songe, que des gens qui sont toujours sur le point d'être empoignés par les gendarmes, aient des états civils de rechange. Mais les noms de carnaval sous lesquels ils dérobent leurs plus vilains méfaits ne nous ont pas empêché de voir clair dans leur jeu. Quand ces beaux fils demandent en criant comme des ivrognes, la publicité des séances du Corps Législatif, savez-vous ce qu'ils veulent ? Ils veulent simplement se payer une claque, qui ne leur coûte pas trop cher. Certains qu'ils sont que tout ce qu'il y a de propre dans le pays s'éloigne d'eux comme de la vermine, ils ne demandent qu'à bourrer les loges du Palais Bourbon de la plus fine fleur de la crapule des frères et amis, pour avoir un public qui les comprenne et les admire. « Nous ne dirons pas qu'à leur point de vue ils aient tort, mais le gouvernement, qui est chargé de veiller à la salubrité publique, ne permettra point pour faire plaisir à ces pitres de la démagogie, que les portes du Corps Législatif s'ouvrent devant un ramassis de malfaiteurs. »

Cette sortie n'avait rien d'extraordinaire ; elle était tout à fait dans le style adopté par la presse officieuse de cette époque.

Nestor Roche rédigea la réponse suivante, qui fut signée par Horace :

LE MARQUIS DE POURLANS A M. GASTON MARTIN

« Le rédacteur du journal le *Pavois* qui signe du nom de Chalabaird est respectueusement informé que l'écrivain soussigné reprendra le nom de ses ancêtres, le jour où son noble adversaire lui en donnera l'exemple. M. de Chalabaird jugera sans doute prudent de s'exécuter sans délai, de peur que le ministère public, oubliant, pour une fois seulement, qu'il est bonapartiste, mais se rappelant que la loi interdit de porter des titres de noblesse auxquels on n'a pas droit, ne l'invite à venir faire un tour à la Sixième Chambre, où il pourra faire plus intime connaissance avec les malfaiteurs, dont le langage et les façons semblent parfaitement convenir à M. Gaston de Chalabaird. »

HORACE GÉRARD.

— Voilà qui vous épargnera la peine d'envoyer un cartel, — fit observer Nestor Roche. — Il prendra probablement l'initiative.

Et il tendit l'article à Gachette qui, après avoir reçu la recommandation ordinaire de ne pas s'attarder à jouer aux billes, détala.

L'effet, néanmoins, ne répondit pas tout à fait à l'attente de Roche et de ses amis.

En lisant cette réponse, M. Gaston de Chalabaird pâlit un peu, mais ne se mit pas tout de suite en quête de témoins.

Il prit son chapeau et alla rôder sur les boulevards, faisant siffler sa canne, le chapeau sur l'oreille, le poing gauche sur la hanche.

Il voulait trouver Horace, le cravacher d'abord, et se battre après.

Ce qui prouve bien par parenthèse que la littérature quotidienne adoucit et rend meilleurs les hommes.

Horace déjeunait à Tortoni, et le hasard voulut qu'il se trouvât avec Jean Morel, de la *Gazette des Boulevards*, sorti de prison le matin.

C'était une espèce de colosse, assez bon enfant, qui, pour un oui ou pour un non, envoyait très-violemment sa main sur la figure des autres.

Il s'était pris d'une grande et belle passion pour Horace, qui le connaissait fort peu, et tous deux étaient allés déjeuner ensemble pour fêter sa sortie de prison.

Soudain, Jean Morel, qui était assis faisant face à la porte, et occupé à découper une bécasse, s'écria :

— A vous, Gérard, à vous!

Et il se dressa sur ses jambes. Horace vit la face pâle et chiffonnée de M. de Chalabaird, qui venait d'entrer.

Il tenait un journal froissé dans sa main droite. Il s'avança vers la table, marmotta quelques mots inintelligibles, et avant que personne n'eût eu le temps de le retenir, il lança un formidable coup de poing qui effleura la tête d'Horace, et tomba sur le visage du garçon, qui roula par terre, sous une table occupée par une famille anglaise qui se mit à pousser des cris perçants.

Il se fit un grand tumulte au milieu duquel on entendit résonner un vigoureux soufflet, et, presque simultanément, un bruit de vaisselle et de verres cassés.

Le soufflet avait été administré par Horace, et la vaisselle avait été mise en pièces par Jean Morel, qui avait empoigné Chalabaird et l'avait jeté, comme un paquet de linge, à l'autre bout de la salle.

Vingt bras à la fois maintinrent Chalabaird, qui jurait comme un païen en se débattant pour se relever.

Vingt autres bras firent de même pour Horace Gérard et Jean Morel. Puis il s'éleva une assourdissante discussion pour savoir qui était l'agresseur.

La famille anglaise cria tout d'une voix que c'était

I.   11

Chalabaird, et le garçon jura que c'était Horace, affirmant, non sans raison, que si le coup était tombé sur la joue, à laquelle il était destiné, la moitié du désordre eût été évitée.

Au milieu de la bagarre, deux sergents de ville entrèrent dans le café et prirent les noms de toutes les personnes présentes, commençant par arrêter le garçon, sous prétexte qu'il avait la figure couverte de sauce mayonnaise. Quand il se fut expliqué, ils le relâchèrent et s'en allèrent en livrant passage à un monsieur à mine de fouine, qui, ayant assisté à toute la scène, s'avança la bouche pleine et dit :

— Je maintiens que c'est une inqualifiable agression; monsieur de Chalabaird, vous avez mal agi.

Il n'y avait pas à s'y tromper. Cette voix était bien celle de Marouzé.

Il avait déjeuné avec un de ses amis de la Bourse, et cet ami, craignant qu'il ne s'attirât une méchante affaire, le tirait par le pan de son habit, mais Marouzé ne voulait pas se tenir tranquille.

Il se précipita vers Chalabaird, qu'on avait de la peine à retenir, et lui cria :

— Des hommes comme vous déshonorent la presse, monsieur Martin; vous en faites un métier de bravo. Vous méritez d'être châtié, et si M. Gérard ne vous tue pas, eh bien!... comptez sur moi.

Chalabaird fut entraîné de force hors du restaurant.

Marouzé paraissait trembler de la plus sainte indignation. Il se dirigea vers Horace et son ami.

Le moins que Horace pût faire pour un homme qui venait de prendre si chaudement son parti, était de le remercier; c'est ce qu'il fit immédiatement avec reconnaissance, quoique un peu froidement.

Marouzé, sans s'inquiéter plus que de raison de cette froideur, continua à battre le fer pendant qu'il était chaud.

— Mon cher et jeune ami, — dit-il, — cet homme est un véritable coupe-jarret. Il a déjà eu une demi-douzaine de duels heureux, et il est capable de tout si vous n'y mettez bon ordre; mais fiez-vous à moi, je serai votre témoin. C'est lui qui a le premier levé la main sur vous. Vous êtes l'offensé, et vous avez le choix des armes.

Horace se serait fort bien passé de la proposition de Marouzé, mais ce n'était pas facile dans de telles circonstances de la refuser.

D'ailleurs, Jean Morel ne lui en donna pas le temps; ravi par le courage de ce petit homme au nez pointu, il lui tendit la main, et dit :

— Monsieur, je m'appelle Jean Morel et je suis l'autre témoin de M. Gérard. A nous deux, nous le tirerons bien de là.

Il ne fallait pas, bien entendu, songer à finir de déjeuner.

Horace tira de sa poche cinq napoléons qu'il remit au maître de l'établissement pour payer la vaisselle cassée, et il en donna deux autres au garçon pour le consoler du coup de poing qu'il avait reçu à sa place.

Puis, Morel, le banquier et lui sortirent par la rue Taitbout pour échapper à la foule qui s'était déjà rassemblée et stationnait bouche béante sur le boulevard.

Ils se dirigèrent vers la maison d'Horace.

Les deux sergents de ville, avant de se retirer, avaient invité les acteurs et les témoins de la scène à se rendre, dans l'après-midi, chez le commissaire de police pour s'expliquer. Mais ils oublièrent de remplir cette formalité, car le commissaire de police, à bien prendre les choses, n'y pouvait rien.

Au bout de deux heures, Jean Morel et Marouzé étaient parvenus à découvrir Émile qui plaidait devant une des chambres du tribunal civil, et lui avaient appris à la hâte ce qui s'était passé; après quoi, ils s'étaient rendus chez M. de Chalabaird, et avaient pris un rendez-vous pour cinq heures avec deux de ses amis.

A l'heure du dîner, tout était réglé; le duel devait avoir lieu le lendemain matin, à sept heures, au bois de Vincennes; l'arme choisie était l'épée de combat.

Comme de raison, la nouvelle se répandit rapidement sur les boulevards et fut accueillie avec une véritable allégresse par tous les flâneurs.

Tous les journaux du soir racontèrent la scène de Tortoni et laissèrent clairement entendre qu'un duel était imminent.

Ils donnèrent les noms des deux adversaires, ceux de leurs témoins, et rappelèrent cyniquement que M. de Chalabaird était une des plus fines lames de Paris.

Sur l'avis de ses deux amis, qui se constituèrent ses gardes du corps pendant toute la soirée, Horace dîna légèrement et alla passer une heure avec Grisier. Il était d'une force moyenne, et il avait ce qu'on appelle du poignet.

A neuf heures et demie, ils le reconduisirent jusqu'à sa porte, en lui recommandant de se mettre au lit le plus tôt possible et d'être sur pied à huit heures du matin.

Cette journée pouvait passer pour une journée dramatique; mais Horace, quand il monta son escalier, était aussi calme que s'il allait faire le lendemain un voyage d'agrément.

Mais comme il arrivait sur le palier de l'entresol, une porte s'entr'ouvrit timidement et il se trouva en face de Georgette.

Elle avait appris par le journal qu'Horace allait se battre, et depuis ce moment la pauvre enfant n'en pouvait plus.

Elle était très-pâle, tremblante, et tenait le journal à la main.

A la vue d'Horace elle ne dit rien, mais elle fondit en larmes.

— Pourquoi pleurez-vous, mademoiselle Georgette? — lui dit-il avec bonté.

Elle ne répondit rien, mais elle montra le journal.

Il prit l'une de ses mains, qui n'opposa aucune résistance, et dit avec gaieté :

— Mais il n'y a rien là-dedans qui puisse effrayer. Il y a des duels tous les jours.

— Vous pouvez être tué !... — dit-elle en sanglotant.

— Et quand cela serait, est-ce que cela vous ferait donc tant de chagrin ? — lui demanda-t-il d'un ton grave et plaisant tout à la fois.

— Oh ! ne riez pas, M. Horace, vous savez combien je serais malheureuse... combien nous serions tous malheureux, — ajouta-t-elle en se reprenant.

Il prit son autre main, la regarda dans les yeux et dit :

— Je ne cours aucun danger, Georgette.

C'était la première fois qu'il l'appelait Georgette. Elle fit un faible mouvement pour dégager ses mains, mais l'effort fut de courte durée.

— Promettez-moi de ne pas vous battre demain !... — balbutia-t-elle.

— Je vous promets qu'il ne me blessera pas, Georgette, — dit-il en lui entourant la taille de son bras.

— Oh ! mais s'il vous blessait !... — dit-elle en faisant un second effort encore plus faible pour se dégager.

— Mais il ne le pourra pas, Georgette.

Et, se courbant sur elle, il imprima un baiser sur ses lèvres.

Georgette, les yeux pleins de larmes, frissonnait sous l'étreinte amoureuse d'Horace.

Mais la porte de la rue s'ouvrit, puis se referma, et les pas d'un locataire résonnèrent sous le vestibule. Ils se séparèrent.

— Bonne nuit, Georgette, — murmura-t-il. — Je ne cours aucun danger ; car, si vous me rendez mon baiser, ce sera mon talisman.

Il la tenait encore par la taille.

Elle rougit, regarda par-dessus la rampe de l'escalier pour voir si le locataire montait, et lui rendit son baiser.

.   .   .   .

Le lendemain matin, l'un des gardiens du Bois de Vincennes, en rentrant chez lui, après son service de nuit, vit deux voitures se suivant à quelques minutes d'intervalle, sur la route conduisant au champ de course, qui s'arrêtèrent près d'un petit monticule écarté à une distance d'environ deux cents pas de la grande tribune. Il comprit ce que cela voulait dire, et au lieu de rentrer chez lui, il alla se blottir derrière un autre monticule d'où il pouvait tout voir.

Marouzé, qui avait pris toutes les dispositions dans l'intérêt d'Horace, avait admirablement fait les choses.

Il avait mis dans les poches de son coupé un approvisionnement de charpie, de bandages, de cordiaux, etc.; un des premiers médecins de Paris occupait le siége de devant, ayant à côté de lui une paire de très-belles épées de combat, dans une gaîne de peau de chamois.

Il avait tout à fait conquis, les bonnes grâces de Jean Morel. A dire vrai, Marouzé avait montré un peu d'inquiétude, la veille au soir, devant l'insistance d'Horace à vouloir se battre à l'épée, et il ne s'était un peu rassuré que lorsqu'il avait vu la façon dont Horace s'était comporté à la salle d'armes.

Horace et ses témoins arrivèrent les premiers sur le terrain.

Lorsque les autres apparurent, les huit personnes qui se trouvèrent réunies se saluèrent, mais aucune négociation ne fut tentée, les insultes échangées étant de celles qui ne se réparent que par les armes.

Les deux témoins de M. de Chalabaird, dont l'un était colonel de la garde impériale et avait pris part au coup d'État, et dont l'autre, M. Rougelot, était député officiel, s'occupèrent, avec Marouzé et Jean Morel, du choix du terrain, puis examinèrent les différentes paires d'épées qui avaient été apportées.

D'un commun accord, le choix tomba sur celles de Marouzé: c'étaient deux vrais rubans d'acier qu'on pouvait plier de manière que la pointe vînt rejoindre le pommeau sans qu'elles rompissent.

Ces préliminaires accomplis, les deux adversaires ôtèrent leurs habits, leurs gilets, leurs cravates, et leurs bottes, pour ne pas être exposés à glisser sur l'herbe humide de la rosée du matin; et ils entr'ouvrirent leur chemises, comme il est d'usage.

Pendant ce temps, les deux chirurgiens, qui se tenaient à distance, conversant à voix basse, tiraient de leurs poches et ouvraient leurs trousses, afin qu'il n'y eut pas un moment de perdu lorsque leurs services seraient devenus nécessaires.

La matinée était délicieusement embaumée, on entendait dans le bois tinter les clochettes d'une charrette et la voix joyeuse du charretier qui parlait à ses chevaux.

Il n'y a que les êtres humains pour songer à se battre par une matinée comme celle-là.

Il y eut un silence.

Les combattants étaient en face l'un de l'autre, à deux pas de distance.

Le colonel ayant mesuré les épées, en donna une à chacun, et, après les avoir engagées par la pointe, se recula la tête nue et dit:

— Allez, messieurs...

Et alors voilà ce que vit le garde caché derrière son monticule.

Le plus petit des deux combattants, celui qui avait le teint pâle, des cheveux blonds, fondit sur son adversaire avec une sorte de rage impétueuse et le força à rompre en parant de son mieux. Mais en rompant ainsi l'autre semblait perdre son équilibre, et il y eut un moment où le garde, un vieux soldat qui s'y connaissait, crut que ses parades, devenant plus larges, il était perdu. Le petit homme le serrait de près, son épée frôlait sa chemise. Le garde ferma les yeux, mais soudain, rassemblant toute son énergie, celui qui rompait s'arrêta net, para tierce, et se fendit à fond. Son épée entra jusqu'à la garde dans la poitrine de son adversaire. Chalabaird roula par terre sans pousser un cri. Il était mort.

Quatre des sept spectateurs pâlirent.

Le colonel regarda Horace et le salua avec respect.

Marouzé s'avança avec solennité et lui serra la main.

Le garde sortit de derrière sa cachette et s'approcha, son képi à la main, du cadavre.

XII

LES OFFRES DE MAROUZÉ

L'heureux hasard qui avait jeté Marouzé sur le chemin d'Horace, à Tortoni, avait satisfait l'un des désirs les plus profondément enracinés du sagace financier.

Quelques jours avant, en causant avec Louchard, le commissaire de police, avec lequel il était dans les meilleurs termes, celui-ci lui avait dit :

— A propos, M. Marouzé, savez-vous que le jeune démocrate qui a plaidé contre vous, dans le procès en diffamation, est marquis et possède une grande fortune ?

— Oui, je le sais, — répondit Marouzé, mais vous, comment l'avez vous appris ?

— Mais, après le procès, voyant que la popularité de ce jeune homme menaçait de devenir un danger pour l'ordre public, M. le Préfet m'envoya faire une perquisition chez lui.

Louchard baissa la voix, car ils étaient dans un lieu public, et il relata tous les détails de la visite domiciliaire

11.

faite par lui chez les deux frères, en omettant l'épisode
relatif à la menace d'Horace de lui casser la tête.

— Et chose étrange, — dit-il en concluant, — nous
trouvâmes un acte émanant du vieux républicain Manuel
Gérard faisant donation entre vifs à ses deux fils du domaine d'Auvillars et de toutes ses dépendances.

Marouzé dressa l'oreille.

— Avez-vous encore cet acte en votre possession ?

— Mais oui, — répondit le commissaire, tout heureux
d'intéresser le puissant financier. — Je le portai à M. le
Préfet, qui le lut, mais me donna l'ordre de le rendre, ce
document étant un papier de famille qui ne pouvait nous
être d'aucune utilité. Néanmoins, cet acte n'a pas été aussi
inutile que M. le Préfet le prétend, car il nous a prouvé
que les deux jeunes Gérard pouvaient être des gaillards
extrêmement dangereux. Ils sont très-riches et vivent
comme s'ils étaient pauvres, ce qui tend à prouver qu'ils
emploient leur argent à quelque œuvre suspecte. Nous les
soupçonnons fort de soutenir des sociétés secrètes, et nous
les faisons surveiller de très-près.

— Ah ! ils sont sous la surveillance de la police ?

— La plus attentive. Nous avons des hommes qui les
filent nuit et jour.

— Pourtant, je parierais que vous ne savez pas quels
sont leurs banquiers, quoique ce renseignement eût pu
vous être plus utile que beaucoup d'autres.

Marouzé crut devoir lancer un coup d'œil malin au
commissaire de police.

— Non, — fit Louchard d'un air pensif, — mais vous
pouvez nous le dire.

— C'est nous qui sommes leurs banquiers, — répondit
négligemment Marouzé, — mais je ne pourrais vous dire
où va leur argent. Les revenus du domaine sont payés
entre nos mains tous les trimestres par le régisseur, mais
ils en sont retirés presque aussitôt par le même régisseur,
à la présentation de chèques tirés par M. Gérard le père.

Voilà tout ce que nous savons. — Puis après un moment de réflexion, il ajouta : — Vous me montrerez cet acte, M. Louchard.

— Très-volontiers, — répliqua celui-ci.

Louchard espérait être payé de cette complaisance par quelques bons renseignements financiers, car nul n'était mieux à même que Marouzé pour renseigner un homme sur les valeurs qu'il fallait prendre et celles qu'il fallait laisser.

Tout le monde jouait à la Bourse en ce temps-là, et Louchard faisait comme les autres.

Ils se rendirent au bureau de Louchard, et le banquier prit connaissance de l'acte de donation qu'il examina minutieusement.

En retour de cette faveur, voilà le conseil qu'il donna à Louchard.

— Les actions du Crédit Parisien sont cotées aujourd'hui à 850 francs. Je vous en cède vingt à 800 francs; vous me les paierez dans un mois. Gardez-les jusqu'à ce qu'elles aient atteint le taux de 1,500 francs, ce qu'elles ne manqueront pas de faire dans moins de deux ans et alors vendez-les.

Louchard s'inclina comme devant le plus généreux des bienfaiteurs.

L'acte de donation donna à réfléchir à Marouzé.

C'était un habile homme, qui avait bientôt traduit ses réflexions en chiffres.

Tant qu'il avait dû penser qu'Horace Gérard devait attendre la mort de son père pour entrer en possession du domaine d'Auvillars, il ne s'était, en somme, occupé de ses projets qu'à loisir; mais, maintenant, il savait qu'Horace était maître de sa fortune; il comprit qu'il ne fallait pas perdre de temps.

Marouzé en était arrivé à ce point de prospérité, que l'or coulait chez lui comme un Pactole, en vertu de ce principe que les rivières vont toutes à la mer, qui n'en a que faire.

Mais sa richesse consistait en papier; c'est une richesse qui vous donne de la considération à la Bourse, qui rend votre nom familier aux spéculateurs et vous fait considérer par le public comme un homme très-malin.

Maïs Marouzé désirait quelque chose de plus.

Avec l'opulence était venue l'ambition qu'elle engendre.

Le spéculateur enrichi aspirait à devenir quelqu'un, et le plus sûr moyen d'y parvenir était d'avoir un nom connu et une grande fortune territoriale.

Or, ces deux choses essentielles lui manquaient.

La situation étant ainsi, il n'était pas surprenant qu'un homme habitué à aller au fond des choses se proposât de faire de sa fille le moyen de son honnête ambition.

Si elle pouvait épouser un homme portant un grand nom, ayant de l'influence, cela lui ouvrirait certainement les portes de ce monde politique qui excitait si vivement les convoitises de Marouzé.

Il retourna cette idée sous toutes ses faces, mais toujours pour arriver à la même conclusion, à savoir qu'Horace et sa fille étaient évidemment faits l'un pour l'autre.

Pour Marouzé, se poser un problème, c'était le résoudre.

Les obstacles ne l'arrêtaient pas. Il en avait tant surmonté déjà pour faire de lui ce qu'il était, que l'aversion que les deux Gérard lui témoignaient ne lui apparaissait que comme un léger embarras mais rien de plus.

Qu'il dût, en fin de compte, triompher de ces mauvaises dispositions, cela ne faisait pas pour lui l'objet d'un doute, et il se mit à combiner les plans les plus merveilleux pour arriver à se mettre en relations avec Horace. Mais ce fut en pure perte; car, comme nous l'avons dit, ce fut le hasard qui se chargea de le faire réussir.

Après le duel, Horace se trouva lié à lui par un de ces liens que les hommes d'honneur regardent comme tout à fait sérieux.

Il avait épousé la querelle du jeune homme, ouvertement, publiquement, sans crainte, en risquant plus que sa vie, sa situation même ; — ceci ne faisait pas question, car si Chalabaird avait triomphé, il aurait tant et si bien malmené Marouzé et ses opérations financières, qu'il lui eût rendu l'existence impossible.

Horace pouvait regretter de ne pas avoir été assez prudent, en acceptant les bons offices de Marouzé, mais il était trop tard maintenant pour s'en repentir.

Il était à jamais l'obligé du financier.

Il fut pénible pour Nestor Roche d'apprendre que son jeune collaborateur était allé sur le terrain avec Marouzé pour témoin.

Aussi quand après le duel Horace accourut à la prison, Roche, après l'avoir chaleureusement embrassé lui dit :

— J'aurais préféré que vous eussiez un autre témoin.

Alors il raconta ce qui s'était passé, appuyé par Jean Morel, qui affirma que le financier s'était conduit en brave.

Ces déclarations ne convertirent pas Nestor Roche, mais elles l'apaisèrent, bien qu'il eût encore le sourcil froncé lorsque Horace dit, quelque peu timidement :

— Et puis, ce que vous ne savez pas, c'est que j'ai une lettre pour vous, de la part de ce même Marouzé.

— Pour moi? — s'écria Nestor Roche avec impassibilité.

— Eh bien, oui. Ce matin, après le duel, Morel ici présent et moi, nous avons déjeuné avec lui et la conversation est tombée sur notre procès. Il a été charmant. Il a dit que nous ne pouvions pas lui faire un crime d'avoir défendu son honneur, mais qu'il n'avait pas voulu le moins du monde profiter de cette fâcheuse affaire. Il a même ajouté qu'il espérait que vous consentiriez à reprendre les vingt-cinq mille francs de dommages-intérêts que vous aviez payés en vertu du jugement du tribunal.

En cet instant, Horace tira un portefeuille.

Nestor Roche se rembrunit.

— Inutile de m'offrir l'argent de cet homme. S'il est

assez heureux pour vous avoir persuadé qu'on a été injuste envers lui, je n'ai rien à dire ; mais vous savez ce que je pense de lui. Je n'ai pas changé.

— Pourtant, il me semble que ceci pourrait adoucir la rigueur de votre jugement, — fit observer Horace, se croyant obligé à faire un effort en faveur de Marouzé. — Après tout, il n'est pas pire que des milliers de gens qui passent pour honnêtes, et, de plus, il vous renvoie vos vingt-cinq mille francs, ce que beaucoup ne feraient pas.

Nestor Roche le regarda avec compassion et lui répondit un peu sèchement.

— Mon enfant, les hommes feront toujours de vous ce qu'ils voudront, avec des phrases. Ayez bonne opinion de ce monsieur, si cela vous plaît, mais rendez lui son argent.

Et il ne voulut pas entendre un mot de plus à ce sujet.

Horace se sentit choqué de cette raideur, et Morel aussi. Il le dit franchement, et il venait de demander très-sérieusement à Nestor Roche s'il avait un fait précis à reprocher à Marouzé, quand Max de Lormay, Lombard, et d'autres détenus politiques, arrivèrent à l'improviste, amenés par la nouvelle de la présence d'Horace Gérard.

De nombreuses poignées de main s'ensuivirent, ainsi que des félicitations sur l'issue du duel ; on plaignit même un peu, pour la forme, celui qui avait succombé.

Au fond, ce n'était pas un homme sympathique, et il ne devait laisser que peu de regrets. En se posant comme le spadassin de son parti, il s'était attiré de véritables et de justes haines.

— Ce n'était pas un mauvais garçon, — s'écria Lombard avec un soupir de soulagement, — mais il était brutal... Une fois, au pistolet, il m'a enlevé la moitié du rebord de mon chapeau.

La chambre fut bientôt pleine de fumée de tabac ; une douzaine de prisonniers étaient assis ou couchés sur les fauteuils et sur l'ottomane, Horace formant le centre du groupe, assis sur un tabouret bas et cherchant à s'isoler autant que possible.

Encore aigri par les paroles de Nestor Roche, il restait silencieux, et espérait qu'il ne serait pas question de Marouzé jusqu'au moment où 'il serait seul avec Nestor Roche.

Mais Jean Morel, qui avait besoin de tranquilliser son esprit, n'eut rien de plus pressé que de renouveler l'appel qu'il avait fait à Nestor Roche, et une discussion générale s'ensuivit sur l'offre faite par Marouzé de restituer les dommages et intérêts.

La question était nouvelle, et il était difficile de se prononcer avec impartialité.

Les opinions se divisèrent à peu près également.

Lombard, qui était assez indulgent pour les faiblesses humaines, les siennes comprises, tenait ferme pour Marouzé.

— Corbleu ! — s'écria-t-il en roulant son cigare entre ses gros doigts et en regardant Roche avec surprise. — Corbleu ! Roche, vous n'allez pas refuser une offre comme celle-là ? Marouzé est peut-être un peu canaille, mais qu'est-ce qui n'est pas une canaille ? Et puis d'abord, moins il vaut, plus il y a de raisons de prendre son argent. Car enfin, si ce que vous avez dit de lui est vrai, il n'y a pas eu calomnie... et les dommages ont été injustement accordés. C'est clair comme le jour, et c'est lui qui vous en doit des dommages-intérêts.

Horace releva la tête.

— Oh! je ne voudrais pas voir les choses jugées à ce point de vue. Je préférerais que l'offre fût acceptée généreusement comme elle est faite, et que nous reconnaissions que nous avons peut-être été un peu prompts avec Marouzé. En somme on n'allègue rien de positif contre lui.

— C'est aussi mon avis, — dit Jean Morel avec candeur.

Max de Lormay alors crut se devoir à lui-même de protester énergiquement.

Le fameux entrefilet qu'il avait écrit contre Marouzé et pour lequel, conjointement avec Roche, il avait été condamné à l'amende et à la prison, avait graduellement pris, à ses yeux, les proportions d'un événement historique.

Il n'était pas éloigné de l'idée que depuis l'insertion de son article le financier était devenu en quelque sorte sa propriété, et que parler de lui soit en bien, soit en mal, sans sa permission à lui, Max de Lormay, constituait comme une violation de ses droits.

Il protesta donc et avec cette sobriété toute française connue sous le nom de galimatias.

Il fit un speech que personne ne comprit, et lui moins que personne, mais qui se terminait par un panégyrique de la République de Sparte, qu'il représentait comme un lieu où florissait dans toute sa splendeur la plus pure moralité commerciale.

Lombard tourna vers lui sa face joviale avec un air étonné, et s'écria :

— Mon petit, vous pataugez à fond. La question est de savoir si Roche acceptera la restitution des vingt-cinq mille francs, payés par lui à titre de dommages-intérêts pour l'article que vous avez écrit. Je dis carrément oui... et j'ai donné mes raisons. Quant à la moralité commerciale qui n'est pas en question, vous seriez bien gentil de me dire où vous la trouvez. Mais ce n'est pas notre affaire. Pour ma part, je ne sais pas ce que c'est que votre Marouzé. Dans sa jeunesse, il a pu prendre des couverts d'argent dans les restaurants; mais il y a un fait qui domine tout : c'est un homme accepté; la loi l'accepte, la société l'accepte, l'Empire l'accepte, pourquoi ne ferais-je pas comme tout le monde? Car, voyons, quel avantage y a-t-il pour moi à être désagréable à un monsieur qui est aimable, qui me rend des services, et qui donne de bons dîners. Le mieux est de ne pas s'occuper de ce qu'il a pu faire, et tant qu'il ne nous est pas démontré que c'est un vrai coquin, de le traiter comme un honnête homme.

Un petit homme, au teint brun, accroupi près du feu fumant une pipe de terre, et qu'Horace connaissait pour être le citoyen Albi, conspirateur de profession, grand admirateur d'Hébert, et qui pensait que la Terreur avait échoué parce qu'elle avait été timide, s'écria avec véhémence :

— C'est dégoûtant ce que vous nous dites là. Quand vous prenez un domestique, vous lui demandez d'où il sort ; et si vous découvrez qu'il sort du bagne, vous le plantez-là. Eh bien ! quelle différence y a-t-il entre un coquin riche ou un coquin pauvre ? Je n'ai jamais, pour ma part, donné la main à un homme dont la vie n'était pas aussi claire que la lumière du jour, et jamais je ne le ferai.

— Et à quoi cela vous avance-t-il, mon pauvre Albi ?— dit le gros Lombard avec le plus grand calme. — Depuis que vous savez tenir un fusil, vous êtes en guerre ouverte avec la société. Sur quarante ans que vous avez vécu, vous en avez passé vingt-deux en prison ou en exil. En ce moment même, je gagerais que vous rêvez la régénération de l'humanité au moyen de la guillotine, des noyades, et des fusillades. C'est très-beau, je le sais bien, mais j'avoue que je préfère une morale un peu plus inoffensive que celle qui vous fait passer les trois quarts de votre existence sous les verroux.

— Je ne vois pas en quoi je sois si à plaindre, — répondit Albi avec une énergie naïve. — Chaque homme a son ambition. Il y en a qui ont celle de remplir leurs poches, d'autres de se nouer une cravate rouge autour du cou. La vôtre, je crois, est de vendre votre journal le plus possible. J'ai la mienne aussi, qui est de fonder une République d'honnêtes gens. Je ne m'inquiète pas du prix qu'il faut la payer.

— Et qu'est-ce que c'est, selon vous, qu'un honnête homme ? — demanda Horace en le regardant avec curiosité.

Albi retira sa pipe de sa bouche et le regarda fixement.

— Vous autres les Gérard, vous êtes d'honnêtes gens, — dit-il lentement. — Votre père est un honnête homme. Votre frère promet de lui ressembler, et j'ai tout lieu de croire qu'il en est de même de vous ; vous avez été honnête jusqu'à présent.

Et il accentua d'une façon très-marquée ces mots *jusqu'à présent.*

XIII

REQUÊTE DE REDUREAU

On ne parla plus des vingt-cinq mille francs.

La sortie d'Albi était tombée dans la conversation comme une pluie d'eau glacée.

Lombard ne dit plus un mot, et deux détenus étant entrés pour mettre le couvert pour le déjeuner, Horace et Morel prirent congé de leurs amis.

— Heureux coquins ! — soupira Lombard en les accompagnant jusqu'au bout du corridor. — Encore deux mois, avant que je puisse aller prendre mon vermouth en plein air.

Il secoua chaleureusement la main d'Horace, puis le retenant un instant, il lui dit :

— Écoutez, de vous à moi, vous êtes trop fort pour *la Sentinelle*. Il n'y a pas à dire, mon petit, il est certain que vous avez du talent. C'est bête comme chou de vous atteler à un journal comme ça, une boutique à principes, à bêtises, une vilaine boutique en somme. Mais heureusement que vos six mois seront vite passés. Venez donc chez nous, on ne vous *embêtera* pas ; vous verrez, on est très-gentil, on laisse le monde tranquille, et ce n'est pas moi qui irai vous faire des potins sur les gens que vous voyez.

Horace rougit à cette allusion. A dire vrai, il avait été blessé de l'observation de Nestor Roche, et surtout de l'avertissement à mots couverts que lui avait donné Albi.

Il fut un temps où il aurait accepté de plus dures réprimandes du vieux républicain, qu'il estimait ; mais le succès l'avait grisé, et il admettait difficilement que, présentées par lui, les ouvertures de Marouzé eussent été si vivement repoussées.

C'était tout à fait déraisonnable, car, enfin, il était assez naturel que Roche, condamné à la prison à cause de Marouzé, ne lui fût pas très-indulgent ; mais l'amour-propre l'emporta sur la raison, et Horace fut persuadé qu'il avait à se plaindre de son rédacteur en chef.

C'est l'opinion qu'il exprima à Jean Morel, en quittant Sainte-Pélagie, et sur un ton assez acerbe.

Jean Morel était Breton, légitimiste, catholique, et ne comprenait rien à l'austérité des scrupules du vieux républicain.

Son attachement pour Horace était né d'une sympathie toute personnelle, mais cela ne l'empêchait pas de porter des amulettes, d'aller à confesse, et de ne jamais prononcer le nom de Henri V sans ôter son chapeau.

C'était pour lui un sujet de stupéfaction qu'un homme bien né, bien doué, pût avoir les opinions qu'Horace Gérard professait. Il répondit avec simplicité :

— Je ne comprends pas bien votre parti, et vous ne semblez pas vous entendre comme nous autres.

— Est-ce que vous auriez la chance de ne pas avoir d'oracles dans votre parti ? — fit Horace en souriant et visant dans sa pensée la raideur puritaine de Nestor Roche et la sévérité d'Albi.

— Il y en a peut-être, mais je ne les connais pas, — répliqua Morel. — Ce dont je suis certain, c'est qu'il n'y en a aucun qui fasse profession de donner des leçons de mo-

râle comme celles que j'ai eu l'occasion d'entendre chaque
fois que je me suis trouvé dans la compagnie des républicains. Pourquoi n'entrez-vous pas dans notre journal ? —
ajouta-t-il. — Lombard a des principes assez relâchés en
apparence, mais c'est un brave garçon au fond, et il nous
laisse assez tranquilles, vous le savez ; vous serez très-
libre ; il y a déjà deux ou trois républicains, nous faisons
très-bon ménage ensemble.

Horace ne répondit rien, et ils atteignirent bientôt la rue
Saint-Jacques, où ils rencontrèrent Redureau qui tenait
un papier timbré, qu'il venait de recevoir à l'instant.

— Ceci est pour vous, monsieur Horace. C'est au sujet
de l'affaire de ce matin, je le crains bien, — ajouta-t-il sur
un ton de condoléance.

Il ne se trompait pas.

C'était une citation à comparaître devant le juge d'instruction sous l'accusation d'homicide sur la personne d'un
certain Gaston Martin, dit de Chalabaird.

Marouzé et Jean Morel étaient tous deux compris dans
la citation comme complices dudit homicide.

Horace avait déjà revu les Redureau le matin ; car, avant
d'aller à Sainte-Pélagie après avoir déjeuné avec Marouzé,
il s'était arrêté un instant au magasin pour serrer la main
à Émile et montrer à Georgette, qui se mourait d'inquiétude, qu'il était sain et sauf.

La pauvre petite était encore pâle, mais un rayon de
bonheur éclairait ses beaux yeux.

Madame Redureau était aussi gracieuse et aussi sou-
riante qu'elle avait coutume de l'être toutes les fois
qu'Horace lui faisait une visite.

Alcibiade troublé par l'admiration que lui inspirait un
homme qui venait d'envoyer un de ses semblables dans
l'autre monde, laissa tomber son mètre par terre.

Dans sa pensée, ce qu'il y avait de plus beau après le
courage d'avoir tué un homme, c'était la chance de voir
de près celui qui avait tué cet homme.

Jean Morel, en promenant son regard tout autour du magasin, qui était garni de boiseries de vieux chêne, l'arrêta sur les deux fameuses gravures représentant la rue Saint - Jacques telle qu'elle existait sous le règne de Louis XIV et de Louis XV, et, après avoir fait quelques compliments à Redureau, il découvrit bientôt les penchants monarchiques, aristocratiques et cléricaux de la famille.

Le journaliste, le marchand de nouveautés, et sa femme tombèrent vite dans le plus harmonieux accord pour regretter le bon temps, celui où il n'y avait point de Chambres pour taquiner le roi, où le gibet était dressé en permanence devant Notre-Dame, où un marchand de la rue Saint-Jacques n'aurait pas mangé un œuf un vendredi sans en avoir obtenu la permission de Monseigneur l'Archevêque de Paris.

Horace suivit Georgette dans un petit salon, où elle était allé déposer son chapeau.

La porte était restée ouverte, mais il n'y avait pas de raison pour que ce qu'ils se disaient pût être entendu du magasin. Horace parla bas :

— Vous êtes allée vous promener, Georgette?

— Non, — murmura-t-elle, — je ne suis pas allée me promener...

— Ou êtes-vous allée, alors?

Elle le regarda avec une profondeur de tendresse inexprimable.

— A l'église.

— A l'église, Georgette !... Mais ce n'est pas aujourd'hui dimanche.

— C'est plus pour moi, — répliqua-t-elle avec émotion.

— Et quel saint avez-vous prié ?

Une larme roula dans ses yeux lorsqu'elle répondit en rougissant et si bas, que c'est à peine s'il était possible de l'entendre :

— Pouvais-je ne pas aller remercier la Vierge, le jour où je vous savais hors de danger ?

Il y avait tant de délicate modestie dans la façon dont elle dit cela; la grâce chaste que l'amour prêtait à toute sa personne, la crainte d'en trop dire tout en n'en disant pas assez, lui donnaient un charme tel qu'elle sembla à Horace plus séduisante, plus irrésistible qu'il ne l'avait jamais vue.

Il la regardait avec une admiration mêlée d'étonnement, comme un tableau dont on n'a pas compris encore toutes les beautés.

Mais, au moment même où il la regardait ainsi, cette question s'imposa soudain à son esprit :

— A quoi tout cela pourrait-il aboutir ?

Horace n'était point un débauché, ni un séducteur, et cette question le mit mal à l'aise. Ses meilleurs sentiments se révoltaient à la pensée d'abuser une femme, presque une enfant, qui semblait lui avoir donné son cœur.

Et comme il ne voulait point la séduire, il n'avait qu'une façon honnête de sortir de la situation où il s'engageait : promettre à Georgette de l'épouser, et l'épouser en effet.

Il n'était pas préparé à franchir ce dernier pas, et il eut cette conviction qu'il était dans une impasse.

Un nuage passa sur son front, et il se mordit les lèvres.

Leurs yeux se rencontrèrent ; ceux de la jeune fille pleins d'une candide émotion, les siens inquiets, troublés.

— Il faut à tout prix que je quitte cette maison, — pensa-t-il.

Il revint à lui brusquement, pressa la main de Georgette, sans la regarder, lui murmura quelques mots sur l'espoir qu'il avait de la revoir bientôt, et rentra dans le magasin en disant à Jean Morel :

— Excusez-moi, mon cher, j'ai quelques lettres à écrire.

Il monta rapidement à sa chambre, en se répétant qu'il devait partir et qu'il en donnerait les raisons à Émile, dès qu'il rentrerait à la maison.

Mais avant d'être arrivé à sa porte, il entendit un bruit de pas derrière lui.

C'était Redureau qui venait lui demander un moment d'entretien.

— M. Horace, pouvez-vous m'accorder un moment, j'ai un avis à vous demander.

— Entrez! — répondit Horace, d'un air distrait.

— Quand ils furent seuls, Redureau s'installa sur une chaise, en se grattant l'oreille pour trouver un exorde convenable.

Horace s'assit à son bureau, croyant que c'était sur une question de droit que Redureau venait le consulter.

Le marchand de nouveautés commença.

— C'est au sujet de Georgette, monsieur...

Horace tressaillit et sentit la sueur perler sur son front.

— Oui, c'est au sujet de ma Georgette, monsieur, — continua Redureau, sans rien remarquer; — elle vous regarde maintenant, si j'ose le dire, monsieur Horace, comme un ancien ami. Vous êtes un homme plus sage que moi, quoique plus jeune: cela vient de votre savoir, et j'ai besoin de votre avis. Pour vous dire la vérité, monsieur, Georgette n'est pas bien depuis quelque temps, je l'ai dit l'autre jour à votre honoré frère, M. Émile. Elle maigrit et pâlit, ne parle plus, ne rit plus comme elle en avait l'habitude. Tout cela nous a alarmés, madame Redureau et moi. Mais vous savez comment sont les femmes?... et ma femme et moi nous ne sommes pas d'accord sur l'état de notre enfant. Je l'attribue, moi, pour beaucoup à l'étude et à la lecture... (Horace poussa un soupir de soulagement)... qui conviennent aux hommes, mais pas aux femmes; cela ne leur vaut rien aux

femmes... A moi, monsieur, ma mère... que Dieu la bé-
nisse!... n'a jamais lu d'autres ouvrages que son grand-
livre et son bréviaire, ce qui ne l'a pas empêchée d'être
une femme comme il y en a peu. Mais, voyez-vous, les
bonnes coutumes s'en vont, et rien n'aurait pu décider
ma femme à ne pas envoyer Georgette au couvent où on
lui a appris à toucher du piano, à peindre des fleurs,
à savoir sur le bout du doigt le nom du pape d'il y a
cinq cents ans, ce qui me semble à moi, pour la fille
d'un commerçant, la connaissance la plus inutile qui soit.
Mais vous savez, il n'y avait rien à dire, car, lorsque
j'aurais voulu que Georgette apprît à faire la cuisine, à
tenir les livres, et tout ce qui pouvait servir à une bonne
femme de ménage, sa mère a poussé les hauts cris. Ma
femme, voyez-vous, est de la nouvelle école. Ce qu'il lui
faut c'est que je m'enrichisse vite, que j'éclipse mes voisins, et que je devienne un plus beau monsieur que ne
l'était mon père ; quant à Georgette elle l'habille comme
une dame et espère la marier à un jeune homme qui
sera dans une position au-dessus de la nôtre et qui nous
fermera la porte au nez, quand nous voudrons aller voir
notre enfant. Tout cela peut être superbe dans son genre,
mais, dans l'intérêt même de Georgette, je ne voudrais
pas que cela se fît. Je n'entends pas certes l'empêcher
d'épouser un mari de son choix, et si elle avait donné son
cœur à un jeune homme honorable, ma foi, je la laisse-
rais libre, la pauvre mignonne ; mais j'espère bien que
cela n'est pas ; car j'ai des vues sur un garçon très-rangé,
très-intelligent, qui aime beaucoup Georgette.

Horace prit un porte-plume et le mit en morceaux à
coups de canif.

— Quel est ce jeune homme, M. Redureau ?

— C'est un voyageur de commerce. Il n'est pas souvent
à Paris, mais quand il y vient, il demeure ici, au sixième
étage, où il a une chambre qu'il loue pour toute l'année.
C'est un gentil garçon, un peu vif, mais courageux et

12

gai comme pas un, qui connaît Georgette depuis son enfance.

— Vraiment, — fit Horace un peu sèchement. — Est-ce ce monsieur que j'ai rencontré dans l'escalier, avec des gilets écossais et des accroche-cœurs; vous savez bien, monsieur Redureau, ce monsieur qui siffle toujours la *Marseillaise* en montant l'escalier?

— Ce doit être lui, — dit Redureau un peu pensif, — quoique je ne lui aie jamais entendu siffler la *Marseillaise*... Il est en très-bonne position. Il s'appelle Demillière, et voyage depuis l'âge de vingt ans, avec cinq pour cent sur toutes ses commissions, et comme il en a maintenant vingt-huit, il doit avoir quelque chose... S'il épouse Georgette, comme je l'espère, il pourra s'établir avec ses économies.

Horace referma son canif brusquement.

— Et en quoi puis-je vous aider, monsieur Redureau? — demanda-t-il.

— Le voici, — répondit Redureau sans remarquer ce qu'il y avait d'inusité dans le ton de son locataire. — Demillière est très-aimé de nous tous, à cause de sa bonne humeur; vous n'imaginez rien de pareil, c'est un homme, monsieur, qui ferait rire un mort si la fantaisie lui en prenait. Pendant l'hiver, quand il est à Paris, vous n'imaginez pas comme il nous amuse avec ses histoires et ses tours. Si vous l'entendiez faire la scie, ou le rabot, vous n'y tiendriez pas, c'est à s'y méprendre. Ma femme a, je crois, bonne opinion de lui, mais de là à l'accepter pour son gendre, il y a loin. Quant à Georgette elle-même, elle doit le regarder comme un camarade d'enfance, mais rien de plus, de telle sorte que Demillière est assez embarrassé. Il m'a dit l'autre jour qu'il ne voulait aborder la question avec ces dames qu'après que je l'aurais recommandé moi-même.

Redureau haussa les épaules et continua d'un air dolent:

— Recommandé... le recommander... Ah ! bien oui... cela servirait à quelque chose... Ma femme, voyez-vous, est une bonne femme et nous avons toujours vécu en bonne intelligence, mais il n'y a pas moyen de lui parler de sa fille. Sur ce point elle est inabordable, et aussi déraisonnable que toutes les femmes quand elles se sont logé une idée dans la cervelle. J'espère néanmoins, monsieur Horace, — et sa voix devint plus humble ; — j'espère que vous pouvez nous aider. Ma femme a une haute opinion de vous, ce qui est d'ailleurs tout naturel et très-légitime. Supposons donc, si vous voulez, que vous venez un jour au magasin, comme par hasard, et que vous mettez la conversation sur les voyageurs de commerce. Cela ne vous fait rien, n'est-ce pas ?... et il ne vous coûtera pas de dire qu'il exerce une honorable profession, dans laquelle on fait fortune, ce qui vous met au même niveau que les gens les mieux posés. Vous m'excuserez, monsieur Gérard, mais je crois que si vous faites cela, l'affaire pourrait s'arranger.

Redureau fixa un regard interrogateur sur Horace.

— Et vous, monsieur Redureau, avez-vous donc cette haute opinion des commis-voyageurs ? — demanda ce dernier.

— Dame, j'ai bonne opinion de ceux qui réussissent, — répondit le marchand de nouveautés. — Ma femme, elle, n'estime que les beaux messieurs, même quand ils n'ont pas le sou, ce qui arrive plus souvent qu'on ne le croit. Si elle avait pu, elle aurait fait de moi un mirliflore ; mais, en attendant, elle a réussi à me faire mettre de l'argent dans ses sociétés nouvelles, où l'on remue des millions à la pelle. Heureusement que c'est dans le Crédit Parisien, et M. Marouzé m'a dit : « C'est aussi sûr que la Banque de France. » Mais, c'est égal, je n'aime pas ce genre d'affaires-là. La devise de notre famille a toujours été celle-ci : Bien vendre, avoir peu de clients, mais les avoir bons ; ne pas rechercher les gros profits, mais les profits sûrs; aussi, je veux que mon gendre pense comme moi, autant que possible, et Demillière, je le crois, remplit ces conditions. Ce n'est pas un aigle, c'est possible; il n'est pas nécessaire d'être un aigle pour faire bonne figure derrière un comptoir. C'est simplement un garçon intelligent, actif, probe, et qui ne se laissera jamais mettre dedans.

Les deux oreilles pourpres, qui ornaient l'un et l'autre côté de la tête de Redureau, devinrent violettes quand il eut terminé ce panégyrique, et il regarda l'avocat, attendant sa réponse.

S'il l'avait cherchée, Horace n'aurait pas pu trouver une meilleure occasion pour mettre fin à son innocente mais déjà dangereuse aventure avec Georgette. Mais l'idée de voir marier Georgette l'exaspéra, et son exaspération frisait la jalousie.

Il renvoya Redureau, en disant qu'il réfléchirait, ferait de son mieux.

Quand le bonhomme fut parti, il marcha à grands pas dans sa chambre, cherchant dans sa tête les moyens d'empêcher ce mariage.

Tout cela, n'est-ce pas, n'a rien d'extraordinaire, ces contradictions sont plus vieilles que les rues, et je gage qu'à la place d'Horace vous auriez fait comme lui.

Bien entendu, il ne s'avouait pas à lui-même les mobiles égoïstes auxquels il obéissait.

Il se disait que Georgette était trop délicate pour ce commis-voyageur qui faisait le pitre chez les bourgeois et avait l'air d'une bête; que c'était la protéger que d'empêcher son mariage avec un être aussi inférieur, etc.

Le diable qui n'était pas loin lui soufflait tous les arguments dont il avait besoin.

Pendant qu'il était plongé dans ces réflexions, assez peu satisfait de lui-même, il entra dans la chambre de son frère et s'arrêta devant le portrait de sa mère qui était accroché au-dessus de la cheminée.

Les deux frères, quand leur mère mourut, étaient trop
jeunes pour sentir tout ce qu'il y a d'irréparablement douloureux dans un pareil malheur.

Horace cependant, plus âgé qu'Émile de trois ans, n'en
avait point perdu tout souvenir, et il lui arrivait souvent
de rester de longs instants à contempler les traits de celle
qui n'était plus avec un attendrissement d'un caractère
presque religieux.

Il semblait alors l'interroger, lui demander aide et
conseil. Il en avait, ce jour-là, particulièrement besoin,
et ce fut sa bonne nature qui reprit le dessus.

— Je ne dois plus revoir Georgette, murmura-t-il, —
et ce que j'ai de mieux à faire, c'est de faire tout ce qui
dépendra de moi pour que ce mariage se fasse.

— Ah! on m'avait dit que vous étiez chez vous, — fit
une voix derrière lui, — vous savez, cher ami, que nous
dînons ensemble, nous avons à causer.... Il paraît que
nous allons aller en cour d'assises sous l'accusation d'homicide.

C'était Marouzé, qui s'était, sans bruit, introduit dans
la chambre.

Il tendit la main à Horace.

Celui-ci hésita un instant; puis, en changeant de couleur, les lèvres un peu pincées, le regard troublé, il prit
la main de Marouzé, qu'il serra nerveusement.

12.

XIV

PREMIÈRE VICTOIRE DE MAROUZÉ

Marouzé, certes, ne payait pas de mine; mais si vous l'écoutiez pendant une demi-heure, et si vous lui accordiez une autre demi-heure pour vous faire oublier les histoires qui couraient sur son compte, vous aviez devant vous, en somme, un assez aimable compagnon.

Il emmena Horace dîner chez lui aux Champs-Élysées.

Ce n'était pas un grand dîner avec des personnages en cravates blanches, mais ce qu'il appelait un petit dîner sans façon : une demi-douzaine de convives seulement et pas de femmes.

Horace fut un peu ébloui par le luxe du banquier. Il n'avait encore rien vu de pareil, même dans les hôtels du faubourg Saint-Germain où il avait eu la chance d'aller une ou deux fois.

Tout, depuis la livrée du concierge qui ouvrit la grille dorée, jusqu'au chiffre qui était gravé sur l'argenterie, inspirait l'idée d'une fortune solide quoique nouvellement acquise.

Ce n'était pas néanmoins la richesse bête avec ses épaisses accumulations de dorures, mais une richesse somptueuse et discrète tout à la fois.

Marouzé avait trop vécu à Paris pour ne pas avoir quelque goût.

Quand il conduisit ses hôtes à travers la série de ses vastes salons, jusqu'à une salle à manger étincelante de lumière, il pouvait se flatter que s'il y avait à Paris des maisons aussi bien tenues et aussi belles que la sienne, il y en avait peu qui lui fussent supérieures, et il ne se trompait pas.

Les émotions de la journée avaient été si nombreuses et si variées qu'elles avaient légèrement énervé Horace et l'avaient disposé à bien accueillir toute diversion.

Il était dans cet état d'esprit où les moindres marques d'amitié ont pour effet de nous émouvoir bien plus que de raison.

Son duel du matin, dont l'horreur commençait à le frapper avec d'autant plus de force qu'il était plus calme; — son entretien avec Nestor Roche; — les doutes qu'il n'était pas encore parvenu à vaincre sur la conduite qu'il devait adopter dans son amourette avec Georgette, étaient autant de sujets inquiétants qu'il était heureux d'écarter de son esprit.

Aussi ce dîner fut-il un repos pour lui, et par conséquent une victoire pour Marouzé.

A vrai dire, Marouzé n'avait rien épargné. Les mets étaient exquis, la conversation amusante, et les invités, qui, tous, avaient quelque valeur, traitaient Horace avec une déférence courtoise qui le flattait.

Jean Morel était là, avec un appétit d'enfer, qui allait bien avec sa passion pour le moyen âge, où, comme chacun sait, l'on mangeait comme des goinfres. Puis, il n'était pas fâché, le champagne aidant, d'oublier un peu la scène sanglante de la matinée.

Il avait une horreur native pour l'effusion du sang, ce qui ne l'avait pas empêché d'aller lui-même, par deux

fois, sur le terrain et d'embrocher ses deux adversaires ;
mais peut-être, dans sa pensée, cela ne comptait-il pas,
car c'était un enragé clérical, et les deux confrères qu'il
avait blessés n'étaient que de vils positivistes.

Quant aux autres invités, c'étaient le baron de Bussières,
le banquier, le mari de madame de Bussières qu'Horace
avait déjà rencontré chez M. Quarre, personnage très-so-
lennel, passant pour orléaniste, mais respecté par le Gouvernement, à cause de la solidité de son crédit et de sa
haine violente pour les républicains ; — M. Philibert
Maret, l'auteur en vogue des *Quatre Vierges Folles*, très-
goûté de la cour, mais assez malin pour ne pas déplaire
absolument à l'opposition ; — et le prince d'Arcole, descendant d'un des généraux de l'Empire, jeune gentleman
de vingt-huit ans, avec un grand air, agréable causeur et
bon diable.

Ces messieurs, avec l'éminent chirurgien qui avait assisté le matin au duel, formaient les six invités de Marouzé.

Mais quand le potage eut été enlevé et pendant que
deux grands laquais offraient le turbot et la truite saumo-
née, Drydust, le célèbre correspondant du *Penny Journal*
de Londres, entra comme un coup de vent. Il s'excusa
d'arriver si tard en donnant pour raison qu'il venait d'a-
voir une longue entrevue avec le Ministre d'État.

C'était l'état normal de Drydust d'avoir toujours des en-
trevues avec les ministres.

Comme le duel avait produit une véritable sensation et
faisait l'objet de toutes les conversations, il était inévitable qu'on y fît allusion.

Drydust, surtout semblait mieux connaître l'affaire que
les témoins et les acteurs eux-mêmes. Il en avait écrit un
compte rendu aussi développé qu'inexact pour son journal, dans l'après-midi, et en apprenant qu'il se trouvait
en présence de celui qui avait délivré Paris de M. de Chalabaird, il commença, ce qui déplut à Marouzé, à énu-

mérer avec une incroyable volubilité, et en excellent français, les noms de toutes les illustres personnes de sa connaissance qui avaient eu des duels, et il termina par l'histoire de deux nobles anglais qui voulaient s'exterminer sur la plage de Calais et auxquels il avait été assez heureux pour faire entendre raison.

Horace, un peu embarrassé, l'écoutait sans l'interrompre.

Mais Drydust aborda bien vite d'autres sujets. Il apostropha le prince d'Arcole.

—Prince, j'étais à Chantilly avant-hier, et j'ai vu votre pouliche, *Mogador*, faire son temps de galop. Croyez-moi, et pariez pour elle plutôt que pour *Namouna*, pour le prix de Diane. J'en ai parlé à Lagrange, et il est certain qu'elle gagnera,

— Ah! — dit le prince nonchalamment, — je croyais que le comte de Lagrange avait une de ses pouliches engagées.

— En effet, mais il dit qu'elle ne vaut pas un sou, et Lord Martingale est de son avis.

— Mais qu'est-il donc arrivé à cette pouliche, alors?... La semaine dernière, Lord Martingale pariait cinq contre un contre mon écurie.

Le prince d'Arcole avait deux passions : celle du sport et celle de la noblesse.

Pour le sport, il dépensait les deux tiers de ses revenus qui étaient grands, et il employait tout le temps qu'il avait de libre à lire les ouvrages héraldiques.

C'était un vif chagrin pour lui, que sa noblesse à lui ne remontât pas à plus d'un demi-siècle, et qu'elle lui eût été conférée, dans une fournée, par un Napoléon. Il l'aurait échangée de grand cœur pour une simple baronie du bon vieux temps.

Quand Marouzé lui dit tout bas, en lui présentant Horace, que ce jeune avocat pouvait, si cela lui convenait, se faire appeler le marquis de Pourlans, il regarda Horace

avec une sorte d'attention respectueuse et mit bien vite
la conversation sur le château d'Auvillars, qu'il semblait
connaître de la cave au grenier.

Il avait une façon de parler, sur ce sujet, qui ne manquait ni de feu ni de grâce, et Horace l'écouta avec un
plaisir secret quand il s'étendit avec enthousiasme sur les
vastes domaines, les tours grises, les vieux tableaux, les
armes et les sculptures du château d'Auvillars.

— Un des plus beaux domaines que je connaisse,—dit-
il, — tant ici qu'à l'étranger. Y allez-vous souvent chasser?

Cette question rompant le charme, Horace répondit un
peu sèchement qu'il n'y allait jamais, ce qui parut étonner le prince et lui arracha cette observation accompa-
gnée d'un soupir :

— Il faut que la conviction politique soit bien forte
pour faire renoncer à de pareils trésors, monsieur Gérard.
Quant à moi, je ne m'en sentirais pas le courage.

Drydust, qui avait entrepris le banquier de Bussières,
lui donnant des renseignements sur les titres et actions,
la cote courante et les perspectives d'avenir du nouvel
emprunt de Irrawaddi, intervint en cet instant.

Il avait entendu qu'on parlait de chasse, et immédiatement il s'était lancé dans la description de toutes les
grandes chasses qu'il connaissait : Windsor Castle,
Knowsley, Chasworth, Stowe, Eaton Court, etc.; tous
endroits, à l'en croire, où il pouvait, quand l'idée lui en
prenait, aller tirer des coups de fusil tout à son aise.

Il parlait avec tant de vivacité et de couleur que
Philibert Maret l'écoutait comme on écoute un homme
très-fort. Il en prit même occasion pour lui faire remarquer combien la France démocratique était distancée par
l'aristocratique Angleterre, au point de vue artistique.

— Avec notre égalité et le morcellement de notre territoire, — dit-il, — nous avons supprimé la grande fortune,
le luxe, et, par conséquent, le pittoresque. Nous voulons

être tous de la même taille ; nous avons arraché les nobles à leurs hautes tourelles, et nous les avons forcés à se tenir épaule contre épaule avec nous, dans une plaine unie où nul homme ne peut lever la tête sans provoquer les réclamations de la foule. La société française est devenue un paysage sans montagnes, une mer sans vagues, une maison sans combles, tout ce qu'il y a de plus ennuyeux et de plus plat. Cela peut être correct, mais c'est bien laid.

— Pourtant, l'égalité est une des premières conditions du progrès, — fit observer le chirurgien, qui, comme tous les grands médecins, affectait un extrême libéralisme, et d'autant mieux qu'il venait de faire des démarches infructueuses pour être nommé chirurgien de l'Empereur.

— Ah ! le progrès !... — s'écria le romancier, haussant les épaules, en reposant sur la table son verre de Tokai.

— Le progrès, docteur, est un mot qui a été mis en circulation par les journalistes et les avocats, pour bien faire savoir que de nos jours ce sont eux qui sont les maîtres. Nous avons renversé l'aristocratie et nous nous sommes livrés aux bavards et aux écrivassiers. C'est même cela que nous appelons abolir les castes. On prétend que le mérite a plus de chances de réussir qu'autrefois... Mais ce n'est qu'une phrase, car je ne sache pas que le mérite ait été jamais plus respecté, que lorsqu'un plébéien comme Froissart, frayait sur le pied d'égalité avec les plus fiers gentilshommes de France ?... lorsque Charles IX rendait hommage, en vers, à Ronsard... et lorsque Louis XIV lui-même, qui ne se serait pas découvert devant un empereur, servait Molière à table ?... Si nous jetons un coup d'œil sur l'histoire, nous trouvons difficilement un homme de quelque valeur dans les arts, la politique, ou la science, qui n'ait pas été choyé, honoré, et enrichi par les grands de son temps. Avec tous nos grands mots de progrès et d'égalité, il n'y a pas de cour en Europe qui recevrait un orfèvre comme Benvenuto

Cellini fut reçu à la cour de France. Il n'y a pas un potier de nos jours qui pourrait espérer les distinctions qu'obtint Bernard de Palissy. Charles VII anoblit l'homme qui, le premier, fondit une cloche. En avons-nous fait autant pour celui qui a inventé la photographie? Guttemberg, il est vrai, eut à lutter contre l'entêtement de ses contemporains, mais la route de George Stephenson a-t-elle été semée de roses? Et des deux qui pensez-vous qu'il faut le plus blâmer, des gens du moyen âge qui se firent tirer l'oreille pour reconnaître la supériorité des machines sur l'homme, ou des modernes qui, après avoir chanté les bienfaits des chemins de fer, ont souffert que l'inventeur fût mis en terre sans avoir reçu le moindre gage de gratitude de la part de l'État? En politique, parce que nous remplissons nos cabinets de légistes hors d'âge et d'écrivains usés à la peine, en excluant avec soin tous les autres, nous crions bien haut que nous avons ouvert une large carrière au talent, comme si nos ancêtres ne l'avaient pas fait avant nous, et bien mieux. Qu'étaient Richelieu et Colbert, si ce n'est des bourgeois qui, par la puissance de leur esprit, se firent remarquer des grands seigneurs, qui les poussèrent à la cour? La vérité est que tout homme intelligent et de bonnes façons pouvait faire son chemin sous l'ancien régime, et n'était pas obligé d'attendre pour cela d'avoir perdu ses dents et ses cheveux, comme de nos jours. Un garçon d'esprit s'attachait à un noble, devenait le conseil de son patron, puis son ami, était présenté au Roi, le flattait... et pourquoi pas?... J'aimerais autant flatter un roi pour obtenir sa faveur qu'un bélitre pour lui escroquer son vote; et avec de la patience devenir premier ministre... ou grand chancelier comme l'Hospital et de Harlay..., ou maréchal de France, comme Turenne et Catinat, qui, tous deux étaient fils de petits gentilshommes de province, ou évêque comme Bossuet et Fléchier, dont le papa vendait, je crois bien de la chandelle. Ce qu'il y avait de mieux encore, c'est qu'on

employait ces hommes quand ils étaient jeunes et dans la
pleine force de leur intelligence. S'ils avaient vécu de nos
jours, il est probable que Turenne serait tout au plus capitaine et se demanderait s'il deviendrait jamais comman-
dant, et Colbert sous chef dans un ministère, sous les
ordres de l'ami de M. Drydust, M. Lacaze.

Drydustapprouvait de la tête. Il trouvait étouffante l'atmo-
sphère de la civilisation moderne... ce qui ne l'empêchait
pas d'être en faveur dans les journaux à un sou. Tout
bien considéré, il aurait aimé à vivre sous Louis XI, avec
une presse à bon marché florissant à l'état d'institution.

Mais Philibert Maret n'était pas de son avis. Il n'était
pas fou de la presse et ne prit pas la peine de s'en cacher.
Tout en croquant des noisettes et en riant dans sa barbe
d'un jaune d'or, il s'amusa, et il amusa les autres convives
en passant en revue la presse parisienne.

Il cribla de ses traits tous les journalistes, sans amertume, mais sans miséricorde. Il fit une exception en faveur
de la *Sentinelle* et de la *Gazette des Boulevards* par
respect pour les deux rédacteurs présents, mais il ne put
résister à l'envie de lancer un coup de patte aux rédacteurs en chef de ces journaux, Lombard et Roche, présentant le premier comme le plus aimable banquiste qu'il
eût connu, et le second comme une burette de vinaigre,
froid à l'extérieur et acide en dedans.

C'était plaisir que de voir la figure du baron de Bussières s'épanouissant naïvement pendant cette exécution

Lui non plus, il n'était point tendre à la presse, dont
il ne parlait jamais sans la qualifier de dangereuse institution.

Sa joie alla presque jusqu'à l'extase lorsque le romancier continua :

— Vous avez raison d'appeler le presse une puissance,
car c'est une puissance de destruction, comme la poudre
ou le vitriol; mais elle n'a jamais rien édifié et n'édifiera
jamais rien. Depuis l'apparition des journaux, le mot

stabilité n'a plus de sens, et pourrait être rayé du diction-
naire. Rien n'est stable de nos jours, ni les trônes, ni les
constitutions, ni les religions. Un journaliste est un
homme qui voue sa vie à la découverte des points faibles
de toutes les choses humaines, et qui frappe continuelle-
ment sur ces points faibles, jusqu'à ce que tout l'édifice
s'écroule. Il apporte fort peu de scrupules dans son œuvre,
car pour lui la question n'est pas d'avoir raison ou tort,
mais de fournir ses cinq ou six colonnes de copie par
semaine. Si l'époque est fertile en abus, cela offre un plus
grand choix de sujets, mais si le gouvernement est un
gouvernement honnête, auquel il n'y a à reprocher que
des peccadilles, il attaquera ces peccadilles aussi vigou-
reusement et avec une ardeur d'invective égale à celle
qu'il aurait montrée pour de véritables crimes. Louis-
Philippe fut traité plus durement que Charles X, et la
République de 48 plus impitoyablement que Louis-
Philippe. Il n'y a pas un gouvernement au monde qui
puisse résister contre le système des trois colonnes,
le ciel lui-même n'y résisterait pas. Si jamais le mille-
nium arrive, il devra commencer par bâillonner la presse,
sans quoi, au bout de vingt ans, il prendra le même
chemin que les autres gouvernements.

Le Baron de Bussières inclina la tête et toussa, en signe
d'enthousiasme, mais le prince d'Arcole dit tout bas à son
voisin en souriant :

— Je suis porté à croire que M. Maret est personnellement l'une des victimes de la presse. Son dernier roman
a été littéralement éreinté par les journaux.

On passa pour prendre le café dans le fumoir.

Ce fumoir était une petite merveille de luxe discret. Il
avait un peu l'air d'une tente arabe avec des tapis d'un
pied d'épaisseur, des divans bas, dans lesquels les corps
enfonçaient doucement, comme dans de la ouate.

En route, Drydust réussit à reprendre le dé de la conversation.

Marouzé, après avoir ouvert de riches boîtes de bois de cèdre, offrit à ses convives des cigares ornés des noms les plus étranges, mais d'une saveur et d'un parfum exquis ; les domestiques poudrés versèrent le café dans de petites tasses minces et transparentes comme des coquilles d'œufs, et pendant que le parfum du moka se mêlant à celui des havanes montait en spirales vers le plafond, le journaliste anglais reprit ses observations sur les hommes et sur les choses, et la compagnie fut bientôt sous le charme des paroles de ce gentleman, qui était parfois, il faut le reconnaître, tout à fait éblouissant.

Néanmoins, l'attention n'était pas assez absorbée pour que le prince d'Arcole, qui était assis sur la même ottomane qu'Horace, ne trouvât pas l'occasion d'échanger avec lui un certain nombre de bons procédés.

Il paya un tribut d'admiration au jeune et modeste avocat. Il le complimenta avec cette grâce insinuante et souple, où il était passé maître, l'invita à déjeuner dans son hôtel du boulevard Haussmann, l'une des plus grandes et des plus hospitalières maisons de la Chaussée-d'Antin, et finit par lui offrir de le présenter au cercle de la Rue de Castiglione, qui était le sien.

— Vous devriez être d'un cercle, — dit-il ; — les cercles sont des ménageries sociales. On y rencontre tous les lions du jour. C'est une des bonnes choses que nous avons empruntées à l'Angleterre et auxquelles nous devons presque tout ce qui rend l'existence tolérable.

— Je serai heureux d'appuyer votre candidature, — dit le baron de Bussières, qui considérait Horace comme un jeune homme tranquille et sérieux qui valait la peine qu'on cherchât à l'enlever de la galère républicaine.

Horace les remercia, mais refusa, car un cercle à Paris et un club à Londres, ne sont pas précisément la même chose.

Quatre fois sur cinq, le cercle parisien n'est guère autre chose qu'une somptueuse maison de jeu, et de toutes les

maisons de jeu de la capitale, le cercle de la rue Castiglione était le plus célèbre.

Le prince n'insista pas sur son offre, mais parut un
peu surpris qu'Horace alléguât son manque de fortune,
comme une des raisons de son refus.

Philibert Maret s'offrit de son côté pour présenter
Horace à quelques-uns des auteurs en renom, ce qu'il
accepta de grand cœur.

— Je connais beaucoup de journalistes, — dit Horace,
— et j'ai eu l'honneur de voir Victor Hugo à Bruxelles,
mais je serais bien heureux et bien fier si j'avais l'espoir
d'être présenté à Musset, à Ponsard, à Gautier, et surtout
à madame Sand.

Il ajouta même un gros compliment en donnant à entendre qu'il avait lu tous les ouvrages de Philibert Maret,
et qu'il les mettait au rang des plus glorieux.

Le romancier s'inclina, et vers minuit, quand Horace
se fut retiré avec son ami Jean Morel, après avoir
accepté l'invitation à déjeuner du prince d'Arcole, et avoir
pris jour avec Marouzé pour qu'ils pussent le lendemain
se présenter ensemble devant le juge d'instruction, il s'é-
cria avec quelque chaleur :

— Le sang bleu finira par se montrer. Ce jeune
homme a les façons d'un gentilhomme. Il est impossible
d'admettre qu'une nature si délicate et si charmante se
fourvoie longtemps avec des *sans-culottes*.

— Le fait est qu'il est tombé dans de mauvaises mains,
— fit Marouzé en soupirant.

— Oui... mais pourquoi parle-t-il de la médiocrité de
sa situation pécuniaire ? — dit le prince d'Arcole avec
curiosité. — Le domaine de Pourlans représente un revenu d'un million ou ne représente pas un centime. Que
font ces Gérard de leur argent ?

— Ah ! vous me posez là une question que je voudrais
bien résoudre moi-même, — répliqua Marouzé. — Les
Gérard sont millionnaires, je le sais, mais ils vivent

comme s'ils étaient pauvres. Le père occupe un petit
appartement au premier étage à Bruxelles. Il y a eu une
enquête faite par notre correspondant de cette ville. La
police pense qu'ils emploient leur fortune à soutenir des
sociétés secrètes, mais ce n'est probablement qu'une sup-
position.

— Ils ne dérogeraient pas pour cela, — dit le prince·
— Si un homme de naissance prend en main la défense
des droits du peuple, il est tout à fait dans son rôle en le
faisant grandement. Après tout, les Montmorency et les
Coligny n'ont pas fait autre chose quand ils se sont mis
à la tête des huguenots, qui étaient les révolutionnaires
de leur époque.

— Quant à moi, — dit le romancier gravement, — je
ne serais pas fâché qu'il y eût une seconde Terreur, plus
jolie encore que la première. Je suis convaincu que si les
républicains avaient le pouvoir, ils feraient prendre à la
France un tel galop, qu'elle se rejetterait affolée dans le
despotisme, la féodalité, et le papisme le plus enragé,
pour se débarrasser d'eux. Alors nous aurions au moins
un siècle de paix.

— Miséricorde !... Pour sûr, vous ne parlez pas sérieusement, — s'écria de Bussières, qui était bien près de
trembler. — J'ai vu plusieurs révolutions face à face, et
je ne pense pas que ce soit un sujet de plaisanterie.

Heureusement que Drydust se trouva là pour le rassurer. Selon cet éminent personnage, le second Empire
était inébranlable, ayant pour lui les sympathies de la
démocratie anglaise.

Ces sympathies trouvaient leur expression dans la
feuille à un sou à laquelle Drydust collaborait, et cela
suffisait pour maintenir la stabilité du trône pendant tout
une éternité.

— En outre, — ajouta-t-il, — vous pouvez être parfaitement tranquille, baron, et vous aussi M. Marouzé,
car M. Gérard ne donne pas son argent aux sociétés

secrètes. Je le dirai au Préfet de Police, la première fois que je causerai avec lui. Je connais l'homme qui est l'âme de toutes les sociétés secrètes de France... Albi en personne, messieurs, pour ne pas le nommer. Il est maintenant en prison, c'est un de mes amis intimes, mais un sombre personnage qui ne s'accorderait pas avec le jeune Gérard, et ne consentirait pas plus à vivre avec lui dans le même nid qu'un hibou avec un étourneau.

Alors, Drydust se mit à dépeindre l'organisation des sociétés secrètes, entrant dans tous les détails; puis fit des suppositions sur la façon dont les Gérard dépensaient leur argent; mais, trouvant la question insoluble, il s'en sortit par une digression sur ces « gens étranges, dont la vie est un mystère pour leurs contemporains. «

M. de Bussières réitéra les regrets qu'il éprouvait que Gérard fût la proie des sacripants, et Drydust demeura d'accord avec lui.

Puis il s'engagea à le ramener graduellement dans la bonne voie, en le faisant jouir de sa société autant que ses nombreuses occupations, à lui, Drydust, le lui permettraient.

Pendant ce temps, Horace s'en retournait chez lui, en coupé, se rappelant avec plaisir la conduite délicate et même généreuse de Marouzé; car, au moment où il prenait congé, le financier l'avait tiré à l'écart et lui avait dit :

— Mon cher ami, je ne suis pas surpris que M. Roche ait refusé les vingt-cinq mille francs : quoique honnête, il est un peu entêté, n'est-il pas vrai? et n'est pas exempt d'une certaine étroitesse d'esprit. Telle est, du moins, l'opinion qu'on a toujours eue de lui dans la presse, et si vous voulez me permettre de vous le dire, j'ai entendu déplorer qu'un homme aussi merveilleusement doué que vous fût attelé au même char qu'un homme d'une intelligence aussi bornée. L'argent sera pour les pauvres, et je

serai véritablement heureux si vous voulez bien me recommander ceux que vous en jugez dignes. En votre qualité de journaliste républicain, vous devez connaître beaucoup d'honnêtes gens dont la misère ne peut pas être
soulagée par la bienfaisance vulgaire. Il doit y avoir bon
nombre de pauvres républicains qui ont pris part aux affaires de 48, et qui n'auraient pas chance d'obtenir quoi
que ce soit des bureaux de bienfaisance. Ce sont ces gens
que j'aimerais à assister. Et maintenant, quant à notre
affaire, vous savez, n'est-ce pas, qu'à un certain point de
vue, c'est une affaire moins sérieuse, d'avoir tué son adversaire en duel que de l'avoir blessé. Si vous le blessez,
vous passez en police correctionnelle, et vous pouvez être
sûr d'être condamné à de la prison. Dans l'autre cas, vous
passez en cour d'assises, devant le jury, et vous êtes
invariablement acquitté. Néanmoins, nous aurons à préparer une défense quelconque, et j'ai pensé que nous ne
pouvions mieux faire tous les trois que de choisir pour
avocat monsieur votre frère, dont le talent est reconnu
par tout le monde. Le procès attirera certainement une
grande foule et cela pourra le servir. Je dirai à mon avoué
de lui envoyer mon dossier, et je compte sur vous pour le
décider à accepter.

— C'était sensé, — se dit Horace, — et c'était gracieux...
Marouzé est un galant homme, et j'ai commis une impar-
donnable sottise en me joignant à ses calomniateurs.

XV

COMMENT SE GOUVERNENT LES EMPIRES

Le lendemain, et vers l'heure où Horace Gérard, Jean Morel et Marouzé comparaissaient par devant le juge d'instruction, pour lui expliquer comment ils s'y étaient pris pour envoyer dans l'autre monde un journaliste bonapartiste, Son Excellence, M. Lacaze, Ministre d'État, donnait audience dans le nouveau Louvre.

Ce jour là, ce n'avait été qu'un cri parmi tous les solliciteurs... Son Excellence était de mauvaise humeur.

Vers midi, M. Ernest de Berseville, l'un des secrétaires du ministre, jeune diplomate blond, qui ressemblait à un sucre d'orge, dit à un de ses confrères qui était dans l'antichambre :

— Je ne sais pas ce qu'il a, mais cela ne va pas.

— Ah !... — répondit l'autre avec nonchalance, en levant les yeux de dessus le *Moniteur*, — c'est que l'été ne lui convient pas.

— Il m'a envoyé prendre la liste des pauvres diables qui battent des talons dans le salon d'attente, — reprit M. de Berseville.

Et il fit sonner un timbre qui était sur la table.

Un huissier, avec la chaine d'argent traditionnelle, apparut.

— L'ardoise est-elle bien pleine, Bernard ?

— Très-pleine, monsieur, et je crains bien que Son Excellence n'ait une matinée bien lourde... Il y a plus de vingt personnes qui attendent.

Sur la demande du jeune homme, le vénérable Bernard énuméra les noms de toutes les personnes qui attendaient.

Il y avait de jolies femmes qui avaient fait toilette pour venir détailler au ministre toutes les vertus, capacités, facultés de leurs maris, et aussi des messieurs, laids comme des singes, mais crevant d'ambition, qui venaient se recommander eux-mêmes, et encore un petit troupeau d'individus tout à fait désintéressés, et que le seul désir de servir l'État avait amenés.

Parmi ces derniers se trouvait notre ami Drydust.

— Je crois qu'il vaut mieux laisser passer le journaliste anglais le premier, — hasarda le jeune Ernest, — il paraît que ce n'est pas un homme inutile.

Un autre huissier entra et annonça que Louchard, le commissaire de police, venait d'arriver.

Le secrétaire sortit, et, étant revenu un instant après, dit :

— M. Louchard passera avant tout le monde. Son Excellence veut le voir tout de suite.

Deux minutes après, Louchard était introduit dans le cabinet du ministre.

Les deux secrétaires se regardèrent d'un air entendu quand il passa, mais Louchard ne le remarqua pas.

Son Excellence M. Lacaze était un des boulevards du second Empire, après avoir été un des boulevards de la République, et il semblait devoir être le boulevard de tous les partis qui arrivaient au pouvoir.

En apparence, il démentait quelque peu son nom de

13.

baptême d'Auguste, car il n'était pas auguste du tout; mais il avait des yeux perçants qui n'étaient pas sans analogie avec ceux du vautour ou de l'usurier, et une langue effilée et insinuante comme un foret.

C'était cette langue qui avait fait la fortune de M. Lacaze.

Il appartenait à cette espèce de parleurs qui n'hésitent jamais et se soucient beaucoup moins de parler correctement que de parler quand même.

Son assurance était vraiment magnifique, et elle lui avait rendu autant de services dans la direction de sa conduite que dans ses discours.

Il était de ceux qui sont marqués d'avance pour le succès, et avait tout ce qu'il faut pour faire un ministre de l'Empire : l'audace, l'ambition, le dédain de tout ce qui est honnête.

Il n'était point facile de le troubler, et tous les moyens lui étaient bons pour confondre ses adversaires.

Quand il se sentait trop embarrassé par une objection, il s'en tirait bravement par un mensonge.

Il avait obtenu un de ses grands triomphes oratoires en accusant un honorable membre de l'opposition d'être vendu à un gouvernement étranger.

Il n'avait, bien entendu, donné aucune preuve de son accusation ; mais son adversaire n'ayant pas eu non plus de preuves matérielles pour la réfuter, ce fut, comme il arrive toujours en pareil cas, le ministre qui fut cru.

Cela fit le désespoir et brisa la carrière de celui que Lacaze avait accusé, mais ajouta beaucoup à son crédit à lui, et il fut regardé, dans les cercles impérialistes, comme un des plus précieux serviteurs du Trône.

Quand le commissaire de police entra, M. Lacaze était assis à son bureau, vêtu d'un habit noir trop large et avec une cravate blanche bien raide, qui lui donnait l'air tout à fait grognon.

De sa main épaisse et noueuse il froissait un binocle à

l'aide duquel il examinait de près en fronçant le soucil la dépêche d'un préfet.

Quand il vit Louchard, il lui dit brusquement :

— Que diable est-ce que font donc vos agents, monsieur Louchard ? on ne peut jamais rien en tirer. Tout ce que je sais me vient de mes renseignements particuliers. Deux révolutionnaires italiens ont passé la journée d'hier à Paris, et vous ne vous en doutez pas ! vous savez pourtant bien que vous devez tout particulièrement surveiller les Italiens qui mettent le pied dans Paris.

— Je puis affirmer à Votre Excellence qu'ils ne sont pas descendus dans un hôtel, — dit Louchard humblement mais avec fermeté.

— Ils sont venus d'Angleterre par le train-poste, et sont repartis le même soir. Vos agents de la gare auraient dû les reconnaître et les suivre. S'ils avaient eu la fantaisie d'assassiner quelqu'un de nous, ils auraient pu le faire en toute sécurité. Mais ce n'est pas tout. Pourquoi n'y a-t-il pas eu de rapport fait sur les trois étudiants en médecine qui, dans un concert, ont sifflé l'air de la *Reine Hortense ?* Ni sur M. Giroux La Rivière, mon prédécesseur et de plus sénateur, qui, pendant une heure, s'est entretenu dans un lieu public avec Claude Febvre ? Ni sur madame de Masseline, la femme du député officiel, qui s'est amusée à mes dépens à son dernier dîner ? Pourquoi n'ai-je pas été instruit de tout cela ? La police ne voit plus clair ou se repose, monsieur Louchard !

— Ni l'un, ni l'autre, — protesta Louchard. — Mais la police a beaucoup à faire et elle ne peut être partout à la fois.

— A quoi sert-elle alors ? — répliqua durement le Ministre. — C'est au contraire son devoir d'être partout. Nous la payons assez cher !

— Nous faisons de notre mieux ; — murmura Louchard.

— Il n'y a pas à Paris une maison un peu sérieuse où nous n'ayons fait inscrire quelqu'un des nôtres sur la liste des gens qui y sont reçus. Madame de Masseline, elle-même, se fait un plaisir de nous informer de tout ce qu'elle croit intéressant, et je suis certain que si elle s'est permis de mal parler de Votre Excellence, c'était pour savoir ce que pensaient ses hôtes.

— Hum ! — murmura Son Excellence, qui paraissait moins fixée que Louchard. — J'ignorais que madame de Masseline vous rendît des services, M. Louchard. A votre place, je me servirais aussi peu que possible des femmes ; leurs informations sont rarement sérieuses et il y a presque toujours quelque amourette ou quelque jalousie au fond de leur sac. J'ai remarqué qu'elles sont très-discrètes à l'égard des beaux garçons, à moins qu'elles n'aient à s'en plaindre personnellement ; mais assez sur ce point. Qu'avez-vous à m'apprendre de nouveau ce matin ?

— Je suis venu pour l'affaire du duel Gérard-Chalabaird, — dit Louchard. — Je pensais que Votre Excellence pouvait avoir des instructions à me donner.

— Jolie besogne que ce duel, — grommela le ministre dont le front s'obscurcit, — vous avez souffert que ce jeune bavard républicain tuât l'un de nos plus solides défenseurs ; vous saviez pourtant que le duel devait avoir lieu, et vous auriez pu facilement l'empêcher.

— Je comptais que les choses auraient tourné autrement. J'espérais fermement que M, de Chalabaird tuerait ou blesserait M. Gérard, — fit naïvement observer le commissaire.

— Vous ne me paraissez pas très-heureux en vos calculs, — répondit sèchement le ministre.

Mais il n'insista pas, car, lui aussi, avait connu le duel par avance et, s'il n'avait pas jugé convenable de l'empêcher, il est probable qu'il avait pour cela les mêmes raisons que le tendre Louchard.

Il garda le silence un moment, enfonçant son menton court et pointu dans sa main et regardant d'un air pensif le commissaire.

Peut-être en ce moment se rapelait-il le temps où les deux Gérard étaient ces beaux enfants qu'il avait l'habitude d'aller voir au collége et dont le père était pour lui un ami qu'il estimait par dessus tous les autres et dont il était estimé.

Ce temps-là était loin, et probablement le souvenir n'en était pas des plus doux, car M. Lacaze reprit tout à coup d'un air maussade :

— Écoutez, monsieur Louchard, j'ai assez de ce M. Horace Gérard. Les choses n'allaient point mal quand il s'est révélé. L'opposition se tenait à peu près tranquille ; mais aujourd'hui on dirait que toutes les vieilles sottises se repentent de s'être reposées trop longtemps. Ce Gérard peut devenir une puissance. On parle de lui dans le monde ; il a toutes les femmes pour lui ; encore quelques mois et il sera dangereux. Il est temps que vous vous occupiez de lui. C'est un document fort suspect, que celui que vous m'avez montré ; vous savez, cet acte de donation. Si ces deux jeunes gens sont déjà en possession du domaine d'Auvillars, ils sont millionnaires, et la vie de pain sec et d'eau claire qu'ils mènent est une chose pour le moins des plus étranges. Vous devez les surveiller avec la dernière vigilance, ne point les perdre de vue une minute. Ouvrez leurs lettres, et si vous découvrez qu'ils correspondent habituellement avec des hommes d'opinions extrêmes, cela suffira pour donner lieu à une instruction. A tout événement... et j'espère que vous me comprenez, monsieur Louchard... il faut que nous soyons débarrassés d'Horace Gérard. Nous pouvons l'effrayer assez pour le faire retourner en Belgique, et s'il n'y veut pas aller, alors... — et en cet instant il lança un coup d'œil significatif au commissaire de police, — alors comme alors, et si ce monsieur n'aime pas les longues traversées, eh bien ! ma foi, tant pis pour lui !

Louchard, qui avait l'habitude d'entendre parler de Cayenne et de Lambessa comme de résidences très-conve-

nables pour les républicains, et qui avait des raisons personnelles de ne pas être très-indulgent à Horace, sentit
pourtant un frisson lui passer dans le dos.

M. Lacaze parlait aussi tranquillement de se débarrasser d'un ennemi gênant que s'il avait dit à son valet de
chambre de donner un coup de brosse à son habit.

Le commissaire répondit avec sa déférence habituelle :

— Il sera fait selon les désirs de Votre Excellence.

Puis il tourna plusieurs fois son chapeau entre ses
doigts, se demandant à lui-même s'il était opportun de
faire en ce moment d'autres communications au ministre.
Mais une idée subite sembla lui venir et il dit :

— Si Votre Excellence veut me permettre d'exprimer
mon opinion, je pense que M. Horace Gérard, quoique
dangereux, peut arriver à l'être beaucoup moins que son
frère. Mes hommes ont les yeux sur tous les deux, et
M. Émile est celui qui me paraît le plus à craindre. Il ne
va jamais dans le monde; c'est un travailleur, il a peu
d'amis, et ceux qu'il a sont de la pire espèce. Il distribue
beaucoup d'argent aux pauvres, leur prête aussi des
livres, ce que je regarde comme un symptôme très-grave,
car le pauvre qui lit devient impossible. M. Horace a une
existence tout à fait différente. Il est très-répandu, fré-
quente des personnes de tous les mondes, et, pour le
moment, il est dans de bonnes mains... celles de Marouzé
le banquier. Si Votre Excellence veut avoir des renseignements précis sur les paroles et les actions de M. Horace
Gérard, il n'y a pas d'homme auquel on puisse mieux
s'adresser que M. Marouzé. Il avait M. Gérard à dîner
chez lui hier, et comme il est tout dévoué à Votre Excellence, je crois pouvoir garantir qu'il entrerait complètement dans vos vues et qu'il accepterait de nous dire ce
qu'il faut au juste penser de ce jeune homme.

Aux yeux de Louchard, Marouzé était un être tout à
fait auguste. Aussi devint-il très-pâle, quand M. Lacaze
répliqua d'un ton sec :

— M, Marouzé sera ici dans un moment, et peut-être aurai-je quelques instructions à vous donner à son égard, monsieur Louchard. Je l'ai fait venir pour qu'il m'explique sa conduite. Il est assez étrange, en effet, qu'il ait cru devoir prendre ouvertement parti dans un café, contre un des nôtres, et qu'il ait servi de témoin à M. Gérard. Il aurait mieux fait de s'occuper de ses affaires. On l'a toléré parce qu'il est utile, mais s'il se croit assez fort pour se permettre de pareilles incartades, je lui montrerai qu'il se trompe.

Louchard plongea sa main droite dans la poche de derrière de son habit et en tira un foulard jaune, dont il se mit à faire soudain un très-bruyant usage. Si quelqu'un des amis du commissaire avait été présent, il aurait tout de suite reconnu, dans cette action, l'indice certain d'une surprise et d'une émotion extrêmes.

Louchard, en effet, se serait plutôt attendu à entendre M. Lacaze attaquer Sa Majesté l'Empereur en personne que le puissant directeur du Crédit Parisien. M. Lacaze, qui ne se doutait pas de cela, ajouta sèchement :

— Avez-vous encore quelque chose à me dire, monsieur Louchard? Le temps est précieux et nous n'en n'avons pas à perdre.

— J'avais une ou deux autres observations à vous soumettre, — balbutia Louchard, en faisant un effort pour se remettre — mais je puis attendre une autre occasion... quand Votre Excellence sera moins occupée.

— Il n'y a pas de probabilités que je sois moins occupé, tant que je n'aurai pas résigné mes fonctions, — reprit durement le ministre, — si vous avez quelqu'autre chose à dire, dites-le vite.

En ce moment, on frappa à la porte et le vénérable Bernard se glissa plutôt qu'il n'entra dans le cabinet du ministre. Il lui dit quelques mots à voix basse et sortit.

— M, Marouzé vient d'arriver, — dit Lacaze à Louchard. — Dépêchons-nous.

Peut-être fit-il alors, cette réflexion qu'après tout, Marouzé était homme à se défendre lui-même, ou peut-être céda-t-il tout naturellement à l'habitude qu'il avait de ne pas longtemps s'inquiéter des autres; toujours est-il que Louchard secoua brusquement sa passagère stupéfaction et put achever la mission qu'il était venu accomplir.

— Je désire recommander à l'indulgence de Votre Excellence un journaliste qui est en ce moment à Sainte-Pélagie, — dit-il. — M. Lombard, le rédacteur en chef de la *Gazette des Boulevards*.

— Je le tiens, — dit Son Excellence, — pour l'écrivailleur le plus insupportable qui soit en France. Son journal passe son temps à débiter des balivernes sur mon compte.

— Il est certainement insupportable, — dit Louchard, — mais il nous rend souvent de petits services, et il ferait plus si on le cajolait un peu. Il n'est pas de ceux qu'on peut gagner avec de l'argent, mais avec quelques petites faveurs on irait loin avec lui, et ce serait un bon placement.

— Hum! — grommela Son Excellence.

— En outre, — insinua le commissaire, — il y a déjà quelque temps qu'il est en prison, et ce ne serait qu'une remise de deux mois sur sa peine... Votre Excellence sait que la *Gazette des Boulevards* est un journal avec lequel il est politique de rester, autant que possible, en de bons termes. Tout le monde le lit, et quoiqu'il fasse profession d'indépendance, il nous prête une précieuse assistance en discréditant, autant qu'il peut, le parti républicain. Depuis que son rédacteur en chef est en prison, il est devenu beaucoup plus gênant. Je crois que si l'on remettait Lombard en liberté, et si on lui offrait quelques petites facilités pour sa vente, comme par exemple l'autorisation d'envoyer son journal en province avec les dépêches, ce qui lui donnerait une avance sérieuse, je crois, dis-je, qu'on n'y perdrait pas.

— Bien, bien ! je verrai ! — murmura l'illustre Lacaze.
— Votre Lombard ne me va pas. C'est un de ces farceurs
dangereux comme il en pullule à Paris, et qui ne res-
pectent rien, ni personne. Je ne vois pas trop comment
il pourrait être mieux ailleurs que là où il est, et je voudrais pouvoir y mettre pour l'éternité tous ses pareils.
Mais qu'il soit bien entendu, monsieur Louchard, si je
lui rends la liberté, que son journal cessera ses mauvaises
plaisanteries. Il peut s'amuser de mes collègues, si le
cœur lui en dit, et ce n'est pas mon affaire de les défendre.
Mais il faut qu'il me respecte... moi, et l'Empereur, —
ajouta Lacaze, comme se ravisant. — Vous me comprenez,
monsieur Louchard? Si cette condition n'est pas remplie,
songez-y, ce sera tant pis pour votre Lombard ! Est-ce
tout ce que vous avez à me dire?

— Je désirais parler à Votre Excellence de M. Drydust,
— répondit le commissaire.

— Ah! M. Drydust, — répéta le ministre, dont la physionomie devint plus aimable, — il faut être poli avec lui,
monsieur Louchard. C'est un allié. Il écrit dans un journal lu par une centaine de mille d'Anglais qui croient ce
qu'il leur dit comme parole d'Évangile. Nous lui envoyons
des invitations à toutes les réceptions ministérielles et il
fait passer dans son journal tout ce que nous voulons.
Un pareil homme doit être encouragé .. S'il s'adressait
jamais à vous, dans les limites du possible, soyez aimable,
extrêmement aimable.

— Il vient souvent aux informations à la Préfecture, —
répondit Louchard, — et je crois que nous pourrions lui
être utiles et nous rendre service nous-mêmes en lui envoyant un bulletin quotidien résumant toutes les nouvelles
que le gouverneur peut avoir intérêt à propager. Nous
pourrions faire rédiger ce bulletin en anglais par un de
vos interprètes, qui y ajouterait tous les commentaires que
nous lui dicterions. Graduellement, M. Drydust trouverait
plus simple et plus expéditif d'envoyer notre bulletin à

son journal, et nous aurions ainsi, chaque jour, une colonne de ce journal à notre disposition. On peut mettre beaucoup de choses dans une colonne de journal, — ajouta Louchard, sous forme de parenthèse.

M. Lacaze ne commettait jamais la faute de louer ses subalternes; mais, à son regard, Louchard vit bien qu'il était content.

— Cela me rappelle que M. Drydust est dans la salle d'attente — dit-il. — Dites-lui, en sortant d'ici, qu'il aura chaque jour un service spécial pour ses informations. N'oubliez pas de dire *spécial*. Je suis si surchargé d'affaires ce matin que je crains bien de ne pouvoir le recevoir. Congédiez-le poliment... très poliment... et favorisez-le de quelques nouvelles confidentielles. Mais lesquelles?... Ah! tenez. Prévenez-le que vous êtes sur la piste d'une conspiration contre la vie de l'Empereur... Faites-lui cette communication aussi mystérieusement que possible, et vous êtes sûr qu'elle sera connue de toute l'Europe dans trois jours. Ne manquez pas d'affirmer que les chefs du parti républicain y sont impliqués. Donnez à entendre que M. Horace Gérard n'y serait pas étranger, mais sans prononcer positivement son nom. L'imagination de M. Drydust fera le reste et ses réflexions prépareront l'esprit public, si nous nous décidons à faire arrêter les deux Gérard et à poursuivre l'affaire; tâchez de vous y bien prendre et de ne pas nous faire de sottises, monsieur Louchard, et maintenant bonjour.

Le commissaire salua jusqu'à terre et se retira.

Puis ce fut le tour des autres postulants.

Quelques jours auparavant, en apprenant que M. Marouzé, du Crédit Parisien, demandait une audience, M. Lacaze aurait donné l'ordre de l'introduire tout de suite. Marouzé était en faveur alors. Mais la part qu'il avait prise au duel avait complétement changé les bonnes dispositions de M. Lacaze, qui, pour marquer son déplaisir, résolut de faire attendre le financier jusqu'à ce que toute la liste des visiteurs fût épuisée, —c'est-à-dire pendant deux heures pleines. Et il l'aurait fait, sans aucun doute, sans une circonstance sans précédent dans les annales de l'antichambre.

A peine Louchard s'était-il retiré que Bernard entra, et avec la mine d'un homme bouleversé, s'écria :

— M. Marouzé m'a chargé de dire à Votre Excellence que, vu ses nombreuses affaires, il serait reconnaissant à Votre Excellence, si elle pouvait le recevoir immédiatement, ou lui accorder une audience à une heure déterminée, pour un autre jour.

Le vénérable Bernard resta calme, attendant la foudre.

Le ministre répondit tranquillement :

— Faites-le entrer.

Marouzé fut introduit. Il avait les gants de chevreau noir des grands jours. Son agenda à fermoir d'acier apparaissait au-dessus de la poche de côté de son habit et à sa boutonnière brillait, rouge comme une pivoine, le ruban de la Légion d'honneur. Il était grave.

Avec un calme parfait, il salua, et, d'un ton dont la fermeté frappa le ministre, il dit :

— Votre Excellence m'excusera : mon temps ne m'appartient pas; il appartient à mes actionnaires. Il fut une époque où je pouvais attendre deux heures dans votre antichambre; mais ce temps-là n'est plus.

Il y avait quelque chose de fort significatif dans cette phrase, et le ministre le vit bien.

— Si ce drôle est si impertinent, — pensa-t-il, — c'est qu'il se sent fort et qu'il a trouvé quelque allié plus puissant que moi. Ne soyons pas maladroit.

Et comme un prudent politique qu'il était, au lieu d'apostropher le financier avec hauteur, il commença tout doucement par ces mots :

— Je désirais vous voir, M. Marouzé, pour vous demander si nous avons été mal informés quant au rôle

que vous avez pris dans le fatal duel d'hier. Il ne peut
pas être vrai que vous, un homme d'ordre, un homme
sur lequel nous comptons, vous ayez ouvertement pris le
parti d'un révolutionnaire contre un de nos plus chauds
défenseurs.

— Je me suis rangé du côté de M. Gérard parce qu'il
est mon ami, — répondit Marouzé avec calme. — Quant à
M. de Chalabaird ou Martin, je regrette qu'il ait été l'un
des plus chauds défenseurs de Votre Excellence, car il
me semble que moins un gouvernement tolère de pareils
amis et plus il gagne en considération aux yeux des honnêtes gens.

Le sang monta au visage de M. Lacaze et il fut sur le
point d'éclater, mais l'impassibilité de Marouzé lui donna
la force de se maîtriser, et il répondit entre ses dents :

— Je n'ai pas dit un de *mes* mais un de *nos* plus chauds
défenseurs et par-là j'ai voulu dire du gouvernement et
de l'Empereur. Vous reconnaîtrez probablement que si
Sa Majesté faisait fond sur M. Chalabaird, elle avait ses
raisons.

— Je pense que nous ferions mieux d'arriver à nous
entendre, Excellence; — fit Marouzé, en fixant ses yeux
perçants sur ceux du ministre. — Que Sa Majesté
fît ou non cas de M. de Chalabaird, je l'ignore, mais ce
qui est certain, c'est que les amis du genre de M. de Chalabaird ne manquent pas sur le marché, le gouvernement
peut en trouver autant qu'il en voudra, en y mettant le
prix. Mais il y a d'autres hommes dont le concours n'est
pas aussi aisé à obtenir, des hommes de talent, ayant
rang, fortune, popularité, et qui seraient un élément de
force pour le gouvernement. Je pense que Votre Excellence me verrait, sans déplaisir, enrôler une pareille recrue dans nos rangs.

— A qui faites-vous allusion? — demanda le ministre,
un peu intrigué, mais toujours maussade.

— Votre Excellence a sans doute appris que ce M. Gé-

rard, qu'elle prend pour un révolutionnaire dangereux,
est héritier du domaine d'Auvillars, propriété magnifique
qui doit donner une immense influence territoriale et un
revenu considérable. M. Gérard est de plus un homme
de talent très-estimé de son parti et quelque peu re-
douté, si je ne me trompe, par le gouvernement. Que dirait Votre Excellence, si j'amenais ce jeune homme à
être des nôtres, si je le décidais à reprendre son titre et à
mettre ses hautes facultés et son zèle au service de l'Empereur?

Ce fut alors au tour de M. Lacaze de fixer ses yeux sur
son interlocuteur.

— Vous croyez pouvoir arriver à ce résultat? — demanda-t-il.

— Je ne promets rien, — répondit le financier, — mais
si le gouvernement ne gêne pas mon action, en rebutant
par de vaines et mesquines vexations Horace Gérard, j'ai
confiance dans le succès.

— Et vous convertiriez également Manuel Gérard et le
plus jeune de ses fils, Émile? — continua le ministre, en
l'enveloppant de son clair regard.

— Je ne garantis rien pour le plus jeune des deux frères; quant à Manuel Gérard, il n'y faut pas songer, —
répondit Marouzé. — Mais Manuel Gérard est un vieillard,
et, selon toutes probabilités, n'a pas longtemps à vivre...
Quant à Émile, il est entêté, mais cessera d'être dangereux le jour où son frère sera avec nous... Son parti
n'aura plus confiance en lui.

— Et naturellement, si vous en arrivez-là, vous entendez être récompensé, — fit observer le ministre avec
plus de cynisme que de bon goût.

— Naturellement,—répliqua le financier en souriant de
la naïveté de l'observation. — Mais je demanderai ma ré-
compense en temps et lieu. Pour le moment, tout ce que
je veux, c'est que Votre Excellence mette fin envers
M. Gérard à ces piqûres d'épingles qui n'auraient d'autres

résultats probables que de l'aigrir, sans aucun profit pour le Gouvernement. J'entends les visites domiciliaires, le menu fretin des persécutions, les attaques personnelles dans la presse semi-officielle, et toutes les misères du même genre. Je pousserais encore l'audace jusqu'à demander que l'autorité judiciaire fût invitée à plus de politesse. Nous avons comparu ce matin devant le juge d'instruction, et je garantis à Votre Excellence qu'il l'a pris sur un ton déplorable et ridicule. Il parlait du duel comme d'un assassinat, ce qui n'était ni d'un homme bien élevé, ni d'un homme sage. Un peu de courtoisie ne nuit pas. On ne prend pas des mouches avec du vinaigre. C'est vieux comme le monde.

— Eh bien ! voyons, monsieur Marouzé,—reprit M. Lacaze avec la familiarité brève qu'il avait coutume de prendre quand il faisait un marché avec un homme qu'il tenait pour aussi fort que lui, — si vous travaillez à nous amener le jeune Horace Gérard, nous ne vous gênerons pas, je vous le promets. Seulement, avant de désarmer complétement, il nous faut quelque garantie... Sur quoi se fonde votre espoir?...

— Sur ce simple fait, qu'il est de mon intérêt de réussir, — répondit bonnement le financier.

Cette réponse respirait tant de confiance qu'elle aurait convaincu l'âme la plus rebelle.

Le ministre ne trouva rien à répliquer et leva l'audience.

Marouzé, qui était resté debout tout le temps qu'elle avait duré, se retira comme il était venu en faisant un petit salut où s'ajoutaient à un peu de déférence beaucoup d'aplomb et une forte dose d'indépendance.

M. Lacaze le regarda partir, et, quand la porte se fut refermée derrière lui, il frotta l'une de ses épaisses oreilles de sa grosse main et murmura d'un air pensif:

— Ce gaillard-là est un coquin dont il faut se méfier... quel jeu peut-il bien jouer ?

Il est probable que ses réflexions, sur ce point délicat, tourmentèrent l'esprit du grand homme tout le reste de la journée, car M. de Berseville, le secrétaire, et le gros des postulants qui remplissaient l'antichambre, eurent l'occasion de remarquer que Son Excellence n'était pas de meilleure humeur après son entretien avec Marouzé qu'elle ne l'était avant.

XVI

MADEMOISELLE ANGÉLIQUE

A mesure que les actions du Crédit Parisien montaient, et que la situation de son directeur devenait plus brillante, le monde commençait à se demander avec quelque curiosité quel serait l'heureux mortel qui épouserait sa fille.

La question n'était pas tout à fait sans intérêt, car on disait que mademoiselle Angélique Marouzé aurait deux millions de dot, et le bruit courait qu'un personnage, qui n'était rien moins que le prince d'Arcole, briguait l'honneur d'obtenir sa main.

Quoi qu'il en soit, mademoiselle Angélique se montrait tous les jours au Bois, dans une victoria découverte, et flanquée d'une forte femme frisant la soixantaine, avec des yeux ébahis, des tire-bouchons, et qui était sa propre tante, mademoiselle Dorothée.

Elle était là, bien entendu pour protéger sa nièce contre les entreprises des galants, mais elle s'en tirait assez mal.

Mademoiselle Dorothée, qui se rappelait le temps où

Marouzé se nourrissait de bouilli quand il pouvait, ne s'était point faite aux grandeurs.

Les beaux messieurs qui caracolaient autour de la voiture d'Angélique, cherchant l'occasion d'y laisser tomber un billet doux, éblouissaient mademoiselle Dorothée par leur élégance, et elle passait son temps à se demander comment devaient être habillés le dimanche, des gens qui étaient si bien mis tous les jours.

Quant à Angélique, elle était ravie de l'existence qu'elle menait.

Porter une robe d'une soie d'un bleu pâle qu'on apercevait à travers un nuage de valenciennes; se promener dans une belle voiture; voir tous les yeux se fixer sur elle; avoir une loge à l'année à l'Opéra; une autre aux Italiens; assister à toutes les premières; tout cela lui semblait le dernier mot de la félicité terrestre. Et puis, « ces messieurs » étaient si amusants, si drôles! Philibert Maret, surtout, quand il commençait une série de calembours ou racontait des histoires de cabotins.

Certainement le prince d'Arcole, lui, était un peu plus grave. Une des amies de pension d'Angélique lui avait demandé s'il était vrai qu'il dût l'épouser. Elle n'en savait rien. Son papa ne lui en avait pas parlé. Si son papa le désirait, elle obéirait. Le prince était toujours très-bon pour elle, mais elle trouvait qu'il ne la faisait pas assez rire.

Tous les matins, l'intendant de l'hôtel Marouzé apportait sur un plat d'argent toute une pyramide de lettres, de brûlants acrostiches, de bouquets et de romans nouveaux, avec des compliments de l'auteur.

Les lettres et les acrostiches étaient généralement ouverts par Marouzé, et le plus souvent les acrostiches servaient à allumer son cigare; on plaçait les bouquets dans des vases, et les romans étaient remis à Angélique pour qu'elle les lût, si l'envie lui en prenait, ce qui n'arrivait jamais.

Il y en avait une douzaine rangés très-proprement sur

14

une étagère, les pages coupées, comme de raison, par un domestique, pour que si l'un des auteurs avait la fantaisie d'ouvrir son volume, il ne pût pas s'apercevoir qu'il n'avait pas même été parcouru.

Angélique n'aimait pas la lecture.

— On nous a fait tant lire au couvent! — disait-elle avec une petite moue qui était jolie à croquer.

Elle aimait beaucoup mieux dessiner des chaumières sur une feuille de papier blanc avec un crayon bleu, et, quand elle était fatiguée de cette occupation, elle s'amusait à agacer, avec une aiguille d'argent, un ara superbe, qui, sur son perchoir, faisait retentir tout l'hôtel de cris exaspérants.

C'est précisément ce qu'elle faisait quand Marouzé entra dans son boudoir, par une belle matinée d'automne, quelques semaines après le duel d'Horace Gérard.

Marouzé était toujours aimable avec sa fille, qu'il eût ou non quelque chose à dire ; mais, cette fois, il avait quelque chose à dire.

A la vue de son père, Angélique laissa son ara tranquille et avança son visage pour se faire embrasser.

— Ma chérie, j'ai de bonnes nouvelles pour toi, — dit le financier. — J'ai l'intention de donner un déjeuner, paré et masqué, à la campagne, le mois prochain. J'ai loué une villa, avec un grand jardin, tout exprès pour cette fête. Girth, le costumier, sera ici dans une heure pour te montrer des dessins pour ton costume. Il faut qu'il soit riche; M. Maret, qui a tant de goût, a promis de venir nous aider à le choisir. Et, à propos, où est ta tante Dorothée? Ah! tu es là, ma sœur; tu auras aussi à te choisir un costume. Je crois que Blanche de Castille ou Catherine de Médicis feront très-bien ton affaire.

— Oh! Prosper, tu ne peux avoir la pensée de me faire me déguiser? — s'exclama la tante Dorothée.

— Et pourquoi pas? Pas de bêtises, hein! s'il te plaît! Tout le monde doit être costumé; tu mettras même un masque comme les autres, un loup de velours, bien entendu.

— Sainte Vierge ! — s'écria la pauvre femme, en ouvrant des yeux effarés. — Et serai-je aussi obligée de montrer mes jambes, comme les comédiennes?

— Tes jambes ? Non... Quelle drôle d'idée as-tu là ?... Et puis si cela ne te fait rien, dis donc les actrices, au lieu de comédiennes... Angélique, ma chérie, il n'y aura pas de temps à perdre. Dès que tu auras choisi ton costume, il faudra le commander. J'ai été chez Redureau, et il enverra quelqu'un ce matin pour prendre tes ordres pour le satin et le velours qu'il te faudra. Girth procurera les ouvrières. Je te réponds qu'il aura de l'ouvrage ! J'entends que ce soit une fête comme on n'en a pas vue, de mémoire d'homme, je veux que ce soit tout bêtement princier. Il y aura un bal après ; et un feu d'artifice de vingt mille francs. Mais nous n'enverrons que deux mille lettres. On se mettra à genoux pour avoir des invitations. J'ai mes raisons. Je te dis que ce sera magnifique.

— Oh ! papa, que c'est gentil ! — s'écria Angélique, qui était dans le ravissement.

Et elle commença à s'interroger sur la grave question de savoir si son costume serait lilas ou bleu.

— Vingt mille francs de feu d'artifice !... Deux mille invitations !... Miséricorde !... Où prendra-t-on tout l'argent qu'il va falloir ? — se dit la tante Dorothée, les yeux fixés sur la cheminée.

Mais en ce moment la porte s'ouvrit, le valet de chambre annonça :

— M. Girth.

Ce célèbre costumier fut introduit.

Il entra avec grâce, le maintien composé, d'une tenue irréprochable, saluant avec aisance, sans familiarité.

Derrière lui, venait un subalterne avec deux grands portefeuilles qu'il plaça sur la table.

Ce qu'il y avait de plus extraordinaire dans le cas de

Girth, c'est que ce grand maître de la fashion parisienne était né sur le sol de la perfide Albion.

Cela se voyait d'ailleurs à la largeur de ses épaules, à ses cheveux blonds, et à la coupe correcte de ses favoris cendrés.

— Vous êtes exact, M. Girth, — dit gaiement Marouzé.

— L'exactitude est la politesse des négociants, comme elle est celle des rois, monsieur, — répondit Girth, avec un léger accent étranger. — Mais je craignais d'être en retard de quelques minutes, ayant été retenu par la duchesse d'Argentières pour une toilette de noce pour sa fille. Et j'ai peur d'être obligé de vous quitter dans une demi-heure. Trois costumes à remettre à un courrier envoyé, tout exprès, par l'impératrice d'Autriche.

Girth jeta ces grands noms, avec la négligence d'un homme qui n'en prononce jamais d'autres.

— Diantre ! — reprit Marouzé, — j'avais espéré que vous pourriez attendre l'arrivée de M. Philibert Maret, qui doit nous donner quelques conseils.

— Voici M. Maret, papa, — s'écria Angélique.

Et effectivement, Philibert Maret apparut.

Il était souriant, mis comme un grand seigneur, et arrivait par la serre qui attenait au boudoir d'Angélique.

Il salua les deux femmes, et serra la main du financier.

Girth lui rendit ses devoirs, inclinant respectueusement la tête.

— Eh bien, M. Girth, vous voilà armé de vos deux manuels d'élégance, à ce que je vois. Je suis venu ici pour prendre une leçon de goût.

— Non pas, monsieur,... c'est à M. Philibert Maret de donner et non de recevoir de pareilles leçons, — fit le costumier avec amabilité.

— Hum !... Je ne sais pas trop. J'ai décrit une toilette de femme dans mon dernier roman, et madame de Masseline, l'une de vos clientes, m'a dit que j'étais en arrière de six ans. Je crois qu'elle avait raison, car j'ai eu occasion de voir dernièrement, à l'ambassade d'Angleterre, une espèce de costume où le bleu, le vert, le jaune, et le rouge se mariaient avec tant de bonheur, qu'il ressemblait à s'y méprendre à une glace napolitaine fondue. On m a assuré cependant que c'était parfait.

— Ah! oui, à l'ambassade d'Angleterre, il faut s'attendre, à tout, — fit Girth, en haussant légèrement les épaules. — Que voulez-vous, mes compatriotes ne comprennent rien à notre art. En Angleterre, nous n'avons que deux classes de gens: ceux qui ne s'habillent pas et ceux qui s'habillent trop. Pourtant, l'art de la toilette n'est pas difficile. L'harmonie.... voilà tout son secret.

— Très-jolis, ces costumes-là, — murmura Maret, en tournant les feuillets du premier album; — celui-ci surtout.

— Oui, une Françoise de Rimini, il a été fait pour la princesse de Maurienne. Son Altesse avait lu des romans suédois et désirait se costumer en Marguerite de Woldemar. J'ai eu beaucoup de peine à persuader à Son Altesse qu'elle n'avait ni le teint des femmes du Nord, ni l'air guerrier nécessaires pour ce personnage. Elle a les cheveux noirs et l'air très-sentimental. En Françoise de Rimini, elle était parfaite. Mais ceci est l'album historique. Voici celui des costumes de fantaisie, peut-être conviendront-ils mieux à mademoiselle.

Il tourna les feuillets du second album; et nymphes, déesses, willis, et vertus cardinales apparurent dans une fascinante succession.

A chaque page, Angélique s'écriait languissamment:
— Oh! oh! que c'est beau!

La tante Dorothée, en entendant dire les prix, fut plongée dans un état de stupeur, dont les modifications proposées par Philibert Maret ne la firent pas sortir.

Le financier approuvait de la tête de temps en temps, mais laissait au romancier le soin de décider en dernier ressort.

Enfin, l'on n'hésita plus qu'entre une Hébé et un Matin.

14.

— Quelque chose de riche, — insinua Marouzé.

— L'Hébé devrait être simple, — fit observer Girth. — Des perles, du tulle, et un peu... très-peu de bleu pour donner du relief... peut-être quelques fleurs en boutons. Le costume n'irait pas à plus de douze cents francs. Mais je vous dirai que l'Hébé est un peu usé. J'ai fait trois Hébés l'hiver dernier. Le Matin serait bien plus distingué et conviendrait beaucoup mieux à la rare beauté de mademoiselle. Le bleu pâle, la soie blanche, le tulle comme pour l'Hébé, mais disposé différemment en nuages transparents et le corsage beaucoup plus décolleté ; diamants à profusion, bien entendu, — et il ajouta avec un sourire satisfait : — il n'y a pas de beau matin sans rosée... de la poudre d'or dans les cheveux, quoique, en réalité, les cheveux de mademoiselle n'en ont guère besoin, et un diadème avec un soleil levant en topazes et en brillants. Pour réaliser complétement mon idéal, en tout point, et avoir quelque chose d'une splendeur parfaite, il faudrait deux cent mille francs de diamants... pas moins.

— Pourquoi pas ?... — s'écria Marouzé avec enthousiasme.

— Eh bien ! si mademoiselle se décide, je crois pouvoir prédire un succès écrasant, surtout à la lumière. Ce sera la plus magnifique chose qu'on ait vue depuis le bal de la duchesse d'Albe, où il n'y eut rien de supérieur.

Inutile de dire qu'Angélique choisit ce Matin coûteux.

On lui annonça l'arrivée de la personne envoyée par Redureau, et elle se retira pour aller dire ce qu'il fallait de soie et de tulle.

Girth, du reste, avait été assez bon pour le lui écrire sur une feuille de papier.

La personne en question avait été introduite dans le cabinet de toilette de Mademoiselle.

Angélique s'y rendit et se trouva en face de Georgette.

Vous vous souvenez que les deux jeunes filles avaient été au couvent ensemble, quelques années avant.

Le père d'Angélique n'était pas alors un personnage, il s'en faut; tandis que celui de Georgette était un très-honorable négociant, riche, considéré. C'était donc Georgette qui, au couvent, passait pour être dans une « plus haute position, » comme disaient les bonnes sœurs.

Les rôles étaient renversés maintenant, et peut-être, malgré la sérénité de tempérament d'Angélique, perçait-il dans son regard une étincelle de ce bon sentiment qui nous fait prendre un plaisir si vif à protéger ceux qui nous ont connus dans une plus humble condition.

Quoi qu'il en soit, c'est avec un sourire très-affectueux qu'elle dit :

— Oh! Georgette, on ne m'avait pas prévenue que c'était toi, et je m'étonne qu'on ne l'ait pas fait. Tu sais, je viens de choisir un costume... ou du moins M. Philibert Maret l'a choisi pour moi... avec lequel je dois avoir pour deux cent mille francs de diamants ! Imagines-tu cela, deux cent mille francs ! C'est une grosse somme, sais-tu?

Georgette sourit, faible et triste sourire, car la pauvre enfant n'était point gaie, et elle dit :

— Avez-vous les commandes écrites, mademoiselle Angélique ?

Sur quoi Angélique l'arrêta net.

— D'abord, laisse-moi tranquille avec tes *vous* et tes *mademoiselle*.

Georgette rougit, hésita un peu, puis avec une petite mine aimable et résignée :

— Comme tu voudras.

Angélique poursuivit.

— A la bonne heure..., — Puis : — Oui j'ai les commandes, chère Georgette, M. Girth les a écrites, et il va envoyer deux ouvrières pour travailler toute la journée; mais je dois essayer devant lui le costume, et les dernières retouches seront faites par son premier coupeur. Oui, je crois que c'est bien cela qu'il a dit : cela semble étrange, n'est-ce pas... un homme pour faire des vêtements de femmes ? Ah ! mais je t'oubliais, tu prendras bien un verre de madère avec un biscuit. Je vais sonner. Et puis, il faut que tu visites la maison, car tu ne l'as jamais vue. Elle est très-grande, je ne sais même pas si je la connais tout entière.

— Non, je te remercie. Je t'en prie, ne sonne pas, — dit Georgette. — Il faut que je rentre bientôt à la maison. Je te remercie de ton aimable intention.

— Mais il faut prendre quelque chose, — fit Angélique.

Puis, s'étant interrompue, et après avoir regardé son amie d'un air surpris, elle dit :

— Mais, Georgette, je ne retrouve plus ta belle mine : est-ce que tu as été malade ?... Tu es toute pâle !

Et, avec une vivacité qui ne lui était pas habituelle, elle s'assit sur l'ottomane, attira Georgette auprès d'elle et l'embrassa.

— Dis-moi ce que tu as ? — dit-elle.

Le cœur de Georgette était arrivé à cet état de plénitude où il suffit d'une goutte de sympathie pour le faire déborder. Elle fondit en larmes.

Angélique, de plus en plus surprise, commençait à s'inquiéter.

— Mon Dieu, que je voudrais que ma tante fût ici ! — s'écria-t-elle. — C'est toujours elle que je vais trouver quand je pleure. Mais, dis-moi, Georgette, ne puis-je rien faire pour toi ? Tu as toujours été si bonne pour moi... Mon Dieu, que je suis sotte de ne pas savoir découvrir moi-même la cause de ton chagrin !

— Oh ! ce n'est rien, ce n'est rien... ce sera vite passé...

Et Georgette essaya de sécher ses larmes.

Mais elle échoua, et quand la tante Dorothée arriva quelques minutes après, elle trouva les deux jeunes filles qui pleuraient toutes les deux.

L'excellente femme ne tarda pas à les imiter, sa mission ici-bas étant de soigner le pot-au-feu et de consoler les affligés.

Après avoir pleuré, elle pressa doucement la jeune fille de lui ouvrir son cœur, et peu à peu, encouragée par l'expression de son brave et honnête visage, la pauvre petite avoua la vérité.

C'était, comme vous l'avez prévu, la vieille, l'éternelle histoire d'un premier amour contrarié.

Le père de Georgette s'était mis en tête de la marier, malgré elle, à un homme qu'elle n'avait jamais aimé. Il insistait.

Sa mère, qui d'abord l'avait défendue, avait fini par passer du côté de son mari, et tous deux la tourmentaient d'une si belle façon qu'elle ne se sentait plus la force de résister plus longtemps.

D'ailleurs, à quoi bon ?

Elle savait bien qu'elle ne pourrait jamais épouser celui qu'elle aimait !

Il ne voudrait pas d'elle ; il avait une situation trop supérieure à la sienne, c'était un trop grand personnage pour épouser une fille comme elle. Pourtant, elle avait un moment espéré qu'il l'aimait un peu : c'était une erreur. Elle préférait ne pas dire son nom. Il n'avait rien fait qu'elle pût lui reprocher. Elle essaierait d'oublier, et elle fit un second effort pour ne plus pleurer.

Pauvre Georgette ! elle ne fut pas plus heureuse que la première fois et elle n'avait point porté son mouchoir à ses yeux qu'elle éclatait en véritables sanglots.

Ce fut même au milieu de ces sanglots qu'elle avoua que c'était Horace Gérard qu'elle aimait.

Une heure après, quand elle fut partie, Angélique, les yeux encore rouges, descendit auprès de son père.

Elle avait un projet.

Le financier était seul dans le boudoir de sa fille, examinant un paysage qu'il avait acheté la veille, pour le tiers environ de sa valeur, à un peintre qui mourait de faim. Il cherchait où il le mettrait, car les murs étaient déjà couverts de tableaux. Il tournait le dos à la porte.

Elle lui toucha le bras.

— Oh ! papa, je suis si malheureuse, que je suis venue te demander une faveur.

Il reposa le tableau, un peu surpris, c'était la première fois que sa fille lui demandait quelque chose.

— Ce n'est pas pour moi, papa. Mais si tu le fais, cela me fera autant de plaisir que si c'était pour moi. C'est pour Georgette; tu sais qu'elle a été en pension avec moi. Elle était ici ce matin, et elle m'a dit qu'on voulait la marier avec un homme qu'elle n'aime pas. Je crois qu'elle a dit un commis voyageur. C'est pour cela que j'ai pensé à venir te trouver pour te demander s'il n'y aurait pas quelque chose à faire. Si tu parlais à son père, il t'écouterait et tu pourrais lui dire ce qu'elle n'ose pas lui apprendre, qu'elle aime une autre personne. Je ne sais pas trop si je devrais te dire son nom... mais je le ferai tout de même... c'est M. Horace Gérard, celui que tu connais...

Marouzé, qui était resté jusque-là tout à fait impassible, fit une grimace de l'autre monde. Il embrassa sa fille au front et tourna les talons.

— C'est étrange, — se dit-il en lui-même. — Qu'est-ce que cela signifie?... J'espère bien que cela n'a rien de sérieux !... Horace n'est pas homme à épouser une fille de cette condition, même s'il en était amoureux. Je le connais trop pour cela; néanmoins, c'est curieux. Au fait! qui sait, cette histoire tournera peut être à notre avantage, J'y songerai.

XVII

LA FUTURE MADAME DEMILLIÈRE

— Ah! mon cher enfant, comment allez-vous?... Vous êtes presque devenu un étranger pour nous : comme il y a longtemps que je ne vous ai vu?

— Vous êtes comme toujours, bien trop bon pour votre petit confrère, mon grand maître, — fit Horace, en souriant. — Mes six mois d'interdiction seront bientôt expirés, et je crois que je reviendrai au Palais.

— Et vous ferez bien, mon ami. Le barreau est la vraie carrière pour les talents jeunes et vigoureux comme le vôtre. A propos, qu'est-il advenu de cette affaire de duel?... Êtes-vous poursuivi?...

— Je sors précisément du cabinet du juge d'instruction, c'est ce qui m'a amené ici ce matin. Mais je pense que je ne serai plus ennuyé de cette affaire. Il y aura une ordonnance de non-lieu.

— Vous devez cela probablement à votre témoin, M. Marouzé?

— Je le crois comme vous. Peut-être aussi à la bonté de ma cause. Mon adversaire était l'agresseur, je n'ai fait que me défendre et il était mille fois certain que le jury n'aurait pu que m'acquitter. Néanmoins, ç'aurait été une occasion pour notre défenseur de faire une charge à fond de train contre les violences de la presse officieuse, et cela aurait été très-désagréable au gouvernement. Il avait plus d'intérêt que nous à étouffer l'affaire.

Horace disait cela à l'illustre avocat Claude Febvre, dans la salle des Pas-Perdus du Palais de Justice, où, comme venait de le faire remarquer celui-ci, il était devenu étranger.

Il était encore à la rédaction de la *Sentinelle,* mais il n'attendait que l'occasion de rompre des relations qui avaient cessé d'être cordiales et qui ne pouvaient plus se rétablir sur l'ancien pied.

Une rupture avec Nestor Roche devenait de plus en plus imminente.

La confiance du rédacteur en chef en son collaborateur était ébranlée. Il s'efforçait de ne pas le laisser voir; mais le fait était patent et se manifestait par une foule de petits riens très-significatifs.

C'est ainsi qu'il en était arrivé à laisser à Horace toute latitude pour ses articles : c'est à peine s'il les revoyait; il n'y faisait jamais le plus léger changement, et Horace n'entendait plus sa grosse voix morose, mais si cordiale et si affectueuse, lui dire pourquoi il supprimait ceci et ajoutait cela.

Les articles étaient imprimés, tels qu'il les avait écrits, et nous devons dire, d'ailleurs, que le temps était passé où Nestor Roche pouvait avoir à redouter les excès de la fougue républicaine de son jeune rédacteur.

Son duel, ou plutôt son intimité avec Marouzé, semblaient avoir marqué une ère nouvelle dans les opinions et dans le style d'Horace.

Il écrivait maintenant avec une modération courtoise qui étonnait les farouches républicains qui étaient ses collaborateurs à la *Sentinelle.*

Non pas qu'il fût moins libéral, au contraire, il l'était
peut-être davantage ; mais c'était le libéralisme philoso-
phique et plus large de l'homme du monde qui commence
à ne plus juger les choses avec sa passion ou son cœur,
mais à les regarder d'un œil impartial et presque indifférent.

Et comment en aurait-il été autrement ?

Sa vie se faisait de jour en jour plus douce. Il était un
des enfants gâtés de Paris.

Sur le boulevard, au Bois, à l'Opéra, il était remarqué,
salué, choyé, fêté comme un jeune triomphateur.

Les dramaturges, les romanciers les plus en renom lui
disaient : « Bonjour, mon cher ! » Les journalistes bonapartistes eux-mêmes le saluaient, avec une espèce de
gravité sympathique ; et les femmes, au théâtre, se le faisaient montrer par Philibert Maret ou quelque autre, le
lorgnaient avec une obstination qu'un aveugle aurait remarquée. Et il avait beau dire, — comme le lui faisait
remarquer Drydust, — c'était flatteur.

— Voyez-vous, mon cher, — ajoutait cet éminent personnage, qui ne quittait Horace que lorsqu'il ne pouvait
pas faire autrement, — vous pouvez m'en croire, la démocratie avancée n'est pas votre affaire. Je l'ai vue à
l'œuvre, moi, la démocratie. J'ai été en Amérique tout
exprès pour l'étudier. Eh bien ! il n'y a rien de plus parfaitement ennuyeux. Ils n'ont ni littérature, ni peinture,
ni musique, ni beaux-arts.

— Eh ! l'art n'est point tout dans la vie !

— Je ne vous dis pas, mais cela a bien son prix. La
liberté ne devrait pas être un but mais un moyen. Nous
ne venons pas au monde pour déposer un petit morceau
de papier dans une boîte de bois blanc ; mais pour jouir
de la vie. Si cela vous amuse de voter, votez tant que vous
voudrez, je n'y vois pas d'inconvénient ; mais si cela m'ennuie, accordez-moi que je m'en prive.

— Voulez-vous dire que le despotisme qui vous donnerait des spectacles amusants serait le *nec plus ultra* d'un bon gouvernement?

— Eh! eh!... je ne dis pas non, j'ai un faible pour le despotisme. Jamais rien de grand ne s'est fait sans lui. Voyez le boulevard Malesherbes, qu'on construit... voyez le bois de Boulogne... deux cents millions dépensés en deux ans... jamais un gouvernement parlementaire n'aurait fait cela pour vous.

— Alors vous voudriez voir changer la forme du gouvernement chez vous?

— Non, l'Angleterre, c'est différent. La liberté est nécessaire au tempérament anglais. Il nous faut beaucoup de liberté; mais nous sommes une exception.

Horace sourit; mais malgré cela, il n'était point absolument rebelle à l'influence que pouvaient exercer sur son esprit des paroles comme celles-là, alors surtout qu'il les entendait dire par des hommes aussi séduisants que Philibert Maret.

Il commença par en rire, les traita comme des paradoxes, quelquefois prit la peine de les réfuter; mais la vérité est qu'il prenait un secret plaisir aux plus cyniques plaisanteries de ses nouveaux amis : il les jugeait plus gais, plus vivants, plus amusants que les purs républicains qui avaient jusque-là fait sa compagnie ordinaire.

C'était précisément à cela qu'il pensait quand il rencontra Claude Febvre.

La journée était claire et radieuse, son sang coulait joyeusement dans ses veines, et il se sentait d'autant plus heureux qu'il avait passé la veille au soir deux heures pleines avec une demi-douzaine d'ardents radicaux plus insupportables les uns que les autres. Ils avaient affirmé les principes, bavardé solennellement.

— Vraiment ! — disait Horace en descendant l'escalier du Palais de Justice, — la politique de ces braves gens-là gagnerait à être perfectionnée !

Les rues avaient cette animation que donne le beau temps.

Il y avait beaucoup de voitures découvertes, beaucoup de gens dehors, et sur l'impériale des omnibus les voyageurs s'interpellaient à haute voix, faisaient des farces.

Sur les murs ou les colonnes des boulevards, les affiches des spectacles semblaient plus grandes et plus claires.

C'était un de ces jours où l'envie de flâner gagne les plus laborieux.

Horace descendit les quais, s'arrêtant de temps en temps à regarder les vieilles armures, les vieux bibelots, les porcelaines de Chine ou les vases du Japon.

Il était ainsi arrêté devant la vitrine d'un marchand de curiosités, quand il fut bousculé par un passant.

Ce passant était un petit jeune homme, qui avait un gilet presque écarlate et qui tenait un sac de voyage à sa main.

Il s'excusa, alléguant l'étroitesse du trottoir.

Horace salua et allait passer, mais l'autre, comme s'il l'avait reconnu, rougit légèrement, ôta son chapeau vivement, et dit :

— Je vous demande pardon, je crois avoir l'honneur de parler à monsieur le marquis de Pourlans... monsieur Horace Gérard... Excusez-moi, — reprit-il aussitôt. — J'ai de tels remerciements à vous faire, monsieur... vous avez été si bon pour moi. Je suis Demillière... Hector Demillière !

— Monsieur Demillière... oui, parfaitement, je me rappelle...

Et Horace examina le personnage avec quelque curiosité.

— Oui, je vous dois beaucoup, monsieur le marquis, pardon... monsieur Gérard, — dit Demillière, qui reprenait très-vite la possession de soi. — On m'a dit que vous aviez été assez bon pour employer votre éloquence en ma faveur. C'est M. Redureau, mon futur beau-père, qui m'a dit cela. Ma future belle-mère, vous le savez, était d'abord opposée au mariage. J'ai vu beaucoup de belles-mères, tant en France qu'à l'étranger, et j'ai eu l'occasion de remarquer qu'elles étaient toujours opposées à quelque chose. Le mariage, monsieur le marquis, serait une institution sacrée sans les belles-mères ; quand je serai marié, je me propose de maintenir la mienne à distance. Mademoiselle Georgette, ma future femme, partagera, je n'en doute pas, ma manière de voir. En attendant, répondant à ma tendre passion, comme elle le fait, je suis sûr qu'elle nourrit les mêmes sentiments de reconnaissance que moi envers vous, monsieur.

Horace inclina légèrement la tête sans répondre.

— J'aurais cherché l'occasion de vous dire tout cela déjà, monsieur, mais les affaires nous absorbent, elles m'ont tenu loin de Paris depuis six semaines, et je repars encore demain, par le train du matin. Amasser de l'argent, monsieur le marquis, dans l'intention de l'offrir à l'objet de son culte, est une occupation qui m'a toujours paru la plus noble de toutes ; et cela me rappelle que si, par hasard, monsieur le marquis avait besoin de quelques douzaines de bouteilles de champagne, bien léger et bien sec, de la récolte de 49, ou une flûte en palissandre, à clefs d'argent, ou une boîte d'allumettes portative et commode, monsieur le marquis aurait tout avantage de traiter avec moi, au lieu de s'adresser à une maison de détail. J'ai une autre faveur à demander, mais cette faveur devrait peut-être être sollicitée par madame Demillière... future. Néanmoins, si monsieur le marquis voulait nous faire l'honneur d'assister à la cérémonie, dont la date n'est pas encore fixée, mais sera annoncée à monsieur le marquis, il nous comblerait, car je puis dire que la présence de monsieur le marquis couronnerait dignement son ouvrage, car si un heureux hymen m'est réservé, je n'oublierai jamais que c'est à monsieur le marquis de Pourlans que je le dois.

Était-ce bien vrai ? Demillière devait-il l'espoir d'un heureux hymen à M. le marquis ?

On aurait pu en douter à la grimace que fit Horace lorsque ledit Demillière se fut éloigné.

Pourquoi les choses avaient-elles tourné ainsi ?

Horace avait résolu de ne plus penser à Georgette, et il avait réellement fait tout son possible pour y arriver.

Il avait même fait plus : après avoir évité toutes les occasions de la rencontrer, une fois qu'il était certain qu'elle n'était pas au magasin, il avait bravement chanté les louanges de Demillière qu'il ne connaissait pas du tout.

Cela avait convaincu madame Redureau, et c'était le but que s'était proposé Horace.

Il est vrai qu'après cet exploit il avait négligé de déménager, ce qui était pourtant ce qu'il y avait de plus simple à faire.

Pourquoi n'avait-il pas déménagé ? Il n'en savait rien lui-même. Il s'était dit que ce n'était pas nécessaire, puisque Georgette se marierait bientôt. Mais maintenant qu'il avait entendu Demillière, il trouvait qu'il n'avait pas été prudent, en restant dans la même maison que Georgette, et il ne pouvait supporter l'idée que ce commis voyageur viendrait à chaque instant chez lui pour lui exprimer sa reconnaissance.

Il était de très-mauvaise humeur. Il regretta sincèrement que les patrons de ce Demillière ne l'eussent point envoyé aux antipodes vendre leurs marchandises. Puis il maudit l'excellent Redureau et tous les papas français en général, qui font du mariage de leurs enfants une affaire. Il se demanda dans quel état d'esprit se trouvait Georgette maintenant... il y avait longtemps qu'il ne l'avait vue; de longues semaines. Qu'avait-elle pensé de lui pendant tout ce temps?... Elle était indignée, comme de raison; c'était inévitable, car les femmes ne voient jamais les choses sous leur véritable jour. Cependant, il aurait

été fâché qu'elle gardât mauvaise opinion de lui. Il avait
fait pour le mieux. Quel mal y avait-il à essayer de se
faire pardonner, à la revoir un instant ? Elle était défini-
tivement à un autre, maintenant ses attentions ne pouvaient pas être mal interprétées.

Il avait atteint la rue Saint-Jacques, il entra.

Madame Redureau était assise à sa place habituelle,
derrière le comptoir ; Redureau était debout au milieu
du magasin, recueillant avec respect quelques avis de
Marouzé.

Ce dernier accosta Horace en lui tendant la main.

— Mon cher et jeune ami, j'étais venu vous voir pour
ma petite fête. Vous savez que je compte particulièrement
sur vous.

Horace chercha Georgette du regard. Elle était assise
dans un coin ; mais près d'elle, et penché sur le comptoir,
se tenait un jeune homme, mis avec une grande élégance.
Il riait beaucoup et semblait amuser Georgette, qui l'é-
coutait en riant aussi. Elle paraissait prendre un plaisir
extrême. Horace se dit avec un douloureux serrement de
cœur :

— Comme leurs visages sont rapprochés... ils se tou-
chent presque !

Le jeune homme se retourna.

C'était le prince d'Arcole.

XVIII

MAROUZÉ CHEZ LUI

Marouzé s'était mis en tête que sa fête aurait un succès étourdissant, et, à en juger par les seuls préparatifs, il semblait probable que ses vœux seraient comblés.

Lombard, rendu à la liberté, emboucha la trompette pour annoncer le grand événement dans la *Gazette des Boulevards*.

Drydust en parla à ses lecteurs anglais, en leur donnant les détails les plus circonstanciés sur le nombre des bougies qui seraient brûlées, sur le menu du dîner et le prix du champagne. Du Cliquot, s'il vous plaît, à vingt-cinq francs la bouteille.

Un des faubourgs de Londres, — Clapham, fut aussi heureux que s'il avait dû assister à la fête.

Dans les villas de Camberwell, Battersea, Islington, et Chelsea, elle fut l'objet de toutes les conversations, pendant quinze jours avant qu'elle eût lieu.

Mais naturellement, ce fut à Paris que l'annonce de cette fête fit le plus sensation.

Les étalages des magasins de nouveautés, sur toute la

longueur du boulevard, furent resplendissants. Ce fut un
amas de velours, de satin, de dentelles, de broderies d'or,
d'argent, d'aigrettes, de plumes. On n'avait jamais rien
vu de pareil.

M. Louis, artiste capillaire de la cour, avait sa liste au
grand complet, ce qui voulait dire que le jour de la fête il
partirait pour sa tournée aristocratique à six heures du
matin et ne l'aurait terminée que sur le minuit.

Bien heureuses et bien privilégiées furent les femmes
qui, pour un billet de cent francs, purent obtenir un
quart d'heure du temps de cet être auguste.

Il arrivait dans son coupé, montait en franchissant
trois marches à la fois au cabinet de toilette de madame,
qu'il s'attendait à trouver assise devant sa toilette, sa
femme de chambre près d'elle, les peignes, les brosses,
les fers, les pots de bandoline en bon ordre et à portée de
sa main ; et, malgré tout cela, il croyait devoir lancer quelques regards terribles et frappait le parquet de son pied
aristocratique, si la femme de chambre mettait plus d'un
quart de minute à sortir le diadème de madame de son
écrin.

Quant à Girth, comme de raison, il était aux abois.

— Il n'y a pas de bornes — disait-il — aux exigences
des femmes. Si j'allais chez toutes celles qui m'écrivent,
je n'aurais pas une minute à moi. Aussi ai-je été obligé
de faire une loi : je reste chez moi à de certaines heures,
je fais mes visites à de certaines autres ; mais mes
clientes sont prévenues que, dans aucun cas, mes consul-
tations ne doivent durer plus d'une demi-heure.

On ne saura jamais si « ces dames » comprirent la rigueur de cette loi.

Toujours est-il que leurs voitures formaient une queue
de cent mètres à sa porte, et des femmes qui n'auraient
pas attendu cinq minutes leurs maris, s'asseyaient avec
une patience de saintes, pendant deux heures, quatre
heures quelquefois, pour attendre le bon plaisir de Girth.

Une seule personne fut cependant dispensée de subir cette épreuve, c'était Angélique.

Comme fille de l'amphitryon, elle avait droit à une considération exceptionnelle ! Girth lui faisait l'honneur de se transporter de sa personne chez elle une ou deux fois par semaine.

Avertie à l'avance de sa visite, elle l'attendait avec une anxiété méditative, comme on attend un grand médecin ou un peintre célèbre qui vient pour faire notre portrait.

Angélique, avec son costume qui n'était pas encore achevé, se tenait immobile entre trois psychés, l'une à gauche, l'une à droite, et la troisième à l'arrière-plan. Derrière, mais en dehors de la ligne des glaces, deux ouvrières et une femme de chambre, silencieuses et frappées d'un respectueux effroi, ne bronchaient pas.

Sur un sopha, mademoiselle Dorothée regardait le plafond avec résignation.

Au premier plan, Girth, ganté, impassible, songeait, tout en jetant de loin en loin un ordre bref à son aide de camp, — le premier coupeur, — que celui-ci consignait avec déférence sur un agenda.

Michel-Ange, dirigeant les travaux de la coupole de Saint-Pierre, Lenôtre, faisant le plan des jardins royaux de Versailles, n'étaient certainement ni plus préoccupés, ni plus majestueux.

Dire qu'Angélique prenait un grand plaisir à tout cela, ce serait dire la vérité; mais pourtant sa joie n'était pas sans mélange.

Son riche costume et la fête elle-même l'intriguaient un peu.

Sans doute, il était doux de s'entendre dire qu'on serait la reine d'un tournoi de splendeurs qui n'avaient jamais été et ne pourraient jamais être surpassées, de voir toutes ses petites amies crever de jalousie en admirant ses deux cent mille francs de diamants. Mais en dépit de

15.

ces agréables émotions, il y avait comme une sorte d'inquiétude nerveuse qui agitait l'esprit d'Angélique.

Elle avait comme un pressentiment que cette fête était trop extraordinaire pour avoir été préparée sans quelque raison cachée.

Marouzé n'était pas homme à mettre vingt mille francs dans un feu d'artifice, pour le plaisir de voir partir des fusées de toutes les couleurs, et Angélique commençait à soupçonner qu'il était probable qu'elle entrait pour quelque chose dans les desseins de son père.

Il faut avouer que sa perspicacité n'allait guère plus loin que cela.

Elle pensait un peu, il est vrai, au prince d'Arcole et se demandait pourquoi, s'il avait réellement l'intention de l'épouser, il ne se déclarait pas plus tôt; mais elle fut bien loin de deviner la vérité, lorsque le financier lui répéta pour la quatrième ou cinquième fois:

— Ma chérie, n'oublie pas d'être très-aimable avec M. Horace Gérard, qui sera de la fête... Tu sais, c'est un homme charmant.

— Certainement, — pensa-t-elle, — je serai très-aimable avec M. Gérard, et je suis enchantée de l'occasion de me trouver avec lui... Quant à la question de savoir s'il est charmant ou non, mon père est plus apte à le juger que moi; mais il n'a pas été très-gentil avec Georgette. Il est vrai qu'il est riche et de haute naissance, à ce qu'on prétend, et que Georgette est la fille d'un marchand de calicot; mais, après tout, qu'est-ce que cela fait?

N'avait-elle pas souvent entendu dire à Philibert Maret que le rang d'une femme était sa beauté, qu'un roi Koph ou Kophetua — elle ne savait plus au juste — avait épousé une pauvre fille, et que c'était ce roi qui s'était trouvé honoré de cette alliance.

Pourquoi alors M. Gérard n'en faisait-il pas autant?

Georgette n'était pas une pauvre fille; au couvent elle avait eu beaucoup plus de prix qu'elle, Angélique, et puis

elle était jolie, tout à fait jolie; chacun le reconnaissait, le
prince d'Arcole lui-même, qui était allé l'autre jour chez
Redureau, avec son père, était revenu enthousiasmé de
sa beauté.

Elle se demandait tranquillement, comme elle avait
coutume, si elle ne pourrait pas essayer d'amadouer un
peu Gérard.

Il n'avait pas l'air bien méchant et elle avait sincèrement envie de venir en aide à Georgette.

Si son père avait fait ce qu'elle voulait, tout se serait ar-
rangé; mais son père ne paraissait pas désireux d'inter-
venir dans cette affaire.

Il l'avait embrassée brusquement, puis il était parti,
et la dernière fois qu'elle était revenue à la charge, il lui
avait répondu avec impatience :

— Ta! ta! ta! ma chérie, Georgette est une petite oie,
et toi aussi.

Elle ne voyait pas trop en quoi Georgette était une oie,
quoiqu'elle y eut très-sérieusement réfléchi.

— On n'est pas une oie, — se disait-elle, — parce que
l'on a du chagrin d'avoir été trompée.

La tante Dorothée, qui n'y allait, comme on dit, pas
par trente-six chemins, disait que c'était une infamie
d'abuser d'une jeune fille, que c'était plus cruel et aussi
déshonorant que le vol.

Et puis, Georgette était si gentille!

— Oui,— se dit Angélique.— Je verrai si je ne puis pas
amener M. Gérard à de meilleurs sentiments. Je profiterai
de l'occasion, de sa présence à la fête pour lui parler.

Cette sage pensée, qui lui était venue à l'esprit après
plusieurs jours de réflexion, elle la garda pour elle; mais
chaque jour elle la dominait d'une façon plus étroite.

En attendant elle prit une feuille de papier à lettre avec
des initiales gigantesques, une fine plume d'or, et elle
écrivit à son amie de ne pas se rendre malheureuse, en
soulignant trois fois le mot MALHEUREUSE, ce qui,

pour les connaisseurs en matière de calligraphie féminine, voulait dire qu'il y avait trois excellentes raisons
au moins pour qu'elle ne fût pas malheureuse ; elle ajoutait qu'elle avait conçu un plan pour tout arranger, en
soulignant de même le mot PLAN.

Il est probable que si Marouzé avait eu connaissance de
cette affectueuse communication, il n'aurait pas été content du tout.

Mais il était trop absorbé pour s'occuper beaucoup de
sa fille.

Tout le temps qu'il pouvait dérober aux affaires, il le
passait à Marly, où il avait loué une somptueuse villa
avec un grand parc.

Une armée d'ouvriers y était employée à construire des
marquises, à improviser des terrasses, à garnir les par-
terres de fleurs rares.

Marouzé voulait que rien ne fût négligé pour que la
fête fût complète.

Les dispositions étaient prises pour qu'en cas de pluie
tout le territoire de la fête fut en un clin d'œil mis à
l'abri.

Des petits chalets, aux couleurs éclatantes, tout tapissés
de verdure, s'élevaient çà et là sur les pelouses : ils étaient
meublés avec un soin et un luxe qui n'auraient pas été
surpassés s'ils avaient dû rester là éternellement.

Pour garder le terrain et les approches de la salle de
bal, on avait engagé une centaine d'hommes, costumés en
hallebardiers, et deux cents jeunes garçons, costumés en
pages François Ier, avaient été choisis pour servir les invités.

C'était le directeur de la Porte-Saint-Martin qui avait
été chargé d'organiser et de réaliser cette partie du programme.

Il avait aussi amené plusieurs douzaines des plus jolies
filles de son corps de ballet pour distribuer des bouquets
et des fleurs.

Ce programme pouvait être modifié selon les circonstances; mais, pour le moment, il était arrêté comme suit :

A quatre heures, la collation; à six heures, le tirage de la tombola; à dix heures, le feu d'artifice; suivi de l'illumination des jardins à la lumière électrique, laquelle lumière en était alors à ses débuts. Puis il était convenu qu'on prendrait alors le masque pour le bal, le souper, et le cotillon. La fête devait durer jusqu'au lever du soleil.

Il n'était donc pas étonnant que Marouzé fût occupé. Il avait dû, d'ailleurs, revenir très-vite sur sa résolution de ne lancer que deux mille invitations.

Ce qu'il avait reçu de demandes, de supplications est incalculable.

Ce n'était pas toujours facile de refuser, car, parmi les pétitionnaires, il y avait un grand nombre d'actionnaires du Crédit parisien. Ces braves gens réclamaient cette faveur comme un droit, et l'idée seule de cette fête les mettait en joie, car ils faisaient cette réflexion qu'un directeur de compagnie qui dépensait tant d'argent, devait naturellement s'intéresser plus qu'un autre au sort de ses actionnaires.

En somme, Marouzé avait envoyé quatre mille lettres, sans diminuer sensiblement le nombre de ceux qui, enrageant de n'être pas invités, s'en allaient répétant partout qu'ils n'auraient jamais voulu, les en eût-on priés, mettre les pieds dans une maison pareille.

Marouzé était, bien entendu, au-dessus de ces misérables criailleries.

Le point essentiel à ses yeux était que tous les grands personnages qu'il avait invités eussent accepté avec empressement, et qu'Horace Gérard, le plus intéressant de ses convives, eût compris qu'il devait venir en costume.

— Ainsi, tout va bien, — murmura le financier, — je crois que la graine que nous avons semée commencera

bientôt à porter ses fruits... si nous nous tenons sur nos
gardes, — ajouta cet homme prudent, qui se méfiait toujours du hasard.

Enfin le grand jour arriva.

La veille au soir, Horace avait vainement essayé de décider son frère à l'accompagner.

Émile avait doucement, mais nettement refusé, donnant
pour raison, qu'il aurait probablement trop de travail.

Horace avait loué pour cinq cents francs un assez beau
costume Henri III : pourpoint de satin blanc avec crevés
cerise, manteau court de velours blanc, avec broderies
d'argent, épée à poignée d'argent, fourreau de velours cerise, feutre gris avec aigrette de diamants.

C'est une faiblesse, si vous voulez, mais quand, par
aventure, nous nous accoutrons de la sorte et que nous
sommes surpris par un ami au moment où nous nous regardons dans la glace, nous avons l'air très-bête, si notre
ami ne nous fait pas des compliments sur notre bonne
mine.

Ce fut le cas d'Horace quand Émile, entrant au moment où il chaussait ses brodequins à talons rouges, lui
dit gravement :

— Oh! pardon... tu es occupé.

— Occupé, non, — s'écria Horace, qui devint tout
rouge, — entre, mon cher... qu'avais-tu à me dire?

— Je vais écrire à Bruxelles aujourd'hui. As-tu quelque chose à faire dire?

— Mille tendresses, comme de raison. Mais pourquoi
écris-tu aujourd'hui?— demanda Horace, qui aurait donné
ses cinq cents francs pour être en pantalon à carreaux et
qui envoyait son épée, son pourpoint, et son aigrette à
tous les diables.

— Mais tu le sais bien, j'ai reçu une lettre hier, et il
me faut répondre au passage qui te concerne.

Horace s'assit sur son lit en faisant sous son feutre une
figure très-maussade.

— Que veux-tu que je dise, — répondit-il d'un air gêné, — à de pareilles absurdités?... Qui est allé casser la tête à notre père de ces sottises?... quelque brute de démocrate, comme il en pleut à Bruxelles, un de ces animaux envieux et méchants comme il y en a trop dans notre parti... Car enfin, je te le demande... qu'est-ce que cela signifie... « Je vois mauvaise compagnie... Je tourne au bonapartiste. » Et notre père a la naïveté de prêter l'oreille à ces contes à dormir debout. Dis-lui que cela n'a pas le sens commun. Je commence à être de l'avis de Jean Morel qui dit qu'on passe son temps dans le parti républicain à s'accuser de trahison.

— Et que dois-je dire au sujet de Marouzé? — continua tranquillement Émile.

— Marouzé est mon ami, — répliqua Horace avec impatience. — Je te l'ai déjà dit et je pense que tu pourrais m'épargner la peine de le répéter. Écris à mon père qu'il a été mal renseigné sur lui. Dieu merci, il n'est pas taillé sur le même patron que ses coreligionnaires politiques. Il a l'âme d'un gentilhomme, il est juste et généreux. Il n'en demandera pas plus quand je déclare que je réponds de l'honneur de Marouzé, comme du mien.

— Comme de ton propre honneur, Horace? — répondit Émile d'un air de doute. — Tu veux rire, car si tu te portais, comme tu le dis, garant de l'honneur de cet homme, Horace, comment pourrais-je ne pas m'incliner à mon tour? Tu ne peux admettre, n'est-ce pas, que je continue à mésestimer un homme dont tu m'affirmes la parfaite honorabilité?

— Mais pourquoi le mésestimes-tu? — reprit Horace. — Que signifie cette manie des vôtres, de suspecter tout le monde... Toi qui étais si naturellement indulgent, et qui n'aurais pas dit de mal d'une mouche!... Il me semble que c'est bien plutôt toi qui es en train de te laisser gâter par ta mauvaise compagnie. Tu le sais aussi bien que moi: il n'y a pas d'espèce plus curieuse, plus hargneuse que les démagogues. Qu'est-ce que t'a fait Marouzé ? Voyons, dis-le un peu. Et que m'a-t-il fait, à moi ? si ce n'est, depuis que je le connais, de me rendre le bien pour le mal. Job en personne n'aurait pas pu montrer plus de longanimité. Je commence par le traîner dans la boue devant un tribunal, et il me tend la main et m'invite à dîner ; c'est à peine si je suis poli avec lui, et il prend publiquement mon parti quand je suis insulté, et risque d'aller en prison pour être mon témoin. Il sait que je suis républicain, c'est-à-dire son adversaire, et il a la bonté de me prier de distribuer vingt mille francs aux républicains malheureux. Franchement, quel peut être son but ?... Je ne suis pas un grand homme qu'il puisse avoir intérêt à courtiser ; je suis un pauvre diable sans fortune et sans titre, n'ayant sur le dos qu'un haillon de popularité, qu'un jour m'a donné et qu'un jour peut me reprendre. Marouzé, au contraire, est dix fois millionnaire, et il a la puissance d'un ministre. Il serait à la fois présomptueux et ridicule à moi de prétendre qu'il peut y avoir autre chose que de la condescendance de sa part à me traiter comme il le fait.

Le sang monta au visage habituellement pâle d'Émile.

— Il suffit, Horace, c'est la dernière fois que je te parle de Marouzé, — dit Émile avec cette petite toux sèche que provoque généralement la mauvaise humeur. — Je ne te promets pas d'aimer cet homme, — ajouta-t-il avec un effort, — mais l'opinion que tu as de lui me commande au moins de l'estime. Par amitié pour toi, je m'efforcerai d'oublier ce que j'ai entendu dire et ce que j'ai cru de lui.

Et il tendit sa main, une main blanche, amaigrie, et un peu fiévreuse.

— Pourquoi ne viens-tu pas à cette fête avec moi ?... — demanda Horace, qui n'avait point repris sa gaieté habituelle.

— Non, ne me demande pas cela, — dit Émile en secouant la tête. — D'abord, je ne ferais pas un hôte bien aimable, et ensuite je n'ai pas l'argent qu'il faut. De plus, tu le vois, il est trop tard maintenant. Je crois que voici le concierge qui vient t'avertir que la voiture est en bas.

Ce n'était plus Georgette qui montait, comme avant, pour le prévenir et apporter ses lettres.

Le concierge, sa casquette sur la tête, lui dit qu'un beau monsieur déguisé l'attendait dans un landau avec des chevaux de poste et des postillons.

C'était le prince d'Arcole qui était venu lui-même chercher Horace.

Horace mit son chapeau, se drapa dans un burnous de cachemire blanc, et descendit.

Jamais, depuis Louis XIV, les échos des bosquets de Marly n'avaient retenti des bruits d'une pareille fête.

C'était un événement qui devait rester à jamais dans la mémoire des habitants et apprendre aux générations futures comment s'amusaient les grands personnages sous le Second Empire.

Le préfet de Seine-et-Oise avait même, voulant être agréable à Marouzé, commandé plusieurs brigades de gendarmes, pour veiller à ce que la circulation ne fût pas interrompue entre Saint-Germain et Marly.

Ces braves militaires avaient été d'autant plus enchantés de l'aventure, que Marouzé leur avait gracieusement fait distribuer des cigares et du bordeaux à profusion. Le sabre au poing, bien montés, en grande tenue, avec le plastron rouge, le baudrier jaune, le tricorne, ils avaient, ma foi, fort bon air en galopant dans les avenues qui reliaient la villa à la grand'route.

Enfin, les équipages commencèrent à apparaître, un d'abord, puis deux, puis trois, presque de front, puis graduellement ils formèrent une sorte de procession compacte, étincelante, qui semblait ne pas devoir avoir de fin et se perdait à l'horizon comme la queue d'un météore céleste.

Les harnais des chevaux miroitaient, leurs sabots frappaient le pavé avec impatience, de larges flocons d'écume tombaient de leurs mors bien fourbis; les couronnes et les écussons brillaient sur les panneaux des voitures, et de temps en temps, sur toute la ligne, se produisait un arrêt de dix minutes.

Alors des voix de femmes sortaient des voitures, impatientes, nerveuses, et les laquais poudrés répondaient :

— Impossible d'avancer, madame la marquise, il y a plus de deux cents voitures devant nous !

Mais si ce qui se passait au dehors était imposant, que dire du spectacle merveilleux que présentait l'intérieur du parc ?

Il faudrait la plume de Gautier ou de Flaubert pour en donner une idée.

Des tentes de pourpre, soutenues par des mâts dorés, surmontés de longues banderolles de soie, se dressaient sur les pelouses ou quelquefois au beau milieu des massifs.

Des jeunes femmes, vêtues de gaze, allaient et venaient dans les allées, portant des pyramides de fleurs.

A l'ombre des chênes séculaires, des tapis de Smyrne et de peaux de tigres s'étendaient lourdement, tandis que des draperies bleues, écarlates, et orangées tombaient des terrasses en plis épais et nombreux.

Des jets d'eau puissants s'élançaient des bassins, et l'eau, en gouttes fines comme de la poussière, se dispersait au vent.

Plus loin les cascatelles, frappant le roc des grottes, résonnaient avec un bruit harmonieux.

De belles personnes se penchaient sur les bassins, y trempaient leurs mains, et remplissaient l'air de leurs rires argentins.

De temps en temps on entendait les préludes de l'orchestre qui avait été placé dans un pavillon en plein air, autour duquel circulait et se groupait la foule opulente et joyeuse.

— Cela, vraiment, ne s'annonce pas mal, — dit le prince d'Arcole à Horace quand ils passèrent sous la somptueuse marquise de réception, où un maître des cérémonies, qui semblait découpé dans une toile du Titien, reçut leurs cartes.

Le maître des cérémonies s'inclina très-bas, et deux pages, en costume blanc et or, s'avançant, les débarrassèrent, l'un de son burnous de cachemire et l'autre d'une roquelaure bleue qui cachait un magnifique costume François Ier.

XIX

CANDEUR ET RUSE

— Maintenant que je vous tiens, je suis content, et je vais vous nommer tous les invités, — s'écria Drydust en s'emparant du bras d'Horace, aussitôt qu'il l'eut aperçu.

Drydust était costumé en chef de clan écossais, Rob Roy, probablement, et son front intelligent disparaissait sous un bonnet à poils de dimensions tout à fait guerrières. Légèrement gêné par une claymore gigantesque, il était un peu moins alerte que de coutume ; néanmoins, il ne cessait de faire les gestes les plus gracieux avec sa main droite, tandis que la gauche froissait du mieux qu'elle pouvait la garde de ladite claymore.

— A la bonne heure ! — disait-il. — Dans ce temps-là, on savait s'habiller, les mouvements étaient libres ; pour moi je suis toujours mal à mon aise quand je suis en habit noir. Ah ! mille pardons, madame, — fit Drydust, qui venait d'envoyer sa claymore dans les jambes d'une dame. — Ah ! ah ! voici mon ami Catfeesh-Pacha, je vais vous présenter à lui. C'est tout à fait comme au Corso dans la Semaine Sainte, on rencontre ici tout l'univers.

C'était l'avis général, tout Paris était là, non pas le tout Paris tel que l'auraient désiré de naïfs étrangers, car on aurait pu battre tout le parc sans trouver un seul homme dont la postérité dût s'occuper ; mais le Paris d'alors, le vrai Paris du Second Empire, c'est-à-dire une foule de sénateurs, de ministres, de députés, de boursiers, de nouvellistes au patchouli, de journalistes à l'eau de rose, et les plus aimables garçons du corps diplomatique, qui avaient consenti à se travestir.

Marouzé n'avait à cet égard admis aucune exception, le frac avait été impitoyablement proscrit, et Horace n'était pas arrivé depuis un quart d'heure qu'il avait déjà rencontré un ministre en Turc, un conseiller d'État en colporteur juif, et un envoyé extraordinaire, un ministre plénipotentiaire, en Cochinchinois.

Dans ces sortes de rencontres, il convient de ne pas trop abandonner ses hôtes à leurs propres ressources, mais de jeter dans le nombre quelques esprits plus délurés et plus entreprenants, qui sont chargés, comme on dit, de donner de l'entrain.

Philibert Maret avait accepté ce rôle. Il était le président, l'organisateur de la fête. Secondé par Lombard, une douzaine de journalistes, et trois ou quatre acteurs du Palais-Royal et des Bouffes, il allait d'un groupe à l'autre, formant les quadrilles, présentant les gens les uns aux autres, et veillant à ce que le champagne coulât sans discontinuer.

Il avait aussi fait un journal : la *Mascarade*, imprimé en or sur satin blanc, qu'il distribuait en poussant de grands cris plaintifs ou perçants, comme les marchands de journaux.

Horace avait eu la chance de découvrir un coin d'où il pouvait tout voir sans être vu ; mais cela dérangeait légèrement les plans de son hôte, qui voulait qu'il fût acteur et non spectateur.

Marouzé avait chargé de légers messagers de venir l'a-

vertir de l'arrivée d'Horace, et celui-ci avait à peine fait
le tour du parc, quand le financier, costumé en Jacques
Ango (le fameux marchand de Dieppe, qui avait menacé
de faire la guerre au Portugal, à ses frais, sous le règne
de François Ier), l'aborda, lui souhaita la bienvenue, et
l'emmena, lui et Drydust, à la tente du buffet.

C'était là qu'Angélique tenait sa cour, au milieu d'un
cercle nombreux d'adorateurs, transportés d'admiration

Des murmures flatteurs s'élevaient de tous côtés; Horace
lui-même fut positivement ébloui.

C'était un triomphe pour l'illustre Girth : rien de plus
merveilleux, rien de plus enchanteur que cette jolie
créature, avec son frêle et gracieux costume de Matin.

Ses bras blancs et ronds étaient nus; sa belle chevelure
retombait en cascades dorées sur ses épaules de neige; le
soleil de brillants qui couronnait son beau front avait
presque l'éclat de l'astre radieux qu'il représentait, et la
jeune fille elle-même, grisée par l'encens des éloges, exci-
tée par la musique et les bruits de la fête, semblait ani-
mée du feu sacré.

— Vous avez vos devoirs à rendre à ma fille, — dit
Marouzé, en conduisant Horace pour le présenter.

Et rien qu'aux regards d'envie que lui jetaient les sou-
pirants devant lesquels il passait, Horace ne pouvait
manquer de faire cette réflexion : qu'en effet son sort était
enviable.

La tente se remplissait rapidement, car le signal de la
collation avait été donné.

Tout ce monde mourait de faim.

Horace conduisit Angélique à l'une des nombreuses ta-
bles qui avaient été dressées sous la tente.

Il y avait autour d'eux un groupe de femmes qui auraient bien voulu causer un peu avec Horace, qui était le
lion du jour; mais celui-ci était complétement absorbé
par les charmes d'Angélique, qui par moment le regardait d'une façon si confiante, si extraordinaire, qu'Horace,

qui n'était pourtant pas fat, en était troublé jusqu'au fond de l'âme.

Marouzé, aux regards vigilants duquel rien n'échappait, souriait lui-même de plaisir.

Il était auprès du prince d'Arcole.

— Eh! bien, mon prince, — dit-il, — m'avez-vous pardonné de vous avoir emmené voir cette merveilleuse, cette séduisante mademoiselle Georgette, l'autre jour? Vous m'avez dit que c'était vous rendre un mauvais service que de vous montrer une beauté, dont le souvenir troublerait peut-être votre tranquillité.

— Ai-je dit cela? — répondit le prince en riant avec un embarras visible. — On dit ces choses là, vous savez, sans y attacher d'importance... Une belle statue, un beau tableau, produisent une impression qu'on croit durable, mais qui s'efface.

— C'est vrai... mais mademoiselle Georgette est une bien ravissante créature, et je connais quelqu'un qui en était très-fortement épris.

— Qui?... — demanda vivement le prince, sans s'apercevoir que cette vivacité était un aveu.

Marouzé eut un clignement d'yeux, et dit en riant :

— Je suis peut-être indiscret en vous disant cela, mon prince; mais, ma foi! je n'ai rien de caché pour vous. Seulement, vous savez, de vous à moi... Eh bien! l'adorateur de Georgette est le jeune Gérard... Vous savez qu'ils habitent la même maison!...

Le prince pâlit un peu.

Marouzé, pour chasser cette mauvaise impression, le prit par le bras, et le présenta à une très-belle personne, fille d'un citoyen américain, Cincinnatus, Jickling, Esq., dont l'ambition était de couronner une longue carrière démocratique et commerciale, en s'alliant à une famille noble du Continent.

Cincinnatus Jickling, Esq., se sentit remué jusque dans les profondeurs de son cœur républicain, en voyant que Miss Jickling était conduite à sa place par un prince authentique.

Au milieu des détonation du champagne, du cliquetis des verres, du bruit que faisaient les pages qui allaient et venaient avec de grands plats d'argent, couverts de venaison, de marée, ou de flacons extraordinaires, Horace continuait à combler Angélique d'attention.

Quand la collation fut enfin terminée, elle accepta son bras et ils sortirent.

— Comme l'air frais est bon à respirer ! — dit-elle. — Mais il faut nous asseoir, ou aller causer dans un de ces chalets... Ils sont charmants.

Ils se dirigèrent donc vers les chalets qui étaient déserts, les invités s'étant portés vers un autre point du parc, où se tirait la tombola.

Marouzé, qui les voyait se promener seuls, se garda bien de troubler leur tête-à-tête.

Il s'était fait le cavalier servant d'une douairière anglaise, Lady Margate, qui avait vu le tournoi d'Eglington et le régalait du récit détaillé de cet événement historique.

Il conduisait Sa Seigneurie et la charmait par sa bonne humeur, son ton parfait, et sa déférence sans affectation.

— Ce Français est très comme il faut, — pensa en elle-même Sa Seigneurie.

Pourtant, si Marouzé avait pu deviner les motifs de sa fille pour emmener Horace au chalet, il est peu probable que Lady Margate eût eu occasion de remarquer son amabilité. Il est même certain qu'elle l'aurait alors tenu pour un homme distrait et bizarre.

Comme nous l'avons dit, Angélique avait pris la résolution de venir en aide à Georgette.

C'était la première fois que l'idée de venir en aide à quelqu'un, ou même d'en avoir la possibilité, lui était jamais venue.

Mais, par le fait même de sa nouveauté, cette résolution s'était emparée très-avant de son esprit et était devenue l'unique objet de ses pensées.

Il n'y a pas de résolutions plus tenaces que celles que nous avons été longs à prendre.

Elle avait retourné la question dans tous les sens ; elle en avait rêvé, et elle en était arrivée à se dire que, quoi qu'il en advienne, elle ferait telle et telle chose un certain jour.

Comme nous ne voulons pas faire les hommes et les femmes plus braves qu'ils ne le sont, peut-être devons-nous avouer qu'au moment de mettre son plan à exécution, elle était un peu enhardie par les deux ou trois verres du champagne de la veuve Cliquot, qu'elle avait bus au buffet.

Quoi qu'il en soit, ils n'étaient pas plutôt assis, qu'avec le courage et l'inexpérience de la toute jeunesse, elle dit en regardant Horace en face :

— Je suis certaine que vous devez être très bon.

— Bon?... — répliqua-t-il tout déconcerté. — Les hommes sont-ils jamais bons ?

— Oui, je crois que vous devez l'être. J'ai entendu des messieurs parler de vous. Ils disent que, quoique riche, vous êtes l'ami des pauvres et que vous leur donnez beaucoup d'argent. Il me semble que si j'étais homme, j'aimerais à faire de même. J'en vois beaucoup qui passent leur vie à essayer de s'amuser, ils ne me paraissent pas être aussi heureux que vous. Seulement, si j'étais homme et que quelqu'un m'aimât, il me semble que je m'en apercevrais et que je ne mépriserais pas cet amour. Car, voyez-vous, nous autres femmes, nous n'avons à donner que notre cœur, et quand nous l'avons donné, si nous voyons que nous nous sommes trompées, notre vie est perdue pour toujours.

Horace ne savait ce que voulaient dire ces paroles.

Était-ce une déclaration ?

16

Il se sentait, comme on dit vulgairement, tout drôle.

L'incomparable beauté d'Angélique, la solitude, l'étrangeté de la situation, tout cela était bien fait, avouez-le, pour faire perdre la tête à un homme.

Son émotion, fort heureusement, l'empêcha pour un moment de parler, et le sauva ainsi du ridicule.

— Vous semblez étonné, — poursuivit naïvement Angélique, — mais ce que je dis est vrai. Les hommes sont forts et devraient avoir pitié des faibles. L'amour d'une femme peut être peu de chose pour un homme, mais s'ils savaient ce qu'il coûte de larmes, je crois qu'ils seraient trop généreux pour ne pas y répondre. Je sais qu'il y a des gens qui disent qu'on ne doit épouser qu'une personne de son rang ; mais pensez-vous réellement que ce soit le seul moyen d'être heureux ?... L'affection est-elle sans valeur parce qu'elle ne porte pas des armoiries, comme celles que l'on met sur la vaisselle et les voitures ?

Follement engagé sur une fausse piste et plus surexcité que prudent, Horace saisit la main d'Angélique.

— Pouvez-vous supposer, — dit-il galamment, — que des considérations aussi mesquines pourraient m'empêcher d'épouser une femme qui m'aurait donné son cœur ?

Elle lui abandonna sa main sans méfiance et dit d'un air de reproche mêlé d'étonnement :

— Pourquoi alors n'épousez-vous pas Georgette ?

— Georgette !... — s'écria-t-il, en quittant subitement la main qu'il tenait.

— Mais, oui, de quelle autre pourrais-je vous parler ?... — répliqua-t-elle simplement. — J'ai appris votre secret... ou du moins, il serait plus juste de dire que ma tante et moi nous l'avons arraché à la pauvre Georgette, car d'elle-même elle ne l'aurait jamais dit. Mais elle est très-malheureuse, monsieur Gérard, croyez-moi ; si malheureuse que j'ai cru devoir vous en parler, car me suis-je

dit à moi-même : il est impossible que monsieur Gérard
ignore la peine qu'il cause. Georgette est mon ancienne
amie de pension, vous le savez, nous avons été au couvent ensemble ; et elle était meilleure et plus intelligente
que moi ; oh ! oui... et il n'y a pas de prince au monde qui
vaille plus qu'elle.

La position était embarrassante. Un homme joue toujours un sot rôle quand il a supposé, sans raison, qu'une
femme avait de l'amour pour lui.

Horace ne fut ni plus ni moins déconcerté que le premier venu l'eût été en pareille circonstance.

Pourtant Angélique, en plaidant la cause de son amie,
était si naïvement éloquente, son accent était si plein de
bonté qu'il en fut touché.

Si elle avait eu l'intention de faire sa conquête par
une adroite comédie, elle n'aurait pas pu s'y prendre
mieux.

S'étant bien aperçu qu'elle n'avait pas eu une seule
pensée pour lui, il commença, comme de raison, à penser
à elle.

Il hésita un moment, puis, les yeux éblouis par son
incomparable beauté, il dit :

— Mademoiselle, ma conduite a été mal interprétée, si
l'on vous a dit que j'avais joué avec l'affection de la personne dont vous parlez. Si je l'avais aimée, il n'y a pas
de considération de rang et de fortune qui m'aurait empêché de l'épouser. Mais se marier sans amour eût été une
folie ; et je vous jure que jusqu'à ce jour mon cœur est
resté libre. Oui, — ajouta-t-il d'un ton sérieux, tandis que
sa voix devenait plus vibrante,—jusqu'à l'heure de ce soir
où je suis venu ici, j'ignorais ce que c'est que l'amour. Le
but de ma vie était égoïste et positif, je ne songeais qu'à
ma carrière, et l'idée d'associer une femme à ma destinée
ne m'était jamais venue. Mais à dater d'aujourd'hui, j'ai
une nouvelle ambition... une ambition qui se mêlera en
les sanctifiant à toutes mes autres pensées, et cette am-

bition, c'est vous seule qui avez le pouvoir de la satisfaire.

Il se leva en lui lançant un regard plein de passion et
de tendresse, et avant que, dans son trouble, elle eût
trouvé un mot à dire, il s'éloigna.

Pendant que cette scène se passait dans le chalet, les
invités étaient tout entiers au tirage de la tombola,
et Drydust expliquait à l'ambassadrice d'Autriche en quoi
cette tombola, qui était une simple loterie, différait d'une
tombola italienne, explication que Son Excellence écoutait avec autant de complaisance que si son mari n'avait
pas été gouverneur de Milan, et pendant dix ans, eu la
haute surveillance des loteries lombardes.

A chaque moment il y avait des explosions d'enthousiasme, lorsqu'une jolie dame, qui était montée sur une
estrade et tournait la roue de la Fortune, tirait un billet
et proclamait un lot gagné.

C'était Philibert Maret, admirable en bouffon, ou l'un
de ses aides de camp, qui allait chercher le lot derrière un
rideau et le remettait à celle qui l'avait gagné avec d'é-
normes compliments à dormir debout.

D'ordinaire, ces loteries ne sont pas sérieuses : on gagne
un essuie-plume dont on n'a que faire ou un couteau à
papier qui vous embarrasse toute la soirée.

Mais Marouzé avait organisé cette tombola comme tout
le reste, avec une intelligence et une prodigalité incon-
testables.

Il avait consacré cinquante mille francs à l'achat de
bijoux, et ce n'était pas un de ses plaisirs les moins
vifs, en ce jour de triomphe, de voir l'ébahissement des
dames quand, examinant les médaillons et les broches
qu'elles avaient gagnés, elles s'apercevaient qu'ils étaient
en bel et bon or.

Les hommes d'argent les plus secs ne sont pas exempts
de ces petites faiblesses.

Mais au milieu des rires et de la joie générale, il y avait

un inconnu, masqué et drapé dans un manteau vénitien, qui errait de côté et d'autre, cherchant l'amphitryon.

Comme le jour tombait et qu'il était convenu que les masques seraient mis à la nuit, l'exemple de l'homme au manteau vénitien fut bientôt suivi, ce qui parut rendre ses recherches assez difficiles.

Plus d'une fois il arrêta une personne, l'interrogea, et s'excusa de son erreur.

Enfin il mit la main sur Marouzé, qui venait de voir sa fille et Horace sortir du chalet, l'une rougissante et pensive, l'autre tout radieux.

— Monsieur Marouzé, — dit le masque, — je croyais que je ne pourrais jamais vous trouver.

Marouzé tressaillit à cette voix.

— Est-ce possible... se peut-il... Votre Excellence ! — s'écria-t-il. — C'est un honneur sur lequel je n'aurais pas osé compter.

— Bien... bien... — murmura M. Lacaze, car c'était lui, — ma femme et ma fille étant ici, puisque vous avez été assez bon pour les inviter, j'ai pensé qu'il serait plus prudent de venir dans cet accoutrement.

Il jeta un coup d'œil sur le manteau qui lui tombait sur les pieds, et il haussa légèrement les épaules.

— Votre Excellence ne pouvait me faire un plus grand honneur ; mais permettez-moi de vous conduire à la tente des rafraîchissements, vous devez être épuisé.

— Non, non, merci !... A propos, vous avez un masque ; vous feriez bien de le mettre, nous serions moins remarqués.

Marouzé n'était pas fâché de se couvrir le visage, ses entretiens avec le ministre mettaient son désir de rester impassible à une dure épreuve.

Il connaissait assez Son Excellence pour être certain que cette visite inespérée n'était pas de sa part une simple marque d'amabilité.

Il sentait qu'il devait y avoir quelque affaire sous roche.

16.

— J'ai à vous parler sur un sujet qui nous intéresse tous deux, — commença M. Lacaze, en se dirigeant vers une avenue écartée. — Vous êtes toujours dans de bons termes avec le jeune Gérard ?...

— Votre Excellence peut le voir là-bas, — répondit Marouzé en se retournant, — là..., à gauche..., en costume blanc et cerise, il parle à une dame... madame de Bussières.

— Oui, je le vois; hum !... comme l'enfant a grandi depuis que je le connais ! Eh bien ! Marouzé, vous vous rappelez la conversation que nous avons eue il y a quelque temps sur ce jeune homme ?...

— Assurément; et Votre Excellence doit avoir remarqué que la confiance que j'exprimais alors n'était pas dénuée de fondement. Comparez l'attitude politique actuelle d'Horace Gérard avec celle qu'il avait il y a six mois.

— Ah! il nous donne encore beaucoup d'ennui avec ses articles.

— Je n'ai pas garanti des résultats immédiats. Votre Excellence doit se rappeler que j'ai déclaré que sa conversion demanderait un certain temps; pourtant, même dans ses articles, vous devez remarquer de jour en jour plus de modération.

— Les critiques modérées, monsieur Marouzé, ne sont pas celles qui sont les plus faciles à supporter, — répondit flegmatiquement le ministre. — Néanmoins, je reconnais qu'il y a un changement... Ce que j'ai à proposer maintenant est un arrangement qui peut beaucoup avancer les choses et d'un seul pas. M. Bouffard, le député de la dixième circonscription de Paris, est mort ce matin.

— Ce qui fait un siége vacant.

— Oui, et un siége qu'il sera difficile de remplir, comme nous le voudrions. Ce pauvre Bouffard était un imbécile, mais il faisait un parfait député. Il avait été élu immédiatement après le coup d'État, quand on était en-

coré sous l'impression d'une terreur salutaire, et jamais
nous n'avons eu à nous plaindre de lui. Mais il ne faut pas
espérer, aujourd'hui, le remplacer. Ces sots de Parisiens
se sont rassurés et ils nous enverront quelque démocrate
grincheux rien que pour nous agacer; c'est toujours la
même histoire. Cependant, si vous nous affirmez que le
jeune Gérard est homme à se rallier, ce ne serait peut-
être point maladroit de le laisser se présenter, d'autant
mieux qu'il a des chances.

— Mais comment le gouvernement peut-il le soutenir?...
Horace Gérard n'acceptera pas une candidature officielle.
et, s'il l'acceptait, il ne pourrait pas espérer emporter le
siége vacant, car sa petite popularité serait tuée du coup.

— Vous ne me suivez pas bien. L'idée que je vous sug-
gère est d'amener le jeune Gérard à se présenter comme
candidat de l'opposition. Nous aurons, comme de raison,
notre candidat officiel, et nous ferons tous nos efforts pour
le faire réussir; mais comme il est très-probable que nous
échouerons, nous donnerons l'ordre à nos gens d'appuyer,
en se cachant de leur mieux, la candidature de Gérard.
Et en supposant qu'il y ait plusieurs candidats de l'opposition et qu'un ballottage soit nécessaire, notre candidat,
au second tour de scrutin, se démettra en faveur de Gérard,
et assurera ainsi son élection. Tout ce que vous aurez à
faire, c'est de l'empêcher de figurer sur une liste avec les
autres candidats de l'opposition.

Il y eut un silence.

Marouzé réfléchit un moment.

— Je serai franc avec Votre Excellence, — dit-il
enfin. — Je suis presque effrayé à l'idée d'adopter votre
plan. S'il était certain que dans un temps donné, après
son entrée à la Chambre, Horace Gérard dût venir à nous,
votre plan serait parfait. Mais j'ai peur qu'une fois élu
comme candidat de l'opposition, il ne reste fidèle à son
parti. La reconnaissance d'abord, et, en second lieu,
l'orgueil d'occuper une position unique, celle d'être le

seul député opposant dans une Chambre pleine d'amis du pouvoir, ne manqueraient pas de raviver ses sympathies républicaines. Mais il y a un autre moyen de faire servir cette élection à la conversion plus rapide du jeune Gérard. Nous obtiendrons de lui qu'il se présente, mais il faut faire en sorte que son élection soit combattue par le parti républicain avancé. Que la presse gouvernementale reçoive l'ordre de le combattre avec modération ; que, d'un autre côté, les quelques démocrates socialistes qui ont des affinités avec la Préfecture de Police, soient invités à l'attaquer avec toute la violence possible, et je crois qu'ainsi engagée l'affaire peut bien tourner. On peut même autoriser les *purs* à publier un journal dont le but unique sera d'injurier et de combattre Gérard, journal dont on devra fournir les fonds. Cela dégoûtera et exaspérera Gérard, qui est très-impressionnable et qui saura gré certainement à ses adversaires bonapartistes de leur courtoisie. S'il échoue dans son élection et qu'il s'imagine que la faute en est aux violences de son parti, il aura vite rompu avec eux... Je ne serais même pas surpris de le voir se décider sur l'heure et passer à nous, tout d'un coup, avec armes et bagages.

Son Excellence passa sa main noueuse sur son menton.

Le projet de Marouzé s'accordait évidemment et d'une façon complète avec ses propres idées sur la manière de mener une élection sous le règne du suffrage universel.

Il n'y voyait pas une objection et il l'approuva.

— La seule chose embarrassante c'est le siége vacant, — murmura-t-il ; — qui sera nommé ?

— Il ne serait pas impossible que ce fût votre candidat officiel, — répondit Marouzé en souriant : — si Gérard rompt avec les républicains avancés, il se désistera probablement en faveur des bonapartistes pour marquer bien nettement son mépris à ceux qu'il abandonnera. Alors par cette élection, Votre Excellence aura fait d'une pierre deux coups... gardé le siége vacant aux bonapartistes et gagné au gouvernement un dangereux adversaire.

Il se passa encore quelque temps avant que ces deux éminents politiques se séparassent.

Comme leur mutuelle estime croissait en découvrant qu'ils se ressemblaient par plus d'un point, ils continuèrent à converser ensemble sur des sujets divers, chacun s'appliquant à prendre la mesure morale de l'autre.

Quand Marouzé fut seul, la nuit était venue.

Il signor Scintilli, le pyrotechnicien, avait envoyé dans l'air ses vingt mille francs de fusées et de soleils, et les invités abandonnaient le parc, pour les somptueux salons, tout resplendissants de lumières, où le bal devait avoir lieu.

Le financier gravissait rapidement les terrasses et montait les escaliers, dans sa robe noire sur laquelle brillait une chaîne d'or.

Il voulait trouver Horace à l'instant et obtenir de lui la promesse de se porter candidat.

Le vin, la musique, les plaisirs de la fête aidant, il était présumable que le jeune homme serait plus facilement accessible aux conseils de l'ambition, plus porté à bien augurer de l'avenir que le lendemain quand il serait plus calme.

Mais d'abord Marouzé désirait voir Angélique un moment et savoir au juste jusqu'à quel point Horace s'était compromis.

Le bal avait commencé et le financier s'arrêta pour regarder sur le seuil de la salle.

Tout le monde était masqué, et cela donnait un entrain particulier à la fête.

Le plénipotentiaire, costumé en dindon, levait ses jambes en l'air dans un style qui aurait été remarqué à Mabille et même à Bullier.

Un quadrille, composé de femmes de députés et de sénateurs, dans lequel figuraient un Bertram, un Basile, une Isabeau de Bavière, une pucelle d'Orléans, un clown excitait la joie générale.

On applaudissait, on criait bis, on trépignait.

Drydust qui depuis longtemps s'était privé de sa claymore, entourait de son bras la taille d'une princesse Russe et dansait une scotish, en agitant ses jambes comme les branches d'un arbre secoué par la tempête.

Philibert Maret était si complétement entré dans la peau de son personnage qu'on aurait put le prendre pour l'un des plus vilains héros de ses romans.

Marouzé aperçut Angélique qui était assise et s'éventait.

Elle venait de danser avec le prince d'Arcole, et comme elle avait chaud, elle avait momentanément retiré son masque.

Sa tante Dorothée, entièrement méconnaissable sous son costume de Catherine de Médicis, était auprès d'elle.

Pauvre femme, elle avait l'air d'une pure et bonne âme tombée du ciel, par accident, dans un pandemonium.

— Eh bien ! ma chérie, ton carnet est-il bien plein?

— Oh ! papa, regarde, — dit-elle, — je ne sais pas comment je pourrai tenir tous mes engagements.

En réalité le carnet était rempli depuis la première contredanse jusqu'à la vingt-deuxième inclusivement.

Un coup d'œil suffit à Marouzé pour voir que le nom d'Horace n'y figurait pas.

— As-tu dansé avec M. Gérard ? — demanda-t-il négligemment.

Angélique devint pourpre.

— M. Gérard ne m'a pas invitée, — dit-elle en s'éventant de plus belle, et avec un peu d'embarras.

Marouzé savait tout ce qu'il avait besoin de savoir.

— Il a commencé sa cour... — se murmura-t-il à lui-même.

Et il se dirigea vers le coin où Horace, facilement reconnaissable, quoique masqué, reconduisait la séduisante fille de Cincinnatus Jickling, Esq., à sa place.

Cinq minutes après il y avait deux hommes heureux dans la salle de bal.

Marouzé, qui avait obtenu la promesse d'Horace et qui de plus avait été remercié avec une effusion, une abondance chaleureuse qui l'avait surpris, et Horace lui-même, animé par tous les plaisirs de la journée, le vin, les lumières : il se disait avec un gros battement de cœur et le regard enflammé :

— Je serai député à vingt-cinq ans... Je n'aurai pas de fortune, c'est vrai... mais une haute situation et un nom que je veux faire aussi glorieux que possible. Alors, il ne me refusera pas la main de sa fille... Allons, décidément cet homme est mon bon ange !...

FIN DU TOME PREMIER

TABLE

Poissy. — Typ. S. Lejay et Cie.

BIBLIOTHÈQUE
DU THÉATRE MODERNE

UNE

ÉPREUVE

COMÉDIE EN UN ACTE

EN VERS

PAR

FÉLICIEN DESCLERS

Représentée pour la première fois, à Paris, sur le théâtre du
Cercle Lyrique-Dramatique, le 22 juin 1875.

PARIS
E. DENTU, LIBRAIRE-ÉDITEUR
PALAIS-ROYAL, 17 ET 19, GALERIE D'ORLÉANS

www.ingramcontent.com/pod-product-compliance
Lightning Source LLC
Chambersburg PA
CBHW071902020726
47502CB00003B/865